Diogenes Taschenbuch 23339

Donna Leon

Feine Freunde

Commissario Brunettis neunter Fall

Roman

Aus dem Amerikanischen von Monika Elwenspoek

Diogenes

Titel des Originals:
›Friends in High Places‹
Die deutsche Erstausgabe
erschien 2001 im Diogenes Verlag
Das Motto aus: Mozart, *Lucio Silla,*
in der Übersetzung von Traude Freudlsperger,
Reclam Verlag, Stuttgart 1990
Umschlagfoto:
›Procuratie Vecchie‹

Für Christine Donougher
und Roderick Conway-Morris

Veröffentlicht als Diogenes Taschenbuch, 2002

www.diogenes.ch
2000/02/43/1
ISBN 3 257 23339 6

... Ah, dove
Sconsigliato t'inoltri?
In queste mura
Sai, che non è sicura
La tua vita

Ach, Unbesonnener,
wo willst du hin?
Du weißt wohl,
daß in diesen Mauern
dein Leben niemals sicher ist.

LUCIO SILLA

I

Als es klingelte, lag Brunetti mit einem offenen Buch auf dem Bauch im Wohnzimmer auf dem Sofa. Da er allein in der Wohnung war, wußte er, daß er gleich aufstehen und an die Tür gehen mußte, vorher aber wollte er den letzten Absatz des achten Kapitels von Xenophons *Anabasis* fertig lesen, weil er gespannt war, welch neue Katastrophen die Griechen auf ihrem Rückzug erwarteten. Es klingelte wieder, zwei fordernde kurze Töne, und er legte das Buch hin, die aufgeschlagenen Seiten nach unten, nahm seine Brille ab, deponierte sie auf der Sofalehne und erhob sich. Seine Schritte waren langsam, mochte das Läuten auch noch so dringlich geklungen haben. Es war Samstag vormittag, er hatte dienstfrei und die ganze Wohnung für sich, da Paola zum Rialtomarkt gegangen war, um frische Krabben zu kaufen, und ausgerechnet jetzt mußte es klingeln.

Er nahm an, daß es einer von Chiaras oder Raffis Freunden war oder, schlimmer, irgend so ein religiöser Wahrheitsverkündiger, dem es den größten Spaß machte, die Ruhe der Arbeitsamen zu stören. Brunetti wünschte sich doch vom Leben nichts weiter, als auf dem Rücken liegen und Xenophon lesen zu dürfen, während er darauf wartete, daß seine Frau mit den frischen Krabben nach Hause kam.

»Ja?« brummte er abweisend in die Sprechanlage, um jugendlichen Müßiggang gleich zu entmutigen und Fanatismus jeden Alters abzuschrecken.

»Guido Brunetti?« fragte eine Männerstimme.

»Ja. Was gibt's?«

»Ich komme vom Katasteramt. Wegen Ihrer Wohnung.« Als Brunetti schwieg, fragte der andere: »Haben Sie unseren Brief nicht bekommen?«

Bei der Frage erinnerte Brunetti sich dunkel daran, vor etwa einem Monat irgendwas Amtliches erhalten zu haben, ein Schriftstück voller Behördenkauderwelsch, in dem es um die Besitzurkunden zur Wohnung oder die zu den Besitzurkunden gehörigen Baugenehmigungen ging, genau wußte er das nicht mehr. Er hatte das Ding nur kurz überflogen und sich über die gestelzte Sprache aufgeregt, bevor er den Brief wieder in den Umschlag gesteckt und in die große Majolikaschale auf dem Tisch rechts neben der Tür geworfen hatte.

»Haben Sie unseren Brief bekommen?« wiederholte der Mann.

»Äh, ja«, antwortete Brunetti.

»Ich bin hier, um mit Ihnen darüber zu reden.«

»Worüber?« fragte Brunetti, während er den Hörer der Gegensprechanlage ans linke Ohr klemmte und sich nach dem Stapel Papiere in der Schale reckte.

»Über Ihre Wohnung«, antwortete der Mann. »Unser Schreiben an Sie.«

»Ach ja, natürlich.« Brunetti wühlte in den Umschlägen und Briefbögen.

»Ich würde darüber gern mit Ihnen sprechen, wenn es recht ist.«

Das Ansinnen traf Brunetti so unvorbereitet, daß er nur »Ja, gut« sagte und schon auf den Knopf drückte, der vier Treppen tiefer die Eingangstür öffnete. »Ganz oben.«

»Ich weiß«, sagte der Mann.

Brunetti hängte ein und zog ein paar Umschläge von zuunterst aus dem Stapel. Eine Stromrechnung, eine Postkarte von den Malediven, die er noch gar nicht gesehen hatte und jetzt schnell las. Dann der Umschlag mit dem blau aufgestempelten Namen der absendenden Dienststelle in der linken oberen Ecke. Er zog den Brief heraus, entfaltete ihn, hielt ihn auf Armeslänge von sich ab, bis die Buchstaben scharf wurden, und überflog ihn.

Dieselben unverständlichen Formulierungen sprangen ihn an: ›Gemäß Statut Nummer 1684B der Kulturgüterkommission‹; ›Unter Verweis auf Absatz 2784 Artikel 127 des Zivilrechts vom 24. Juni 1948, Unterabschnitt 3, Paragraph 5‹; ›Versäumnis, der absendenden Dienststelle die einschlägigen Dokumente zu unterbreiten‹; ›Wert geschätzt gemäß Unterabschnitt 34–V–28 der Verfügung vom 21. März 1947‹. Er überflog die erste Seite nur und blätterte zur zweiten um, fand aber immer noch nur Amts-Chinesisch und Ziffern. Langjährige Erfahrung im Umgang mit der venezianischen Bürokratie hatte ihn gelehrt, daß im letzten Absatz noch etwas versteckt sein konnte, weshalb er sich diesem zuwandte und hier tatsächlich darüber belehrt wurde, daß er weitere Mitteilungen von seiten des Katasteramts zu erwarten habe. Er blätterte an den Anfang zurück, doch aller Sinn, der sich hinter den Worten verbergen mochte, entging ihm.

Da er sich so nah an der Wohnungstür befand, hörte er die Schritte auf dem letzten Treppenlauf und konnte schon öffnen, bevor es klingelte. Der Mann kam soeben die letzten Stufen herauf und hatte bereits die Hand zum Klopfen gehoben, so daß Brunetti als erstes den krassen Widerspruch zwischen der erhobenen Faust und dem ganz und gar bescheidenen Mann dahinter wahrnahm. Dem jungen Mann, den die plötzlich aufgehende Tür wohl erschreckt hatte, stand die Überraschung im Gesicht geschrieben. Dieses war länglich und hatte, wie man es bei Venezianern oft sieht, eine Nase, die aussah wie ein schmaler Schnabel. Der Mann hatte dunkelbraune Augen und braunes Haar, das frisch geschnitten wirkte. Er trug einen Anzug, der vielleicht blau war, aber ebensogut auch grau sein konnte. Die Krawatte war dunkel und hatte ein kleines, nicht erkennbares Muster. In der rechten Hand hielt der Mann eine braune, abgewetzte lederne Aktentasche; sie vervollkommnete das klassische Bild des farblosen Bürokraten – als sei es Teil ihrer Ausbildung, sich möglichst unscheinbar zu machen.

»Franco Rossi«, stellte er sich vor, wobei er die Aktentasche in die andere Hand nahm und seine Rechte ausstreckte.

Brunetti trat nach kurzem Händedruck einen Schritt zurück, um ihn hereinzulassen.

Rossi bat zuerst höflich um Erlaubnis, dann betrat er die Wohnung. Drinnen blieb er stehen und wartete, daß Brunetti ihm den Weg wies.

»Bitte hier herein«, sagte Brunetti, wobei er ihn in das Zimmer führte, in dem er gelegen und gelesen hatte. Er ging zum Sofa, steckte den alten Vaporetto-Fahrschein, den er als Lesezeichen benutzte, in das Buch und legte es auf den Tisch. Dann bedeutete er Signor Rossi, ihm gegenüber Platz zu nehmen, und setzte sich aufs Sofa.

Rossi ließ sich auf der Sesselkante nieder und legte die Aktentasche auf seine Knie. »Ich weiß, daß Samstag ist, Signor Brunetti, und will mich darum bemühen, Ihnen nicht allzuviel Zeit zu stehlen.« Er sah zu Brunetti hinüber und lächelte. »Sie haben also unseren Brief erhalten, nicht wahr? – Ich hoffe, Sie hatten Zeit, darüber nachzudenken, Signore«, fügte er mit einem weiteren kurzen Lächeln hinzu. Er senkte den Kopf, öffnete seine Aktentasche und entnahm ihr eine dicke blaue Mappe, die er peinlich genau mitten auf die Tasche legte. Dann schnippte er gegen ein unbotmäßiges Blatt Papier, das unten herauszurutschen drohte, bis es wieder wohlbehalten im Stapel steckte.

»Genaugenommen«, sagte Brunetti und zog den Brief aus der Tasche, in die er ihn beim Türöffnen gestopft hatte, »war ich gerade dabei, ihn noch einmal zu lesen, und ich muß sagen, daß ich die Ausdrucksweise ein wenig unverständlich finde.«

Rossi blickte auf, und Brunetti sah einen Ausdruck ehrlicher Verblüffung über sein Gesicht huschen. »Ach ja? Und ich dachte, sie sei sehr klar.«

Brunetti antwortete mit freundlichem Lächeln: »Sicher ist sie das für Leute, die mit so etwas tagtäglich zu tun haben. Aber wer mit der speziellen Fachterminologie Ihrer Dienststelle nicht vertraut ist, nun, für den ist das etwas schwierig zu verstehen.« Als Rossi darauf nichts sagte, fuhr Brunetti fort: »Sicher beherrschen wir alle den jeweiligen Jargon unseres eigenen Metiers; wahrscheinlich finden wir immer nur den der anderen schwierig.« Er lächelte wieder.

»In welchen Metiers kennen Sie sich denn aus, Signor Brunetti?«

Brunetti, der normalerweise nicht damit hausieren ging, daß er Polizist war, antwortete nur: »Ich habe Jura studiert.«

»Aha«, meinte Rossi. »Dann würde ich aber nicht denken, daß unsere Terminologie sich allzusehr von der Ihren unterscheidet.«

»Vielleicht liegt es einfach daran, daß ich mit den Zivilrechtsartikeln, auf die in Ihrem Brief verwiesen wird, nicht so vertraut bin«, räumte Brunetti ein.

Rossi dachte darüber kurz nach und meinte dann: »Ja, das kann durchaus sein. Aber was ist es denn genau, was Sie nicht verstehen?«

»Worum es überhaupt geht«, antwortete Brunetti ohne Umschweife, denn er hatte keine Lust mehr, so zu tun, als hätte er überhaupt etwas verstanden.

Wieder dieses verdutzte Gesicht, so offen und ehrlich, daß Rossi fast jungenhaft aussah. »Was sagten Sie?«

»Worum es dabei geht. Ich habe den Brief gelesen, aber da ich, wie gesagt, nichts von den Bestimmungen verstehe, auf die er sich bezieht, weiß ich nicht, was das Ganze bedeutet, also worum es geht.«

»Natürlich geht es um Ihre Wohnung«, gab Rossi schnell zur Antwort.

»Ja, soviel habe ich begriffen«, sagte Brunetti, sehr um einen geduldigen Ton bemüht. »Da der Brief von Ihrer Behörde kam, konnte ich mir soviel immerhin denken. Wobei ich allerdings nicht verstehe, welche Art von Interesse Ihre Behörde an meiner Wohnung haben könnte.« Abgesehen davon verstand er auch nicht, was einen Beamten dieser Behörde umtrieb, an einem Samstag bei ihm vorstellig zu werden.

Rossi blickte die Mappe auf seinem Schoß an, dann Brunetti, der plötzlich erstaunt feststellte, wie lang und dunkel die Wimpern des jungen Mannes waren, fast wie bei einer Frau. »Aha, aha«, sagte Rossi nickend und senkte den Blick wieder auf seine Mappe, die er dann aufklappte, um eine andere, kleinere herauszuziehen, kurz die Aufschrift zu betrachten und sie Brunetti mit den Worten hinüberzureichen: »Vielleicht macht das die Sache klarer.« Bevor er die Mappe, die noch auf seinem Schoß lag, wieder zuklappte, schob er sorgsam die Blätter darin übereinander.

Brunetti öffnete die kleinere Mappe und nahm die Papiere heraus. Als er die kleine Schrift sah, griff er nach links hinüber und nahm sich seine Brille. Oben auf dem ersten Blatt stand die Adresse des Hauses, darunter waren Grundrißpläne der Wohnungen unter Brunettis eigener zu sehen. Das nächste Blatt war ein Verzeichnis früherer Besitzer dieser Räumlichkeiten, beginnend mit den Lagerräumen im Erdgeschoß. Auf den nächsten beiden waren anscheinend alle Restaurierungsarbeiten, die seit 1947 in dem Gebäude vorgenommen worden waren, in Kurzform festgehalten und die Daten aufgeführt, zu denen bestimmte Genehmigungen beantragt und erteilt worden waren, sowie das Datum, an dem die Arbeiten tatsächlich begonnen hatten, und schließlich das Datum, an dem die fertige Arbeit abgenommen worden war. Brunettis Wohnung wurde nirgendwo erwähnt, woraus er schloß, daß die betreffenden Informationen in den Papieren sein mußten, die Rossi noch auf dem Schoß liegen hatte.

Soweit für Brunetti ersichtlich, war die Wohnung unter der seinen zuletzt 1977 restauriert worden, als die derzeitigen Besitzer einzogen. Zuletzt *offiziell* restauriert, heißt das. Sie hatten schon öfter bei den Calistas zu Abend gegessen und sich an dem fast völlig freien Blick erfreut, den man aus ihren Wohnzimmerfenstern hatte, aber die in dem Plan eingezeichneten Fenster sahen doch eher klein aus, und zudem waren es offenbar nur vier, nicht sechs. Er sah in dem Plan auch nirgendwo die kleine Gästetoilette links neben der Eingangsdiele. Wie kann das nur angehen? überlegte er, aber Rossi schien ihm nicht der Mann zu sein, den man so etwas fragen sollte. Je weniger das Ufficio Catasto über Um- und Anbauten in diesem Gebäude wußte, desto besser für alle, die darin wohnten.

Er sah zu Rossi hinüber und fragte: »Diese Unterlagen gehen ja weit zurück. Haben Sie eine Ahnung, wie alt das Haus ist?«

Rossi schüttelte den Kopf. »So genau nicht. Aber aus der Lage der Fenster im Erdgeschoß würde ich schließen, daß der ursprüngliche Bau frühestens im späten fünfzehnten Jahrhundert errichtet wurde.« Er hielt kurz inne und überlegte, bevor er hinzufügte: »Und das oberste Geschoß wurde nach meiner Schätzung im frühen neunzehnten Jahrhundert hinzugefügt.«

Brunetti sah erstaunt von den Plänen auf. »Nein, viel später. Nach dem Krieg.« Und als Rossi nichts darauf sagte, ergänzte er: »Dem Zweiten Weltkrieg.«

Als Rossi noch immer nicht darauf einging, fragte Brunetti: »Würden Sie das nicht bestätigen?«

Nach kurzem Zögern sagte Rossi: »Ich sprach vom obersten Stockwerk.«

»Ich auch«, versetzte Brunetti scharf, denn allmählich

ärgerte es ihn, daß dieser Vertreter einer Behörde, die sich den ganzen Tag mit Baugenehmigungen befaßte, etwas so Simples nicht begriff. Dann fuhr er in etwas sanfterem Ton fort: »Als ich die Wohnung gekauft habe, ging ich davon aus, daß sie nach dem letzten Krieg hinzugefügt wurde, nicht im neunzehnten Jahrhundert.«

Statt einer Antwort deutete Rossi mit einer Kopfbewegung auf die Papiere in Brunettis Hand. »Vielleicht sollten Sie sich die letzte Seite einmal etwas genauer ansehen, Signor Brunetti.«

Verwundert las Brunetti die letzten Absätze noch einmal durch, aber soweit er verstand, betrafen sie immer noch nur die beiden Wohnungen unter ihm. »Ich weiß nicht recht, was ich da Ihrer Meinung nach sehen soll, Signor Rossi«, sagte er, indem er aufblickte und seine Brille abnahm. »Das hier betrifft nur die Wohnungen unter uns, nicht unsere. Von diesem Stockwerk hier ist gar nicht die Rede.« Er drehte das Blatt um, ob auf der Rückseite noch etwas stand, aber sie war leer.

»Deswegen bin ich hier«, sagte Rossi und richtete sich bei diesen Worten in seinem Sessel ein wenig auf. Dann bückte er sich kurz und stellte die Aktentasche links von seinen Füßen auf den Boden, nur die Mappe behielt er auf dem Schoß.

»So?« meinte Brunetti und reichte ihm die andere Mappe wieder hinüber.

Rossi nahm sie und öffnete sie. Er schob die kleinere Mappe sorgsam wieder hinein und klappte das Ganze zu. »Ich muß Ihnen leider sagen, daß es gewisse Zweifel hinsichtlich des amtlichen Status Ihrer Wohnung gibt.«

»›Amtlicher Status‹?« wiederholte Brunetti, wobei er links an Rossi vorbei auf die solide Wand und dann nach oben zu der ebenso soliden Decke blickte. »Ich glaube, ich verstehe nicht so recht, was Sie damit meinen.«

»Es gibt hinsichtlich dieser Wohnung gewisse Zweifel«, sagte Rossi mit einem Lächeln, das Brunetti ein bißchen nervös vorkam. Ehe er aber wieder um Klärung bitten konnte, fuhr Rossi fort: »Das heißt, daß es im Ufficio Catasto keine Dokumente gibt, die besagen, daß für dieses gesamte Stockwerk jemals eine Baugenehmigung erteilt wurde, oder daß es nach dem Bau amtlich abgenommen wurde, oder...« – und hier lächelte er wieder – »... daß es überhaupt je gebaut wurde.« Er räusperte sich und fügte hinzu: »Nach unseren Unterlagen ist das Stockwerk unter diesem hier das oberste.«

Zuerst hielt Brunetti das für einen Witz, doch dann sah er das Lächeln im Gesicht des anderen schwinden und merkte daran, daß Rossi es ernst meinte. »Aber sämtliche Unterlagen sind bei den Dokumenten, die wir beim Kauf der Wohnung bekommen haben.«

»Könnten Sie mir diese Dokumente zeigen?«

»Natürlich«, sagte Brunetti und stand auf. Ohne sich zu entschuldigen, ging er in Paolas Arbeitszimmer, wo er einen Moment stehenblieb und die Buchrücken betrachtete, die drei Wände des Zimmers einnahmen. Schließlich griff er ins oberste Fach und zog einen großen, prall mit Papieren gefüllten Umschlag heraus, den er mit in das andere Zimmer nahm. An der Tür hielt er inne, um den Umschlag zu öffnen, und zog die graue Mappe heraus, die sie vor fast zwanzig Jahren von dem Notar bekommen hatten, der den Wohnungskauf für sie getätigt hatte. Dann ging er zu Rossi und gab ihm diese Mappe.

Rossi öffnete sie und begann zu lesen, wobei er mit dem Finger langsam die Zeilen entlangfuhr. Er blätterte um und las die nächste Seite, und so ging es weiter bis zum Ende. Einmal entfuhr ihm ein gedämpftes »Hmm«, aber er sagte nichts. Er las die ganze Akte, klappte sie zu und ließ sie auf seinen Knien liegen.

»Ist das alles an Dokumenten?« fragte Rossi.

»Ja, nur das.«

»Keine Pläne? Keine Baugenehmigungen?«

Brunetti schüttelte den Kopf. »Nein. An so etwas erinnere ich mich nicht. Das sind die einzigen Unterlagen zu dem Kauf, die wir damals bekommen haben. Ich glaube, seitdem habe ich sie nie mehr angesehen.«

»Sie sagen, Sie haben Jura studiert, Signor Brunetti?« fragte Rossi endlich.

»Ja, genau.«

»Praktizieren Sie als Anwalt?«

»Nein, das nicht«, antwortete Brunetti und beließ es dabei.

»Wenn Sie nämlich praktizierender Anwalt wären – oder damals gewesen wären, als Sie diesen Vertrag unterschrieben –, dann müßte ich mich doch sehr wundern, daß Sie auf Seite drei der Urkunde den Absatz übersehen haben, der besagt, daß Sie die Wohnung ›in dem äußerlichen Zustand und dem rechtlichen Status‹ kaufen, in dem sie sich Ihnen am Tag der Inbesitznahme präsentierte.«

»Das ist doch wohl die in allen Kaufverträgen übliche Formulierung«, sagte Brunetti, der sich vage an die Vorlesungen in Zivilrecht erinnerte und hoffte, daß er sich das richtig gemerkt hatte.

»Das mit dem äußerlichen Zustand ja, aber nicht das mit dem rechtlichen Status. Und ganz gewiß auch nicht dieser Satz«, sagte Rossi, wobei er die Mappe wieder aufschlug und suchte, bis er den Satz gefunden hatte: »›Bei Nichtvorliegen einer Baugenehmigung verpflichtet sich der Käufer, eine solche fristgerecht nachträglich zu beantragen, und stellt den Verkäufer hiermit von allen Verpflichtungen und Folgekosten frei, die sich aus dem rechtlichen Status der Wohnung und/oder dem Nichteinholen der nachträglichen Baugenehmigung ergeben könnten.‹« Rossi sah auf, und Brunetti meinte in seinen Augen eine tiefe Traurigkeit ob des bloßen Gedankens zu erkennen, daß ein Mensch so etwas unterschrieben haben konnte.

Brunetti erinnerte sich gar nicht an einen solchen Satz. Überhaupt waren sie damals beide so erpicht auf den Kauf der Wohnung gewesen, daß er nur getan hatte, was der Notar ihm sagte, und unterschrieb, was der Notar ihm vorlegte.

Rossi wandte sich wieder dem Deckblatt zu, auf dem der Name des Notars stand. »Hatten Sie sich diesen Notar ausgesucht?« fragte er.

Brunetti, der sich nicht einmal an den Namen erinnerte, mußte erst einen Blick auf das Deckblatt werfen. »Nein, der Verkäufer hatte ihn uns empfohlen, und wir haben ihn daraufhin genommen. Warum?«

»Ach, nur so«, antwortete Rossi etwas zu schnell.

»Warum? Wissen Sie etwas über ihn?«

»Ich glaube, er praktiziert nicht mehr als Notar«, sagte Rossi leise.

Brunetti ging angesichts von Rossis Fragerei allmählich die Geduld aus. »Ich möchte jetzt wissen, Signor Rossi«, herrschte er ihn schließlich an, »was das alles heißen soll. Steht es vielleicht in Frage, wem die Wohnung gehört?«

Rossi setzte wieder sein nervöses Lächeln auf. »Ich fürchte, es ist noch ein wenig komplizierter, Signor Brunetti.«

Brunetti konnte sich nicht denken, was denn noch komplizierter hätte sein können. »Und das wäre?«

»Ich fürchte, daß diese Wohnung gar nicht existiert.«

2

»Wie bitte?« entfuhr es Brunetti, bevor er sich bremsen konnte. Er hörte die Empörung in der eigenen Stimme, versuchte aber gar nicht erst, sie zu mäßigen. »Was soll das heißen, ›nicht existiert‹?«

Rossi drückte sich in seinem Sessel ganz weit nach hinten, wie um aus der unmittelbaren Reichweite von Brunettis Zorn herauszukommen. Er machte ein Gesicht, als wollte ihm nicht einleuchten, wieso jemand so heftig darauf reagierte, daß er die Existenz einer wahrnehmbaren Wirklichkeit in Frage gestellt hatte. Als er aber sah, daß Brunetti nicht handgreiflich werden wollte, wurde er etwas lockerer, rückte die Papiere auf seinem Schoß zurecht und sagte: »Ich meine, sie existiert *für uns* nicht, Signor Brunetti.«

»Aha, für Sie – und das heißt?« fragte Brunetti.

»Das heißt, es gibt bei uns keinerlei Unterlagen. Keine Anträge auf eine Baugenehmigung, keine Pläne, keine Endabnahme der abgeschlossenen Baumaßnahmen. Kurz, es gibt keinerlei Urkunden darüber, daß diese Wohnung je gebaut wurde.« Bevor Brunetti etwas einwenden konnte, ergänzte Rossi, eine Hand auf der Mappe, die ihm Brunetti gegeben hatte: »Und Sie können uns bedauerlicherweise auch keine liefern.«

Brunetti mußte an eine Geschichte denken, die Paola ihm über einen englischen Schriftsteller erzählt hatte, der, konfrontiert mit einem Philosophen, der behauptete, es gebe keine Wirklichkeit, mit dem Fuß gegen einen Stein getreten und zu dem Philosophen gesagt hatte, er solle solange *die* nehmen. Er richtete seine Gedanken wieder auf das Näherliegende. Seine Kenntnisse über die Zuständigkeiten anderer städtischer Dienststellen mochten lückenhaft sein, aber seines Wissens registrierte das Katasteramt nur die Eigentumsverhältnisse. »Ist es eigentlich normal, daß Ihre Dienststelle derartige Nachforschungen anstellt?«

»Nein, jedenfalls war es das früher nicht«, antwortete Rossi mit einem schüchternen Lächeln, als wüßte er es zu schätzen, daß Brunetti immerhin gut genug informiert war, um diese Frage zu stellen. »Aber aufgrund eines neuen Erlasses wurde meine Dienststelle beauftragt, eine vollständige computerisierte Aufstellung aller Wohnhäuser in der Stadt anzufertigen, die von der Kulturgüterkommission zu historischen Denkmälern erklärt wurden. Dieses Haus gehört dazu. Wir sind dabei, alle Unterlagen und Akten aus den verschiedenen Ämtern in der Stadt zusammenzutragen. So wird dann eine zentrale Behörde, nämlich unsere, Kopien von sämtlichen Dokumenten zu jeder der fraglichen Wohnungen haben. Am Ende wird dieses zentralisierte System ungeheuer viel Zeit sparen.«

Als Brunetti das zufriedene Lächeln sah, mit dem Rossi das erzählte, mußte er an den Artikel im *Gazzettino* vor zwei Wochen denken, in dem es hieß, daß die Stadt wegen Geldmangels das Ausbaggern der Kanäle eingestellt habe. »Wie viele Wohnungen gibt es denn?« fragte er.

»Oh, das wissen wir selbst nicht. Unter anderem wird diese Erhebung ja deswegen gemacht.«

»Wann wurde damit angefangen?«

»Vor elf Monaten«, antwortete Rossi so prompt, daß

Brunetti sicher war, auf Nachfrage auch noch das genaue Datum mit Tag und Stunde genannt zu bekommen.

»Und wie viele Akten sind inzwischen komplett?«

»Also, da viele von uns aus freien Stücken auch samstags arbeiten, sind es jetzt schon über hundert«, antwortete Rossi nicht ohne Stolz.

»Und wie viele Leute arbeiten an dem Projekt?«

Rossi blickte auf seine rechte Hand und begann, mit dem Daumen angefangen, die Kollegen an den Fingern abzuzählen. »Acht, wenn ich keinen vergessen habe.«

»Acht«, wiederholte Brunetti. Er riß sich von den Berechnungen los, die er im Geiste angestellt hatte, und fragte: »Was hat das nun alles zu bedeuten? Speziell für mich?«

Rossis Antwort kam prompt. »Wenn wir für eine Wohnung keine Unterlagen haben, bitten wir als erstes den Eigentümer, sie uns zur Verfügung zu stellen. Aber hierin finde ich nichts Geeignetes.« Er zeigte auf die dünne Mappe. »Sie haben nur die Kaufurkunde, also müssen wir annehmen, daß Sie vom Vorbesitzer keine Unterlagen erhalten haben, die sich auf den ursprünglichen Bau beziehen.« Ehe Brunetti ihn unterbrechen konnte, fuhr Rossi rasch fort: »Das heißt, sie sind entweder verlorengegangen, was voraussetzt, daß sie einmal existiert haben, oder eben nicht. Existiert haben, meine ich.« Er sah zu Brunetti hinüber, der schwieg, und fügte hinzu: »Wenn sie aber verlorengegangen sind und Sie sagen, Sie hätten nie welche gehabt, dann müssen sie wohl bei einer der städtischen Behörden verlorengegangen sein.«

»Was würden Sie in diesem Fall denn unternehmen, um sie wiederzufinden?« fragte Brunetti.

»Oh«, begann Rossi, »so einfach ist das nicht. Wir sind nicht verpflichtet, Kopien dieser Dokumente aufzubewahren. Das Zivilrecht stellt klar, daß es die Aufgabe dessen ist, dem die in Frage stehende Liegenschaft gehört. Ohne eigene Kopien können Sie nicht bemängeln, daß die unseren verlorengegangen sind, wenn Sie verstehen, was ich meine«, sagte er mit einem erneuten Lächeln. »Und es ist uns nicht möglich, eine Suche nach den Dokumenten zu veranlassen, da wir es uns nicht leisten können, Arbeitskräfte für eine Suchaktion abzustellen, die sich als vergeblich erweisen könnte.« Als er Brunettis Gesicht sah, erklärte er: »Weil es ja sein könnte, daß es die Dokumente gar nicht gibt, verstehen Sie?«

Brunetti biß sich auf die Unterlippe, dann fragte er: »Und wenn sie nun nicht verlorengegangen sind, sondern einfach nie existiert haben?«

Rossi senkte den Blick und drückte an seiner Armbanduhr herum, bis sie genau auf der Mitte des Handgelenks saß. »In diesem Fall, Signore«, erklärte er endlich, indem er zu Brunetti aufblickte, »ist es so, daß nie eine Genehmigung erteilt und die fertige Arbeit nie abgenommen wurde.«

»Das ist durchaus möglich, nehme ich an?« sagte Brunetti im Frageton. »Es ist ja nach dem Krieg unglaublich viel gebaut worden.«

»O ja«, bestätigte Rossi mit der gespielten Bescheidenheit dessen, der sein ganzes Arbeitsleben genau mit solchen Dingen zu tun hat. »Aber die meisten dieser Projekte, egal ob kleine Restaurierungsarbeiten oder ausgiebige Umbauten, wurden nachträglich genehmigt und sind somit legal, jedenfalls für uns. Das Problem bei Ihnen ist, daß es auch keine nachträgliche Genehmigung gibt«, erklärte er mit einer Handbewegung, die alle die anstößigen Wände, Decken und Fußböden erfaßte.

»Wenn ich meine Frage wiederholen darf, Signor Rossi«, sagte Brunetti mit einer geradezu olympischen Gelassenheit in der Stimme, »was hat das nun alles für mich und meine Wohnung zu bedeuten?«

»Ich bin bedauerlicherweise nicht befugt, Ihnen diese Frage zu beantworten, Signore«, sagte Rossi, indem er Brunetti die Mappe zurückgab. Er bückte sich, nahm seine Aktentasche vom Boden und erhob sich. »Meine Aufgabe ist es nur, die Wohnungsbesitzer aufzusuchen und festzustellen, ob die fehlenden Papiere sich in ihrem Besitz befinden.« Sein Gesicht wurde ernst, und Brunetti glaubte, ehrliche Enttäuschung darin zu erkennen. »Es betrübt mich, erfahren zu müssen, daß sich in Ihrem Besitz keine befinden.«

Brunetti stand auf. »Und was jetzt?«

»Das hängt vom Katasterausschuß ab«, sagte Rossi mit einem Schritt zur Tür hin.

Brunetti machte eine Bewegung nach links, womit er sich Rossi zwar nicht direkt in den Weg stellte, aber eindeutig ein Hindernis zwischen dem jungen Mann und der Tür bildete. »Sie meinen also, das Stockwerk unter uns wurde im neunzehnten Jahrhundert hinzugefügt. Aber wenn das später war, etwa zur gleichen Zeit wie diese Wohnung hier, würde das etwas ändern?« Brunetti konnte sich noch so sehr bemühen, es gelang ihm nicht, die blanke Hoffnung aus seiner Stimme herauszuhalten.

Rossi überlegte lange, dann antwortete er schließlich in einem Ton der mustergültigen Umsicht und Zurückhaltung:

»Vielleicht. Ich weiß, daß für das untere Stockwerk alle Genehmigungen und Abnahmen vorliegen. Wenn also nachgewiesen werden könnte, daß dieses Stockwerk hier zur selben Zeit hinzugefügt wurde, wäre das ja vielleicht ein Hinweis darauf, daß die Genehmigungen irgendwann einmal erteilt worden sein müssen.« Er kam ins Grübeln – ein Bürokrat, der sich vor ein neues Problem gestellt sieht. »Ja, das könnte etwas ändern, obwohl ich bestimmt nicht derjenige bin, der darüber zu entscheiden hätte.«

Durch die Aussicht auf Begnadigung momentan wieder im Aufwind, ging Brunetti zur Terrassentür und öffnete sie. »Ich will Ihnen mal was zeigen«, sagte er zu Rossi und deutete durch die offene Tür nach draußen. »Ich fand schon immer, daß die Fenster unter uns genau die gleichen sind wie unsere.« Ohne sich nach Rossi umzudrehen, sprach er weiter: »Wenn Sie nur mal hier nach unten gucken, ein wenig nach links, dann sehen Sie, was ich meine.« Mit einer in langen Jahren erworbenen Lässigkeit beugte sich Brunetti, gestützt auf die weit auseinandergespreizten Hände, über die taillenhohe Mauer, um auf die Fenster der Wohnung unter seiner zu blicken. Doch bei näherer Betrachtung waren die Fenster ganz und gar nicht gleich; die unteren hatten Stürze aus weißem istrischen Marmor, während seine eigenen nichts weiter waren als in die Backsteinmauer geschnittene Rechtecke.

Er richtete sich wieder auf und drehte sich zu Rossi um. Der junge Mann stand wie angewurzelt, den linken Arm mit offener Handfläche vorgestreckt, als wollte er bösen Geistern wehren. Dabei starrte er mit weitaufgerissenem Mund Brunetti an.

Der machte einen Schritt auf ihn zu, aber Rossi wich mit immer noch erhobener Hand rasch nach hinten aus.

Brunetti blieb an der Tür stehen. »Ist Ihnen nicht gut?«

Der jüngere Mann versuchte etwas zu sagen, doch es kam kein Ton heraus. Er ließ den Arm sinken und gab etwas von sich, doch seine Stimme war so leise, daß Brunetti es nicht verstand.

Um die peinliche Situation zu überwinden, sagte Brunetti schließlich: »Na ja, ich könnte mich mit den Fenstern ja auch geirrt haben, und es gibt dort gar nichts zu sehen.«

Rossis Gesicht entspannte sich, und er versuchte zu lächeln, aber seine Nervosität blieb und war ansteckend.

Um die Terrasse ganz aus den Gedanken zu verdrängen, sagte Brunetti: »Könnten Sie mir vielleicht eine Vorstellung davon geben, was das Ganze für Konsequenzen haben kann?«

»Wie bitte?«

»Was wird nun wahrscheinlich passieren?«

Rossi trat einen Schritt zurück und holte zur Antwort aus, wobei er in den litaneiartigen Rhythmus dessen verfiel, der sich selbst schon unzählige Male dasselbe hat sagen hören. »In dem Fall, daß zur Zeit des Neubaus eine Genehmigung beantragt, aber letztlich nicht erteilt wurde, wird eine Geldstrafe verhängt, deren Höhe sich nach der Schwere des Verstoßes gegen die damals gültige Bauordnung richtet.« Brunetti rührte sich nach wie vor nicht, und der junge Mann fuhr fort: »In dem Fall, daß eine Genehmigung weder beantragt noch letztlich erteilt wurde, geht die Sache weiter an die *Sovraintendenza dei Beni Culturali,* deren

Entscheidung davon abhängt, welchen Schaden der illegale Bau dem Stadtbild zufügt.«

»Und?« bohrte Brunetti weiter.

»Und manchmal wird dann eine Geldstrafe verhängt.«

»Und?«

»Und manchmal muß der beanstandete Bau abgerissen werden.«

»Was?« brauste Brunetti auf. Alle vorgetäuschte Ruhe war dahin.

»Manchmal muß der beanstandete Bau abgerissen werden.« Rossi lächelte matt, was wohl heißen sollte, daß er für diese Eventualität in keiner Weise verantwortlich war.

»Aber das ist mein Zuhause«, sagte Brunetti. »Es ist meine Wohnung, über deren Abriß Sie da reden.«

»So weit kommt es selten, glauben Sie mir«, sagte Rossi, um einen beruhigenden Ton bemüht.

Brunetti brachte kein Wort heraus. Rossi sah das und begab sich rasch in Richtung Wohnungstür. Er hatte sie gerade erreicht, da drehte sich ein Schlüssel im Schloß, die Tür wurde aufgestoßen, und herein kam Paola, deren Aufmerksamkeit zwischen zwei großen Plastiktüten, dem Hausschlüssel und den drei Zeitungen verteilt war, die ihr gerade unter dem linken Arm herausrutschten. Sie bemerkte Rossi erst, als er instinktiv einen Satz machte, um die fallenden Zeitungen aufzufangen. Erschrocken schnappte sie nach Luft, ließ die Tüten los und wich rasch nach hinten aus, wobei sie mit dem Ellbogen gegen die offene Tür stieß. Sie riß den Mund auf, vielleicht vor Schreck, vielleicht vor Schmerz, und begann ihren Ellbogen zu reiben.

Brunetti sprang schnell zu ihr. »Paola!« rief er. »Schon

gut, Paola. Er war zu Besuch hier.« Damit ging er um Rossi herum und legte Paola die Hand auf den Arm. »Du hast uns ganz schön überrascht«, sagte er, um sie zu beruhigen.

»Ihr mich auch«, erwiderte sie, mühsam lächelnd.

Brunetti hörte ein Geräusch hinter sich, und als er sich umdrehte, sah er Rossi, der seine Aktentasche an die Wand gelehnt hatte, auf dem Boden knien und Orangen einsammeln, um sie wieder in die Plastiktüte zu tun.

»Signor Rossi«, sagte Brunetti. Der junge Mann blickte auf, und da er mit den Orangen gerade fertig war, erhob er sich und stellte die Tüte auf den Tisch neben der Tür.

»Das ist meine Frau«, erklärte Brunetti überflüssigerweise.

Paola ließ ihren Ellbogen in Ruhe und gab Rossi die Hand. Sie tauschten die üblichen Höflichkeiten, Rossi entschuldigte sich, daß er sie erschreckt hatte, und Paola erklärte es für nicht so schlimm.

»Signor Rossi kommt vom Katasteramt«, sagte Brunetti endlich.

»Katasteramt?«

»Ja, Signora«, bestätigte Rossi. »Ich wollte mit Ihrem Mann über Ihre Wohnung sprechen.«

Paola warf einen kurzen Blick zu Brunetti, und was sie in seinem Gesicht sah, veranlaßte sie, sich mit ihrem gewinnendsten Lächeln wieder Rossi zuzuwenden. »Wie mir scheint, wollten Sie gerade gehen, Signor Rossi. Lassen Sie sich bitte durch mich nicht aufhalten. Mein Mann wird mir sicher alles erklären. Kein Grund für Sie, hier Ihre Zeit zu vergeuden, noch dazu an einem Samstag.«

»Sehr freundlich, Signora«, sagte Rossi in herzlichem

Ton. Er wandte sich Brunetti zu, dankte ihm, daß er sich Zeit für ihn genommen habe, und entschuldigte sich noch einmal bei Paola, dann verabschiedete er sich ohne erneuten Händedruck.

Kaum hatte Paola die Tür hinter ihm zugemacht, fragte sie: »Katasteramt?«

»Ich glaube, die wollen unsere Wohnung abreißen«, klärte Brunetti sie auf.

3

Abreißen?« wiederholte Paola, die nicht recht wußte, ob sie darauf mit Erstaunen oder mit Lachen reagieren sollte. »Wovon redest du, Guido?«

»Er hat mir etwas davon erzählt, daß es im Katasteramt keine Unterlagen für unsere Wohnung gibt. Die haben nämlich angefangen, alle ihre Unterlagen zu computerisieren, aber nun finden sie keinen Beleg dafür, daß für diese Wohnung, als sie gebaut wurde, eine Baugenehmigung erteilt oder überhaupt beantragt worden ist.«

»Das ist doch absurd«, sagte Paola, während sie sich nach den Zeitungen bückte und sie Brunetti gab. Dann hob sie die restlichen Plastiktüten auf und ging über den Flur in Richtung Küche. Dort stellte sie die Tüten auf den Tisch und begann den Inhalt einzeln herauszunehmen. Während Brunetti erzählte, kamen nacheinander Tomaten, Zwiebeln und fingergroße Zucchiniblüten zutage.

Als Brunetti die Blüten sah, unterbrach er seinen Bericht über Rossi und fragte: »Was hast du damit vor?«

»Risotto, denke ich.« Sie bückte sich, um ein in weißes Papier gewickeltes Päckchen in den Kühlschrank zu legen. »Weißt du noch, wie gut der war, den Roberta uns letzte Woche vorgesetzt hat, der mit dem Ingwer?«

»Hmm«, antwortete Brunetti, der sich willig auf das viel angenehmere Thema Mittagessen bringen ließ. »Viel Andrang am Rialto?«

»Als ich hinkam, noch nicht«, antwortete sie, »aber als

ich wieder ging, war es gerammelt voll, meist Touristen, die, soweit ich sehen konnte, gekommen waren, um andere Touristen zu fotografieren. In ein paar Jahren werden wir schon vor Sonnenaufgang hingehen müssen, sonst können wir uns dort nicht mehr bewegen.«

»Was zieht die Leute nur zum Rialto?« fragte er.

»Der Markt vermutlich. Warum fragst du?«

»Haben sie denn bei sich zu Hause keine Märkte? Gibt es da keine Lebensmittel zu kaufen?«

»Weiß der Himmel, was sie bei sich zu Hause haben«, antwortete Paola mit leiser Entrüstung in der Stimme. »Was hat dieser Signor Rossi denn sonst noch gesagt?«

Brunetti lehnte sich mit dem Rücken an den Küchentresen. »Er hat gesagt, in manchen Fällen verhängen sie nur eine Geldbuße.«

»Das ist das Übliche«, meinte sie und blickte nun endlich, da alle Lebensmittel weggeräumt waren, zu ihm auf. »So war es bei Gigi Guerriero, als er dieses zusätzliche Bad einbaute. Sein Nachbar hat den Klempner eine Toilettenschüssel ins Haus tragen sehen und die Polizei angerufen, woraufhin Gigi eine Strafe zahlen mußte.«

»Das war vor zehn Jahren.«

»Zwölf«, korrigierte Paola aus schierer Gewohnheit. Sie sah, wie sich Brunettis Lippen spannten, und fügte hinzu: »Ist ja egal. Spielt keine Rolle. Was kann sonst noch passieren?«

»Er sagt, in manchen Fällen, wenn nie eine Baugenehmigung beantragt, die Arbeit aber trotzdem durchgeführt wurde, mußten die Leute das, was sie gebaut hatten, wieder abreißen.«

»Das hat er doch sicher nur im Spaß gesagt«, meinte sie.

»Du hast Signor Rossi gesehen, Paola. Traust du ihm zu, daß er so etwas im Spaß sagt?«

»Ich habe den Verdacht, daß Signor Rossi zu denen gehört, die überhaupt nie einen Spaß machen.« Damit drehte sie sich lässig um und ging ins Wohnzimmer. Dort schob sie ein paar auf einer Sessellehne liegende Zeitschriften zusammen, dann ging sie weiter auf die Terrasse. Brunetti folgte ihr. Als sie so nebeneinanderstanden und auf die Stadt blickten, die vor ihnen ausgebreitet lag, zeigte Paola mit einer ausladenden Bewegung über alle die Dächer, Terrassen, Gärten und Dachfenster. »Möchte mal wissen, wieviel davon legal ist«, sagte sie. »Und wissen möchte ich auch, für wieviel davon die entsprechenden Genehmigungen rechtzeitig beantragt oder auch erst nachträglich erteilt wurden.« Sie wohnten beide schon fast ihr ganzes Leben lang in Venedig und kannten unzählige Geschichten von Schmiergeldern für Bauamtsinspektoren; oder von Fasergipsplatten, die, eine Sekunde nachdem der Bauamtsinspektor zur Tür hinaus war, wieder herausgerissen wurden.

»Die halbe Stadt ist so, Paola«, sagte er. »Aber uns haben sie erwischt.«

»Man hat uns bei gar nichts erwischt«, entgegnete sie, wobei sie sich zu ihm umdrehte. »Wir haben nichts verbrochen. Wir haben diese Wohnung in gutem Glauben gekauft. Battistini – hieß so nicht der Mann, von dem wir sie haben? – hätte die erforderlichen Genehmigungen besorgen müssen.«

»Wir hätten uns vor dem Kauf vergewissern müssen, daß

er sie hatte«, versuchte Brunetti zu argumentieren. »Aber das haben wir nicht. Wir brauchten nur das da zu sehen...« – er umschrieb mit einer kreisenden Armbewegung alles, was vor ihnen lag –, »...und waren verloren.«

»So habe ich es nicht in Erinnerung«, sagte Paola. Sie ging ins Wohnzimmer zurück und setzte sich.

»Ich schon«, erwiderte Brunetti.

Bevor Paola etwas einwenden konnte, fuhr er fort: »Es spielt aber keine Rolle, was wir in Erinnerung haben. Oder wie überstürzt wir damals beim Kauf gehandelt haben. Eine Rolle spielt einzig und allein, daß wir das Problem jetzt am Hals haben.«

»Battistini?« fragte sie.

»Der ist vor etwa zehn Jahren gestorben«, antwortete Brunetti. Sollte sie die Absicht gehabt haben, sich mit diesem Mann in Verbindung zu setzen, so war das hiermit erledigt.

»Das wußte ich nicht.«

»Sein Neffe – du weißt schon, der in Murano arbeitet – hat es mir erzählt. Ein Tumor.«

»Das tut mir leid«, sagte sie. »Er war ein netter Mann.«

»Stimmt. Und er hat uns einen guten Preis gemacht.«

»Ich glaube, er hatte die Frischvermählten ins Herz geschlossen«, meinte sie, und ein Lächeln der Erinnerung huschte über ihr Gesicht. »Besonders diese frischvermählten werdenden Eltern.«

»Du meinst, das könnte Einfluß auf den Preis gehabt haben?« fragte Brunetti.

»Ich habe es mir immer gern eingebildet«, antwortete Paola. »Sehr unvenezianisch von ihm, aber trotzdem anständig. Allerdings nicht«, fügte sie rasch hinzu, »wenn wir die Wohnung jetzt wieder abreißen müssen.«

»Das wäre doch mehr als nur ein bißchen lächerlich, findest du nicht?« fragte Brunetti.

»Du arbeitest jetzt seit zwanzig Jahren bei der Stadt, richtig? Du solltest inzwischen gelernt haben, daß es absolut keine Rolle spielt, ob etwas lächerlich ist oder nicht.«

Brunetti mußte ihr da wohl oder übel recht geben. Dieser Obstverkäufer fiel ihm ein, der ihm gesagt hatte, wenn ein Kunde sein Obst oder Gemüse anfasse, so müsse er, der Händler, eine halbe Million Lire Strafe zahlen. Widersinn schien keiner Verordnung, die man sich bei der Stadt einfallen ließ, im Weg zu stehen.

Paola ließ sich in ihrem Sessel nach hinten sinken und legte die Füße auf das niedrige Tischchen zwischen ihnen. »Was soll ich also tun? Meinen Vater anrufen?«

Brunetti hatte gewußt, daß diese Frage früher oder später kommen würde, und war froh, daß sie eher früh als spät kam. Conte Orazio Falier, einer der reichsten Männer der Stadt, konnte dieses Wunder leicht bewirken, es bedurfte dazu nur eines Telefongesprächs oder einer kleinen Bemerkung bei einem Abendessen. »Nein, ich glaube, ich möchte das selbst in die Hand nehmen«, sagte er, mit Betonung auf dem »selbst«.

Zu keinem Zeitpunkt wäre es ihm – so wenig wie Paola – in den Sinn gekommen, die Sache legal anzugehen, also die zuständigen Dienststellen und die Namen der richtigen Leute herauszufinden und dann die geeigneten Schritte einzuleiten. Auch kamen beide nicht auf die Idee, daß es einen vorgeschriebenen Dienstweg geben könnte, auf dem das Problem zu lösen wäre. Falls es so etwas gab oder man es herausfinden konnte, pflegten die Venezianer es doch zu ignorieren, weil man eben wußte, daß solche Dinge sich nur mit *conoscenze* regeln ließen, als da waren: Bekannte, Freunde, Beziehungen und geschuldete Gefälligkeiten, die man im Laufe eines Lebens angesammelt hatte, weil sie unausweichlich anfielen im Umgang mit einem System, das alle – sogar diejenigen, die in seinem Sold standen, vielleicht gerade diejenigen, die in seinem Sold standen – für ineffizient bis hin zur totalen Nutzlosigkeit hielten, anfällig für die Mißbräuche, die aus Jahrhunderten der Korruption erwachsen waren, und beschwert durch einen byzantinischen Hang zu Heimlichtuerei und Gleichgültigkeit.

Paola beachtete Brunettis Ton nicht. »Er könnte das sicher regeln«, sagte sie.

Ohne sich Zeit zum Nachdenken zu lassen, rief Brunetti: »Ah, wo blieb der Schnee vom vorigen Jahr? Wo sind die Ideale von achtundsechzig?«

Paola war augenblicklich auf der Hut. »Was soll das bitte heißen?« blaffte sie.

Er sah sie an, wie sie dasaß, den Kopf zurückgeworfen und zu allem bereit; dabei wurde ihm klar, wie einschüchternd sie im Hörsaal wirken mochte. »Es soll heißen, daß wir früher einmal beide an die politische Linke geglaubt haben, an soziale Gerechtigkeit und Dinge wie Gleichheit vor dem Gesetz.«

»Und?«

»Und jetzt überlegen wir als erstes, wie wir uns an den Anfang der Schlange mogeln könnten.«

»Sprich aus, was du sagen willst, Guido«, begann sie.

»Und rede bitte nicht von ›wir‹, wenn ich diejenige bin, die den Vorschlag gemacht hat.« Sie hielt kurz inne und fügte hinzu: »Deine Prinzipien sind ja noch intakt.«

»Und was soll *das* bitte heißen?« erkundigte er sich, wobei sein Ton schon nicht mehr ironisch war, aber auch noch lange nicht böse.

»Daß die meinen es nicht mehr sind. Wir haben uns jahrzehntelang zum Narren halten lassen und selbst zum Narren gehalten, wir mit unseren Hoffnungen auf eine bessere Gesellschaft, unserem idiotischen Glauben daran, daß dieses ekelhafte politische System und diese ekelhaften Politiker unser Land einmal in ein goldenes Paradies verwandeln könnten, regiert von Philosophenkönigen in endloser Folge.« Ihr Blick suchte den seinen und hielt ihn fest. »So, und daran glaube ich nicht mehr, an nichts davon. Ich habe keinen Glauben und keine Hoffnung mehr.«

Obwohl er echte Müdigkeit in ihren Augen sah, als sie das sagte, schlich sich der alte Groll, den er nie ganz unterdrücken konnte, in seine Stimme, als er fragte: »Und heißt das nun, daß du dich jedesmal, wenn es Ärger gibt, an deinen Vater wenden wirst, der Geld und Beziehungen hat und in seinen Anzugtaschen Macht mit sich herumträgt wie unsereiner Kleingeld, und ihn bitten wirst, die Sache für dich zu regeln?«

»Ich will nur eines«, begann sie in einem plötzlich ganz anderen Ton, wie um die Situation zu entschärfen, bevor es zu spät war. »Ich will uns Zeit und Kraft sparen. Wenn wir die Sache auf dem vorgeschriebenen Weg angehen, betreten wir Kafkas Welt und werden keine Ruhe mehr haben vor lauter Suche nach den richtigen Papieren, von denen irgendein kleiner Bürokrat wie dieser Signor Rossi immer wieder behaupten wird, es wären nicht die richtigen und wir müßten noch andere und wieder andere beibringen, bis wir beide reif fürs Irrenhaus sind.«

Als sie sah, daß Brunetti sich allmählich für diesen veränderten Ton erwärmte, fuhr sie fort: »Das heißt, wenn ich uns das alles ersparen kann, indem ich meinen Vater um Hilfe bitte, dann möchte ich es lieber so erledigen, denn für alles andere hätte ich weder die Geduld noch die Kraft.«

»Und wenn ich dir nun sage, daß ich es lieber selbst tun möchte, ohne seine Hilfe?« Bevor sie antworten konnte, fügte er rasch hinzu: »Es ist unsere Wohnung, Paola, nicht seine.«

»Meinst du mit ›selbst tun‹, daß du das legale Procedere durchlaufen willst, oder...« – und nun wurde ihr Ton noch wärmer –, »...oder willst du auf unsere eigenen Freunde und Beziehungen zurückgreifen?«

Brunetti lächelte, ein sicheres Zeichen, daß der Friede wiederhergestellt war. »Letzteres natürlich.«

»Ah«, sagte sie, ebenfalls lächelnd, »dann sieht die Sache anders aus.« Ihr Lächeln wurde noch breiter, und schon war sie bei der Frage des Vorgehens. »Wen hätten wir denn da?« überlegte sie laut. Alle Gedanken an ihren Vater waren wie aus dem Zimmer gefegt.

»Zunächst mal Rallo bei der Kulturgüterkommission.«

»Dessen Sohn mit Drogen handelt?«

»Einmal gehandelt *hat*«, korrigierte Brunetti.

»Was hast du gemacht?«

»Ihm einen Gefallen getan«, lautete Brunettis einzige Erklärung.

Paola akzeptierte das und fragte nur: »Aber was hat die Kulturgüterkommission damit zu tun? Wurde dieses Stockwerk nicht erst nach dem Krieg gebaut?«

»So hat Battistini es uns gesagt. Aber der untere Teil des Gebäudes steht unter Denkmalschutz, und er könnte von allem, was hier oben passiert, in Mitleidenschaft gezogen werden.«

»Mhm«, pflichtete Paola ihm bei. »Wer noch?«

»Da ist dieser Vetter von Vianello, der als Architekt bei der Stadt arbeitet, ich glaube, sogar bei der Stelle, die für Baugenehmigungen zuständig ist. Vianello soll ihn bitten, sich ein wenig umzuhören.«

So saßen sie noch eine Weile beisammen und stellten eine Liste der Gefälligkeiten auf, die sie irgendwelchen Leuten irgendwann erwiesen hatten und jetzt vielleicht einzufordern gedachten. Es war schon fast Mittag, als sie ihre potentiellen Verbündeten endlich beisammen- und sich über deren jeweilige Nützlichkeit geeinigt hatten. Erst dann fragte Brunetti: »Hast du die *moeche* bekommen?«

Worauf sich Paola, wie es ihre jahrzehntelange Gewohnheit war, an die unsichtbare dritte Person wandte, die sie bei den schlimmsten Tollheiten ihres Mannes immer als Zeugin anrief, und fragte: »Hast du das gehört? Wir sind hier in akuter Gefahr, unser Zuhause zu verlieren, und er denkt an nichts anderes als an frische Krabben.«

»Ich denke sehr wohl noch an etwas anderes«, widersprach Brunetti gekränkt.

»Woran denn?«

»Risotto.«

Die Kinder, die zum Mittagessen nach Hause kamen, erfuhren von der Lage der Dinge erst, nachdem die letzten Krabben den Weg alles Irdischen gegangen waren. Zuerst wollten sie das Ganze überhaupt nicht ernst nehmen. Als ihre Eltern sie schließlich überzeugen konnten, daß ihre Wohnung wirklich in Gefahr war, begannen sie sofort mit der Planung des Umzugs.

»Können wir ein Haus mit Garten bekommen, damit ich einen Hund haben kann?« fragte Chiara. Als sie die Gesichter ihrer Eltern sah, schränkte sie ein: »Oder eine Katze?« Raffi zeigte kein Interesse an Haustieren und votierte stattdessen für ein zweites Badezimmer.

»Wenn wir so was hätten, würdest du da wahrscheinlich einziehen und erst wieder rauskommen, wenn dir endlich dieser alberne Schnurrbart gewachsen ist«, meinte Chiara – es war das erste Mal, daß jemand in der Familie offiziell Kenntnis von jenem leichten Schatten nahm, der seit ein paar Wochen ganz allmählich unter der Nase ihres älteren Bruders sichtbar wurde.

Paola fühlte sich zum Eingreifen genötigt, nicht ohne sich dabei ein wenig wie ein Blauhelm von der UN-Friedenstruppe vorzukommen. »Ich finde, das reicht jetzt von euch beiden. Die Sache ist kein Scherz, und ich kann es nicht mehr hören, daß ihr so darüber redet, als ob es einer wäre.«

Die Kinder blickten zu ihr hin, und wie zwei Eulenjunge, die auf einem Ast hocken und abwarten, welcher von zwei nebenan sitzenden Raubvögeln zuerst zuschlagen wird, drehten sie gleichzeitig die Köpfe und sahen ihren Vater an. »Ihr habt ja gehört, was eure Mutter gesagt hat«, beschied dieser sie, und das war ein sicheres Zeichen für den Ernst der Lage.

»Wir machen den Abwasch«, bot Chiara zur Versöhnung an, wohl wissend, daß sie damit sowieso an der Reihe war.

Raffi rückte seinen Stuhl zurück und stand auf. Er nahm den Teller seiner Mutter, dann den seines Vaters sowie Chiaras, stellte sie auf seinen eigenen und trug den Stapel zur Spüle. Und noch erstaunlicher: Er drehte den Wasserhahn auf und schob die Ärmel seines Pullovers hoch.

Wie zwei abergläubische Bauern im Angesicht des Göttlichen flüchteten Paola und Brunetti ins Wohnzimmer, aber nicht ohne sich vorher noch schnell eine Flasche Grappa und zwei kleine Gläser zu greifen.

Brunetti schenkte von der klaren Flüssigkeit ein und reichte Paola das eine Glas. »Was machst du heute nachmittag«, fragte sie nach dem beruhigenden ersten Schlückchen.

»Ich gehe wieder nach Persien«, antwortete Brunetti, streifte die Schuhe von den Füßen und legte sich aufs Sofa.

»Das würde ich doch eine etwas übertriebene Reaktion auf Signor Rossis Botschaft nennen.« Sie trank noch ein Schlückchen. »Ist das nicht die Flasche, die wir aus Belluno mitgebracht haben?« Sie hatten dort einen Freund, der länger als zehn Jahre mit Brunetti zusammengearbeitet hatte, aber nach einer Verwundung in einer Schießerei aus dem Polizeidienst ausgeschieden und in sein Dorf zurückgekehrt war, um den Hof seines Vaters zu übernehmen. Jedes Jahr im Herbst stellte er einen Destillierkolben auf und brannte fünfzig Flaschen Grappa, was durch und durch ungesetzlich war. Dann verschenkte er sie an Verwandte und Freunde.

Brunetti trank noch einen Schluck und seufzte.

»Persien?« fragte sie endlich.

Er stellte sein Glas auf den Couchtisch und nahm das Buch zur Hand, das er bei Signor Rossis Ankunft weggelegt hatte. »Xenophon«, erklärte er, wobei er es an der Stelle mit dem Lesezeichen aufschlug, schon wieder ganz in jenem anderen Teil seines Lebens angekommen.

»Sie konnten sich doch retten, die Griechen, nicht wahr?« fragte sie. »Und sind wieder nach Hause gekommen?«

»So weit bin ich noch nicht«, antwortete Brunetti.

Paolas Stimme klang jetzt doch ein wenig gereizt. »Guido, du hast Xenophon mindestens schon zweimal gelesen, seit wir verheiratet sind. Wenn du nicht mehr weißt, ob die Griechen es nach Hause geschafft haben, dann hast du entweder nicht aufgepaßt, oder es müssen die ersten Symptome von Alzheimer sein.«

»Ich tue einfach so, als wüßte ich nicht, wie es ausgeht, dann habe ich mehr davon«, erklärte er und setzte seine Brille auf. Er fand die Stelle, an der er aufgehört hatte, und begann zu lesen.

Paola sah ihm eine Weile zu, dann goß sie sich noch einen Grappa ein und nahm ihn mit in ihr Arbeitszimmer. Ihren Mann überließ sie einstweilen den Persern.

4

Wie es in solchen Angelegenheiten oft der Fall ist, geschah nichts weiter. Das heißt, es kamen keine weiteren Mitteilungen vom Ufficio Catasto, und von Signor Rossi hörte man auch nichts mehr. Angesichts dieses Schweigens – und vielleicht auch aus einem gewissen Aberglauben heraus – unternahm Brunetti keinen Versuch, sich mit den Freunden in Verbindung zu setzen, die ihm vielleicht helfen konnten, den rechtlichen Status seiner Wohnung zu klären. Aus dem Vorfrühling wurde allmählich richtiger Frühling. Die Temperaturen stiegen, und die Brunettis saßen immer öfter und länger auf ihrer Terrasse. Am fünfzehnten April aßen sie mittags zum erstenmal draußen, um die Abendessenszeit war es allerdings schon wieder zu kühl. Die Tage wurden länger, aber noch immer hörte man nichts Neues über den zweifelhaften Rechtsstatus der Brunettischen Wohnung. Und sie machten es wie die Bauern, die am Fuße eines Vulkans leben: Kaum hatte die Erde zu grollen aufgehört, bestellten sie wieder ihre Felder und hofften, daß die zürnenden Götter sie vergessen hatten.

Mit dem Wechsel der Jahreszeiten strömten mehr und mehr Touristen in die Stadt. Und mit ihnen kamen Zigeuner in großer Zahl. Letztere bezichtigte man schon seit langem zahlloser Einbrüche in den Städten, aber inzwischen machte man sie auch für Taschendiebstähle und vielerlei sonstige Straßenkriminalität verantwortlich. Da nicht nur die Einwohner sich dadurch belästigt fühlten, sondern vor allem auch die Touristen, die eine Haupteinnahmequelle der Stadt waren, wurde Brunetti beauftragt, sich Gedanken darüber zu machen, was man unternehmen könne. Die Taschendiebe waren meist noch nicht strafmündig. Sie wurden wiederholt aufgegriffen und zur Questura gebracht, wo sie sich ausweisen sollten, und wenn sich dann herausstellte, daß die wenigen, die überhaupt Papiere bei sich hatten, minderjährig waren, ließ man sie mit einer Verwarnung laufen. Viele waren schon am nächsten Tag wieder da; die meisten innerhalb der nächsten Woche. Da die einzigen sinnvollen Auswege, die Brunetti sah, darin bestanden hätten, entweder das Jugendstrafrecht zu ändern oder aber die Missetäter auszuweisen, fiel es ihm schwer, seine Gedanken zu Papier zu bringen.

Er saß am Schreibtisch und überlegte angestrengt, wie man es vermeiden könne, offenkundige Wahrheiten auszusprechen, als das Telefon klingelte. »Brunetti«, meldete er sich, wobei er auf die dritte Seite mit den Namen derer umblätterte, die in den letzten zwei Monaten wegen einfachen Diebstahls festgenommen worden waren.

»Commissario?« fragte eine Männerstimme.

»Ja.«

»Hier ist Franco Rossi.«

Der Name war einer der gängigsten, die ein Veneziáner haben konnte, etwa wie Fritz Müller, weshalb es ein Weilchen dauerte, bis Brunetti sein Gedächtnis durchforstet hatte, aber schließlich kam er doch aufs Katasteramt.

»Ah, ich hatte gehofft, von Ihnen zu hören, Signor Rossi«, log er schamlos. In Wahrheit hatte er gehofft, Signor Rossi werde mitsamt seinem Ufficio Catasto und allen Akten sonstwohin verschwinden. »Gibt es etwas Neues?«

»In welcher Angelegenheit?«

»Unsere Wohnung«, erklärte Brunetti, der sich nicht denken konnte, was er für andere Neuigkeiten von Signor Rossi zu erwarten hätte.

»Nein, nichts«, antwortete Rossi. »Der Bericht wurde weitergeleitet und wird bearbeitet werden.«

»Haben Sie eine Vorstellung, wie lange das ungefähr dauern könnte?« fragte Brunetti zaghaft.

»Nein, leider nicht. Unmöglich zu sagen, wann die dazu kommen werden.« Rossis Stimme klang barsch und abweisend.

Brunetti schoß durch den Kopf, wie gut dieser Satz auf die meisten städtischen Behörden zutraf, mit denen er es je zu tun gehabt hatte, egal ob als Privatmann oder als Polizist. »Brauchen Sie weitere Informationen von mir?« erkundigte er sich, weiterhin höflich, weil er sich bewußt war, daß er Signor Rossis guten Willen vielleicht irgendwann in der Zukunft einmal brauchen würde, möglicherweise sogar seine direkte Hilfe.

»Es geht um etwas anderes«, sagte Rossi. »Ich habe Ihren Namen gegenüber jemandem erwähnt, der mir sagte, wo Sie arbeiten.«

»Aha, und was kann ich für Sie tun?«

»Es geht um eine Sache hier in meiner Dienststelle«, sagte Rossi, dann unterbrach er sich und korrigierte: »Das heißt, nicht direkt *hier,* denn ich bin nicht im Amt. Wenn Sie verstehen.«

»Wo sind Sie denn, Signor Rossi?«

»Auf der Straße. Ich rufe über mein *telefonino* an. Aus dem Amt heraus wollte ich das lieber nicht.« Der Empfang wurde schwach, und als Rossis Stimme dann wieder zu hören war, sagte er gerade: »...hat mit dem zu tun, was ich Ihnen mitteilen will.«

In diesem Fall wäre Signor Rossi allerdings gut beraten gewesen, nicht sein Mobiltelefon zu benutzen, denn dieses Kommunikationsmittel war so öffentlich wie die Zeitung.

»Handelt es sich bei dem, was Sie mir mitteilen wollen, um etwas Wichtiges, Signor Rossi?«

»Ja, ich glaube schon«, sagte Rossi etwas leiser.

»Dann wäre es sicher besser, Sie würden sich eine Telefonzelle suchen und mich von dort aus anrufen«, riet Brunetti.

»Wie, was?« fragte Rossi unsicher.

»Rufen Sie mich aus einer Telefonzelle an, Signore. Ich bleibe hier und warte.«

»Sie meinen, dieser Anruf ist nicht sicher?« fragte Rossi, und Brunetti hörte dieselbe Angst, die dem Mann die Kehle zugeschnürt hatte, als er in Brunettis Wohnung um keinen Preis auf die Terrasse hatte hinaustreten wollen.

»Das wäre übertrieben«, sagte Brunetti so ruhig und beruhigend, wie es ging. »Aber Sie bekommen bestimmt keinen Ärger, wenn Sie mich von einer öffentlichen Zelle aus anrufen, schon gar nicht, wenn Sie meine Durchwahlnummer wählen.« Er nannte Rossi die Nummer und wiederholte sie noch einmal, während der junge Mann sie sich vermutlich notierte.

»Ich muß mir Kleingeld besorgen oder eine Telefonkarte kaufen«, sagte Rossi, dann glaubte Brunetti ihn nach einer kurzen Pause das Gerät ausschalten zu hören, aber Rossis Stimme kam wieder, und es klang wie »...später wieder an«.

»Gut. Ich bin hier«, wollte Brunetti sagen, doch dann hörte er ein Klicken, bevor er noch zu Ende gesprochen hatte.

Was hatte Signor Rossi im Katasteramt entdeckt? Daß Geld geflossen war, um einen inkriminierend genauen Bauplan aus einer Akte verschwinden und durch einen anderen, phantasievolleren ersetzen zu lassen? Schmiergelder an einen Bauamtsinspektor? Bei dem Gedanken, so etwas könne einen Staatsdiener noch derart schockieren, daß er die Polizei anrief, mußte Brunetti beinah laut lachen. Was war denn los im Ufficio Catasto, daß sie ein derart argloses Gemüt dort einstellten?

Während Brunetti in den nächsten Minuten auf Rossis Rückruf wartete, versuchte er sich auszurechnen, was es ihm einbringen könnte, wenn er Signor Rossi bei der Bewältigung dessen half, was er da entdeckt haben wollte. Mit leichten, aber nur sehr leichten Gewissensbissen gestand Brunetti sich ein, daß er tatsächlich die Absicht hatte, Signor Rossi zu benutzen, ja, daß er gewillt war, keine Mühe zu scheuen, um dem jungen Mann zu helfen und sich mit dessen Problem, worin auch immer es bestand, besonders eingehend zu befassen, denn das wäre wieder ein Guthabenpunkt auf seinem Gefälligkeitskonto. Und wenn er dann umgekehrt eine Gefälligkeit in Anspruch nähme, würde diese wenigstens von seinem eigenen Konto abgebucht und nicht von dem seines Schwiegervaters.

Er wartete zehn Minuten, aber das Telefon klingelte nicht. Als es nach einer halben Stunde dann doch klingelte, war es Signorina Elettra, die Sekretärin seines Chefs, die wissen wollte, ob sie ihm die Fotos und die Liste der

Schmuckstücke heraufbringen solle, die man auf dem Festland im Wohnwagen eines der vor zwei Wochen festgenommenen Zigeunerkinder gefunden hatte. Die Mutter behaupte, der ganze Schmuck gehöre ihr und befinde sich schon seit Generationen in ihrer Familie. Bei dem Wert der Stücke erschien das höchst unglaubhaft. Brunetti wußte, daß eines davon schon von einer deutschen Journalistin identifiziert worden war, die angab, daß es vor einem Monat aus ihrer Wohnung gestohlen worden sei.

Er schaute auf die Uhr und sah, daß es schon nach fünf war. »Nein, Signorina, sparen Sie sich die Mühe. Das hat Zeit bis morgen.«

»Gut, Commissario«, sagte sie. »Sie können die Liste dann morgen bei mir abholen, wenn Sie zum Dienst kommen.« Sie hielt inne, und er hörte Papierrascheln am anderen Ende der Leitung. »Wenn sonst nichts mehr anliegt, gehe ich jetzt nach Hause.«

»Aber der Vice-Questore?« fragte Brunetti, der sich wunderte, woher sie den Mut nahm, über eine Stunde früher zu gehen.

»Der Vice-Questore ist schon vor dem Mittagessen gegangen«, antwortete sie in unbeteiligtem Ton. »Er hat gesagt, daß er mit dem Questore zum Essen verabredet ist, und soviel ich weiß, gehen sie hinterher ins Amt des Questore.«

Brunetti hätte gern gewußt, wie sein Vorgesetzter sich wohl aufführte, wenn er mit seinem eigenen Vorgesetzten sprach. Pattas Ausflüge in die Gefilde der Macht hatten für die in der Questura Beschäftigten nie Gutes zur Folge: Meist mündeten seine Versuche, seine einseitig ausgerichtete Energie zur Schau zu stellen, in neuen Plänen und Weisungen, die erst einmal erteilt, dann mit Gewalt durchgesetzt und schließlich wieder fallengelassen wurden, wenn sie sich als unsinnig oder überflüssig erwiesen.

Er wünschte Signorina Elettra einen angenehmen Abend und legte auf. Die nächsten zwei Stunden wartete er auf das Klingeln seines Telefons. Als es endlich schon kurz nach sieben war, verließ er sein Zimmer und ging nach unten in den Bereitschaftsraum.

Pucetti hatte Dienst und saß am Tisch, vor sich ein aufgeschlagenes Buch, das Kinn beim Lesen auf die Fäuste gestützt.

»Pucetti?« sagte Brunetti beim Eintreten.

Der Polizist hob den Kopf und war, als er seinen Vorgesetzten erblickte, sofort auf den Beinen. Brunetti sah jedoch erfreut, daß der junge Mann zum erstenmal, seit er hier arbeitete, dem Drang zum Salutieren widerstand.

»Ich gehe jetzt nach Hause, Pucetti. Wenn jemand anruft und ausdrücklich nach mir fragt, ein Mann, dann geben Sie ihm bitte meine Privatnummer und sagen ihm, er soll mich zu Hause anrufen, ja?«

»Selbstverständlich, Commissario«, antwortete der junge Polizist, und diesmal salutierte er doch.

»Was lesen Sie denn da?« erkundigte sich Brunetti.

»Ich lese nicht, Commissario, eigentlich nicht. Ich lerne. Das ist ein Sprachlehrbuch.«

»Sprachlehrbuch?«

»Ja, Russisch.«

Brunetti warf einen Blick in das aufgeschlagene Buch. In der Tat, das waren kyrillische Buchstaben. »Und warum lernen Sie Russisch«, fragte Brunetti und fügte rasch hinzu, »wenn ich das fragen darf?«

»Natürlich dürfen Sie, Commissario«, antwortete Pucetti mit sanftem Lächeln. »Meine Freundin ist Russin, und ich möchte mich gern in ihrer Sprache mit ihr unterhalten können.«

»Ich wußte gar nicht, daß Sie eine Freundin haben, Pucetti«, sagte Brunetti, der an die vielen russischen Prostituierten denken mußte, die Westeuropa überfluteten. Er bemühte sich um einen neutralen Ton.

»Doch, ja«, sagte Pucetti, wobei sein Lächeln immer breiter wurde.

Brunetti faßte sich ein Herz. »Und was macht Ihre Freundin hier in Italien? Arbeitet sie?«

»Sie unterrichtet in der Schule meines jüngeren Bruders Russisch und Mathematik. So habe ich sie kennengelernt.«

»Und wie lange ist das schon her?«

»Ein halbes Jahr.«

»Das scheint ja etwas Ernstes zu sein.«

Wieder lächelte der junge Mann, und Brunetti staunte, was für ein hübsches Gesicht er hatte. »Das glaube ich auch, Commissario. Ihre Familie kommt im Sommer her, und da möchte sie mich ihr vorstellen.«

»Und deswegen lernen Sie das?« Brunetti deutete mit einer Kopfbewegung auf das Buch.

Pucetti fuhr sich mit der Hand durchs Haar. »Sie sagt, es gefällt ihren Eltern nicht, daß sie einen Polizisten heiraten will; sie sind nämlich beide Ärzte. Und da dachte ich, es nützt vielleicht etwas, wenn ich mit ihnen reden kann, ein bißchen wenigstens. Und da ich weder Englisch noch

Deutsch kann, habe ich mir überlegt, wenn ich Russisch mit ihnen reden könnte, würden sie doch daran sehen, daß ich nicht nur ein dummer Polyp bin.«

»Das finde ich sehr klug von Ihnen. Also, dann überlasse ich Sie jetzt wieder Ihrem Lehrbuch«, sagte Brunetti.

Als er sich zum Gehen wandte, rief Pucetti ihm nach: *»Do swidanja.«*

Brunetti, der kein Russisch sprach, konnte nichts Passendes antworten und sagte statt dessen gute Nacht, dann ging er. Auf dem Heimweg dachte er bei sich: Die Frau lehrt Mathematik, und Pucetti lernt Russisch, um bei ihren Eltern einen guten Eindruck zu machen. Und er mußte sich fragen, ob er selbst am Ende nichts weiter war als ein dummer Polyp.

Freitags mußte Paola nicht in die Universität und verbrachte den Nachmittag meist damit, etwas Besonderes zum Abendessen zu kochen. Daran hatte die Familie sich schon gewöhnt, und sie wurde auch an diesem Abend nicht enttäuscht. Paola hatte beim Fleischer hinter dem Gemüsemarkt eine Lammkeule erstanden und servierte sie mit winzigen Kartöffelchen, die mit Rosmarin bestreut waren, dazu *zucchini trifolati* und Möhrchen in einer Soße, die so süß war, daß Brunetti sie am liebsten auch noch zum Nachtisch gegessen hätte, aber da gab es ja schon in Weißwein gedünstete Birnen.

Nach dem Abendessen lag er wie ein gestrandeter Wal auf seinem Stammplatz auf dem Sofa und genehmigte sich ein winziges Schlückchen Armagnac, eigentlich nur ein Tröpfchen in einem so kleinen Glas, daß man es kaum sah.

Paola kam dazu, nachdem sie die Kinder mit allen ihnen schon bekannten Drohungen für Leib und Leben an ihre Hausaufgaben geschickt hatte. Sie setzte sich und schenkte für sich, viel ehrlicher in solchen Dingen als er, einen durchaus kräftigen Schluck Armagnac ein. »Ah, ist der gut!« sagte sie, nachdem sie davon genippt hatte.

Wie in einem Traum sagte Brunetti: »Weißt du, wer mich heute angerufen hat?«

»Nein, wer?«

»Franco Rossi. Der Mann vom Katasteramt.«

Sie schloß die Augen und lehnte sich zurück. »O Gott, und ich hatte gedacht, das Ganze sei vorbei oder habe sich irgendwie von selbst erledigt.« Nach einer Weile fragte sie: »Und was hat er gesagt?«

»Es ging nicht um die Wohnung.«

»Aber wozu sollte er dich sonst anrufen?« Bevor er antworten konnte, setzte sie hinzu: »Hat er dich demnach im Dienst angerufen?«

»Ja. Das ist ja das Komische. Als er hier war, wußte er nicht, daß ich bei der Polizei bin. Er hat sich zwar indirekt nach meinem Beruf erkundigt, aber ich habe nur geantwortet, ich hätte Jura studiert.«

»Sagst du das immer?«

»Ja.« Er erklärte das nicht weiter, und sie fragte auch nicht.

»Dann hat er es aber doch erfahren?«

»Jedenfalls behauptet er das. Ein Bekannter soll es ihm gesagt haben.«

»Und was wollte er von dir?«

»Ich weiß es nicht. Er rief über sein *telefonino* an, und da es sich anhörte, als ob er mir etwas mitteilen wollte, das nicht für die Öffentlichkeit bestimmt war, habe ich ihm geraten, von einer Zelle aus anzurufen.«

»Und?«

»Hat er nicht.«

»Vielleicht hatte er es sich anders überlegt.«

Brunetti zuckte die Achseln, soweit das in Rückenlage und mit einem Bauch voll Lammkeule überhaupt möglich war.

»Wenn es etwas Wichtiges ist, wird er sich wieder melden«, meinte Paola.

»Das nehme ich auch an«, sagte Brunetti. Er überlegte, ob er sich noch ein ganz winziges Tröpfchen Armagnac gönnen sollte, schlief jedoch statt dessen für eine halbe Stunde ein. Als er aufwachte, hatten sich alle Gedanken an Franco Rossi verflüchtigt, und so blieb ihm nur noch das Verlangen nach diesem winzigen Tröpfchen Armagnac, bevor er sich zu Bett begab.

5

Wie Brunetti befürchtet hatte, sollte sich am Montag zeigen, was bei dem mittäglichen Tischgespräch zwischen Vice-Questore Patta und dem Questore herausgekommen war. Der Ruf erging gegen elf Uhr, kurz nach Pattas Ankunft in der Questura.

»Dottore?« rief Signorina Elettra von der Tür seines Zimmers her. Er blickte auf, und da stand sie, in der Hand einen blauen Aktenordner. Er fragte sich kurz, ob sie den Ordner wohl passend zur Farbe ihres Kleides gewählt hatte.

»Ah, guten Morgen, Signorina«, sagte er und winkte sie an seinen Schreibtisch. »Ist das die Liste mit den gestohlenen Schmuckstücken?«

»Ja, und die Fotos«, antwortete sie und gab ihm den Ordner. »Der Vice-Questore hat mich gebeten, Ihnen zu sagen, daß er Sie heute vormittag sprechen möchte.« Ihr Ton enthielt keinen Hinweis darauf, daß Gefahr im Verzug sei, also nahm Brunetti die Botschaft nur mit einem Nicken zur Kenntnis. Signorina Elettra blieb stehen, wo sie stand, und er klappte den Ordner auf. Vier Farbfotos waren an das Blatt geheftet; jedes von ihnen zeigte ein Schmuckstück: drei Ringe und ein schön gearbeitetes goldenes Armband, das offenbar mit einer Reihe kleiner Smaragde besetzt war.

»Das sieht ja aus, als wäre diese Journalistin auf den Diebstahl vorbereitet gewesen«, sagte Brunetti, der erstaunt war, daß jemand sich die Mühe machte, seinen Schmuck richtig professionell fotografieren zu lassen; er witterte sogleich Versicherungsbetrug.

»Sind wir das nicht alle?« fragte sie.

Brunetti sah zu ihr auf, ohne aus seiner Verwunderung ein Hehl zu machen. »Das können Sie doch nicht ernst meinen, Signorina.«

»Vielleicht *sollte* ich es nicht ernst meinen, zumal ich hier arbeite, aber ich *kann* es sehr wohl ernst meinen.« Und bevor er nachhaken konnte, fuhr sie fort: »Die Leute reden schon von nichts anderem mehr.«

»Bei uns werden weniger Straftaten begangen als in jeder anderen italienischen Stadt. Sehen Sie sich doch mal die Statistiken an«, fuhr er auf.

Sie verdrehte nicht die Augen gen Himmel, sondern begnügte sich mit den Worten: »Sie glauben doch nicht, die Statistiken gäben die Wirklichkeit wieder, Dottore?«

»Wie meinen Sie das?«

»Was denken Sie denn, wie viele Einbrüche oder Diebstähle tatsächlich angezeigt werden?«

»Ich habe es Ihnen eben gesagt. Ich habe die Statistiken gesehen. Die kennen wir alle.«

»Diese Statistiken haben nichts mit der tatsächlichen Kriminalität zu tun, Commissario. Das sollten Sie eigentlich wissen.« Als Brunetti den Köder nicht nahm, fragte sie: »Oder glauben Sie wirklich, daß die Leute es hier noch der Mühe wert finden, ein Verbrechen anzuzeigen?«

»Vielleicht nicht alle, aber die meisten bestimmt.«

»Und ich sage, die meisten nicht«, versetzte sie mit einem Achselzucken, das zwar ihr Auftreten milderte, nicht aber ihren Ton.

»Können Sie diese Meinung begründen?« fragte Brunetti, wobei er den Ordner vor sich auf den Schreibtisch legte.

»Ich kenne drei Leute, deren Wohnungen in den letzten Monaten ausgeplündert wurden und die es nicht gemeldet haben.« Sie wartete, ob Brunetti etwas sagen wollte, und als das nicht der Fall war, fuhr sie fort: »Halt, nein, einer hat es doch getan. Er ist zur Carabinieri-Wache bei San Zaccaria gegangen, um anzuzeigen, daß in seine Wohnung eingebrochen worden sei, worauf der diensthabende Maresciallo zu ihm sagte, er solle am Tag darauf wiederkommen, weil der Tenente – der einzige, der Einbruchsanzeigen entgegennehmen konnte – an dem Tag nicht da war.«

»Und, ist er noch mal hingegangen?«

»Natürlich nicht. Wozu die Umstände?«

»Ist das nicht eine ziemlich negative Einstellung, Signorina?«

»Natürlich ist sie negativ«, gab Signorina Elettra aggressiver zurück, als sie es sich sonst erlaubte, wenn sie mit ihm sprach. »Was für eine Einstellung erwarten Sie denn von mir?« Ihr hitziger Ton vertrieb alles Wohlbehagen aus dem Zimmer, das er sonst in ihrer Gegenwart empfand, und ließ jene müde Traurigkeit zurück, die Brunetti immer überkam, wenn er mit Paola Streit hatte. Um dieses Gefühl loszuwerden, blickte er auf die Fotos und fragte: »Welches hatte denn die Zigeunerin?«

Auch Signorina Elettra war erleichtert über den Atmosphärenwechsel. Sie beugte sich über die Fotos und zeigte auf das Armband. »Die Eigentümerin hat es identifiziert. Und sie hat die Originalquittung noch, auf der es beschrieben ist. Ich glaube zwar nicht, daß es etwas zu bedeuten hat oder sogar etwas nützt, aber sie sagt, sie hätte an dem Nachmittag, an dem in ihre Wohnung eingebrochen wurde, auf dem Campo San Fantin drei Zigeuner gesehen.«

»Stimmt«, pflichtete Brunetti ihr bei, »das wird nichts nützen.«

»Das wäre ja auch etwas Neues«, meinte sie.

Unter normalen Umständen hätte Brunetti entgegnet, für Zigeuner gälten dieselben Gesetze wie für alle anderen, aber er wollte die gelöste Stimmung zwischen ihnen nicht wieder gefährden. Statt dessen fragte er: »Wie alt ist der Junge?«

»Fünfzehn, sagt seine Mutter, aber es gibt natürlich keinerlei Unterlagen, keine Geburtsurkunde, kein Schulzeugnis, nichts. Er kann also zwischen fünfzehn und achtzehn sein. Solange sie behauptet, daß er fünfzehn ist, kann man ihm nichts anhaben, und er hat noch drei Jahre, in denen er ungestraft davonkommt.« Wieder spürte Brunetti die heiße Flamme ihres Zorns und tat sein Bestes, ihr auszuweichen.

»Hm.« Er klappte den Ordner zu. »Worüber will der Vice-Questore eigentlich mit mir reden? Haben Sie eine Ahnung?«

»Wahrscheinlich über das Ergebnis seines Gesprächs mit dem Questore.« Ihr Ton verriet nichts.

Brunetti seufzte vernehmlich und stand auf; obwohl die Sache mit den Zigeunern weiter ungelöst zwischen ihnen stand, genügte dieser Seufzer, um wieder ein Lächeln auf ihre Lippen zu bringen.

»Wirklich, Dottore, ich habe keine Ahnung. Er hat mir lediglich aufgetragen, Ihnen zu sagen, daß er Sie zu sprechen wünscht.«

»Dann werde ich mal hingehen und hören, was er will.«

Brunetti blieb an der Tür stehen, um Elettra den Vortritt zu lassen, dann gingen sie nebeneinander die Treppe hinunter zu Pattas Dienstzimmer mit dem kleinen Vorzimmerchen, in dem sie arbeitete.

Das Telefon klingelte gerade, als sie eintraten, und Signorina Elettra lehnte sich über ihren Schreibtisch, um abzunehmen. »Vorzimmer Vice-Questore Patta«, sagte sie. »Ja, Dottore, er ist da. Ich verbinde.« Sie drückte einen der Knöpfe am Apparat und legte auf. Dann sah sie Brunetti an und zeigte zu Pattas Tür. »Der Bürgermeister. Sie werden warten müssen, bis ...« Das Telefon klingelte wieder, und sie nahm ab. Dem kurzen Blick, den sie ihm zuwarf, entnahm er, daß es ein Privatgespräch war, darum griff er sich die aktuelle Ausgabe des *Gazzettino*, die zusammengefaltet auf ihrem Schreibtisch lag, und ging ans Fenster, um kurz hineinzuschauen. Er sah sich noch einmal um, und ihre Blicke trafen sich. Sie lächelte, drehte ihren Stuhl andersherum, nahm den Hörer dichter an den Mund und begann zu reden. Brunetti ging auf den Flur hinaus.

Er hatte sich den zweiten Teil der Zeitung genommen, zu dem er am Morgen nicht mehr gekommen war. Die obere Hälfte der ersten Seite befaßte sich mit der laufenden Überprüfung – es geschah alles so halbherzig, daß man von einer Untersuchung kaum reden konnte – des Verfahrens, nach dem der Auftrag zum Wiederaufbau des Teatro La Fenice vergeben worden war. Nach Jahren der Diskussion, der Vorwürfe und Gegenvorwürfe hatten selbst die wenigen Leute, die noch die Chronologie der Ereignisse richtig auf die Reihe bekamen, alles Interesse an den Fakten ebenso verloren wie die Hoffnung auf den versprochenen Wiederaufbau. Brunetti faltete die Zeitung auseinander und überflog die Artikel auf dem unteren Teil der Seite.

Links befand sich ein Foto; er kannte das Gesicht, wußte es aber nirgendwo unterzubringen, bis er in der Bildunterschrift den Namen las: *Francesco Rossi, städtischer Inspektor, liegt nach einem Sturz vom Gerüst im Koma.*

Brunettis Hände krampften sich um das Zeitungsblatt. Er sah kurz auf, dann las er den Artikel unter dem Foto.

Francesco Rossi, Inspektor beim Katasteramt, stürzte am Samstag nachmittag bei der Abnahme eines Umbauprojekts vom Gerüst eines Hauses in Dorsoduro. Rossi wurde ins Ospedale Civile gebracht, wo man seinen Zustand als »bedenklich« bezeichnet.

Schon lange vor seinem Eintritt in den Polizeidienst hatte Brunetti jeglichen Glauben an den Zufall abgelegt. Er wußte, daß Dinge geschahen, weil vorher andere Dinge geschehen waren. Seit er Polizist war, hatte er dazu noch die Überzeugung gewonnen, daß Zusammenhänge zwischen Geschehnissen – solchen zumindest, mit denen er sich von Berufs wegen zu befassen hatte – selten von der harmlosen Art waren. Franco Rossi hatte keinen besonderen Eindruck auf Brunetti gemacht, außer in dem einen Moment, als er in geradezu panischer Angst die Hand hob, um Brunettis Aufforderung, von der Terrasse aus einen Blick auf die Fenster des Stockwerks darunter zu werfen, von sich abzuwehren. Für die Dauer dieses einen Augenblicks hatte er aufgehört, der eifrige, farblose Bürokrat zu sein, der nicht viel mehr konnte, als die Vorschriften seines Amtes herunterzubeten, und war für Brunetti zu einem Menschen wie er selbst geworden, voll der Schwächen, die uns menschlich machen.

Brunetti glaubte nicht eine Sekunde daran, daß Franco Rossi versehentlich von dem Gerüst *gestürzt* war. Und er verwarf auch gleich die Möglichkeit, daß Rossis Versuch, ihn anzurufen, einem unbedeutenden Problemchen in seiner Dienststelle gegolten haben könnte, etwa daß jemand dabei erwischt worden war, sich illegal eine Baugenehmigung zu beschaffen.

Mit diesen Gewißheiten im Kopf ging Brunetti wieder in Signorina Elettras Büro und legte die Zeitung auf ihren Schreibtisch. Sie saß noch immer mit dem Rücken zu ihm und lachte leise über etwas, das sie gerade gehört hatte. Ohne sich ihr bemerkbar zu machen und ohne einen einzigen Gedanken an seine Einbestellung bei Patta zu verschwenden, verließ Brunetti die Questura und schlug den Weg zum Ospedale Civile ein.

6

Als Brunetti sich dem Krankenhaus näherte, mußte er daran denken, wie oft sein Beruf ihn schon hierhergeführt hatte; dabei war es ihm weniger um die jeweiligen Personen zu tun, die zu besuchen seine Aufgabe gewesen war, als um die vielen Male, die er, wie Dante, durch jenes gähnende Portal geschritten war, hinter dem Schmerz, Leiden und Tod lauerten. Im Lauf der Jahre hatte er den Verdacht geschöpft, daß ungeachtet der Größe des körperlichen Schmerzes das emotionale Leid, das ihn umgab, oft viel schlimmer war. Er schüttelte den Kopf, um sich von diesen Gedanken zu befreien, denn er wollte nicht schon mit solch düsteren Überlegungen beladen eintreten.

An der Anmeldung fragte Brunetti, wo er diesen Franco Rossi finde, der sich am Wochenende bei einem Sturz verletzt habe. Der Pförtner, ein Mann mit dunklem Bart, fragte zurück, ob er die Station wisse, auf die Signor Rossi gebracht worden sei. Brunetti hatte keine Ahnung, vermutete aber die Intensivstation. Der Pförtner griff zum Telefon, wählte, sagte etwas und rief dann eine neue Nummer an. Nachdem er wieder kurz gesprochen hatte, teilte er Brunetti mit, daß Signor Rossi sich weder auf der Intensivstation noch in der Notaufnahme befinde.

»Dann in der Neurologie?« mutmaßte Brunetti.

Mit der Gelassenheit langer Erfahrung wählte der Pförtner aus dem Gedächtnis eine weitere Nummer, allerdings wieder mit demselben Ergebnis.

»Wo könnte er dann sein?« fragte Brunetti.

»Sind Sie denn sicher, daß er zu uns gebracht wurde?« erkundigte sich der Pförtner.

»So stand es im *Gazzettino.*«

Hätte Brunetti nicht schon am Tonfall gehört, daß der Mann Venezianer war, dann hätte ihn der Blick verraten, der diese Aussage quittierte. Er fragte aber nur: »Er hat sich also bei einem Sturz verletzt?« Und als Brunetti nickte, meinte er: »Dann wollen wir's mal in der Orthopädie versuchen.« Wieder telefonierte er und nannte Rossis Namen. Bei der Antwort, die er bekam, sah er kurz zu Brunetti auf. Er hörte noch einen Moment zu, dann legte er die Hand auf die Sprechmuschel und fragte: »Sind Sie ein Angehöriger?«

»Nein.«

»Was dann? Ein Freund?«

Ohne zu zögern, ließ Brunetti sich darauf ein. »Ja.«

Der Pförtner sprach wieder ein paar Worte ins Telefon, hörte kurz zu und legte dann auf. Einen Moment ließ er den Blick noch auf dem Telefon ruhen, dann sah er Brunetti an. »Ich bedaure, es Ihnen sagen zu müssen, aber Ihr Freund ist heute morgen gestorben.«

Brunetti empfand den Schock und dann einen Anflug des plötzlichen Schmerzes, den er empfunden hätte, wenn wirklich ein Freund von ihm gestorben wäre. Aber er brachte nur »Orthopädie?« heraus.

Der Pförtner hob die Schultern ein wenig, wie um sich von allem zu distanzieren, was er gesagt oder weitergesagt hatte. »Man hat mir erklärt, daß er dorthin gebracht wurde, weil seine beiden Arme gebrochen waren.«

»Aber woran ist er gestorben?«

Der Pförtner antwortete nicht sofort, wie um dem Tod die gebührende Schweigeminute zukommen zu lassen. »Das hat die Schwester mir nicht gesagt. Aber vielleicht erfahren Sie mehr, wenn Sie selbst hingehen und mit ihnen reden. Kennen Sie den Weg?« Brunetti kannte ihn. Während er sich entfernte, sagte der Pförtner noch: »Es tut mir leid, Signore – das mit Ihrem Freund.«

Brunetti nickte dankend und ging durch die hohe gewölbte Eingangshalle, aber blind für ihre Schönheit. Mit einer bewußten Willensanstrengung hielt er sich davon ab, die vielen Geschichten von der legendären Inkompetenz dieses Krankenhauses, die er schon vernommen hatte, herunterzubeten wie einen Rosenkranz. Rossi war also in die Orthopädie gebracht worden und dort gestorben. Das war alles, woran er im Moment zu denken hatte.

Er wußte, daß es in London und New York Musicals gab, die Jahre und Jahre liefen. Die Besetzungen änderten sich, neue Schauspieler übernahmen die Rollen derer, die ausstiegen oder anderswo engagiert wurden, aber die Stücke und die Kostüme blieben dieselben, Jahr für Jahr. Brunetti schien es, daß hier etwas Ähnliches geschah: Die Patienten wechselten, nicht aber ihre Kostüme und die allgemeine Atmosphäre des Elends, die sie umgab. Männer und Frauen schlurften in ihren Morgenmänteln und Pyjamas durch die Bogengänge oder standen am Kiosk, gestützt auf Gipsverbände und Krücken, während unaufhörlich dieselben Geschichten gespielt wurden. Manche Spieler wechselten die Rolle; andere – wie Rossi – traten von der Bühne ab.

Vor der Orthopädie angekommen, sah Brunetti neben der Tür am Ende der Treppe eine Schwester stehen und eine

Zigarette rauchen. Als er näher kam, drückte sie die Zigarette in einem Pappbecher aus, den sie in der anderen Hand hielt, öffnete die Tür und wollte auf die Station zurück.

»Entschuldigung«, sagte Brunetti, indem er ihr schnell durch die Tür folgte.

Sie warf den Pappbecher in einen metallenen Abfallbehälter und drehte sich zu ihm um. »Ja?« fragte sie, ohne ihn richtig anzusehen.

»Ich komme wegen Franco Rossi«, sagte er. »Der Pförtner hat mir gesagt, daß er hier ist.«

Sie sah ihn nun etwas genauer an, und ihre professionelle Undurchdringlichkeit löste sich ein wenig auf, als wäre er durch die Nähe zum Tod einer besseren Behandlung würdig geworden. »Sind Sie ein Angehöriger?« erkundigte sie sich.

»Nein, ein Freund.«

»Mein Beileid«, sagte sie, und es klang nicht nach beruflicher Routine, sondern nach aufrichtiger Anteilnahme an menschlichem Kummer.

Brunetti dankte ihr, dann fragte er: »Was ist denn passiert?«

Sie setzte sich langsam in Bewegung, und Brunetti ging neben ihr her, weil er glaubte, sie werde ihn zu Franco Rossi führen, seinem Freund Franco Rossi. »Er wurde am Samstag nachmittag eingeliefert«, erklärte sie. »Unten haben sie bei der Untersuchung gesehen, daß seine beiden Arme gebrochen waren, da haben sie ihn zu uns heraufgeschickt.«

»In der Zeitung stand aber, er hätte im Koma gelegen.«

Sie zögerte, dann begann sie plötzlich, schneller zu gehen. Sie näherten sich einer Doppelschwingtür am Ende des

Korridors. »Dazu kann ich nichts sagen. Aber er war bewußtlos, als er hier oben ankam.«

»Bewußtlos wovon?«

Sie zögerte wieder, als müßte sie überlegen, wieviel sie ihm sagen durfte. »Er muß sich bei seinem Sturz am Kopf verletzt haben.«

»Wie tief ist er denn gestürzt? Wissen Sie das?«

Sie schüttelte den Kopf, drückte mit der Hand die Tür auf, hielt sie fest und ließ Brunetti den Vortritt. Sie kamen in einen großen Vorraum, auf dessen einer Seite ein Schreibtisch stand, der momentan nicht besetzt war.

Als er begriff, daß sie seine Frage nicht beantworten wollte oder konnte, fragte er statt dessen: »War seine Kopfverletzung schwer?«

Sie wollte antworten, stockte und sagte: »Das müssen Sie einen der Ärzte fragen.«

»War die Kopfverletzung denn die Todesursache?«

Er wußte nicht, ob er es sich nur einbildete, aber er hatte den Eindruck, daß sie sich bei jeder seiner Fragen ein Stückchen höher aufrichtete, während ihre Stimme immer professioneller wurde und an Menschlichkeit verlor. »Auch das müßten Sie die Ärzte fragen.«

»Aber ich verstehe noch immer nicht, warum man ihn hier auf diese Station gebracht hat«, sagte Brunetti.

»Wegen seiner Arme«, antwortete sie.

»Aber wenn sein Kopf ...«, begann Brunetti, doch die Schwester wandte sich von ihm ab und ging auf eine weitere Schwingtür links vom Empfangstisch zu.

Sowie sie diese erreicht hatte, drehte sie sich um und rief über die Schulter zurück: »Vielleicht kann man es Ihnen unten erklären. In der Notaufnahme. Fragen Sie nach Doktor Carraro.« Dann war sie fort.

Brunetti folgte ihrem Rat und ging rasch nach unten. In der Notaufnahme erklärte er der Schwester, er sei ein Freund eines gewissen Franco Rossi, der nach seiner Verlegung auf die Station gestorben sei, und er wolle bitte mit Doktor Carraro sprechen. Sie ließ sich seinen Namen nennen und bat ihn, zu warten, bis sie mit dem Doktor gesprochen habe. Brunetti ging zu einem der Plastikstühle an der Wand und setzte sich. Er fühlte sich plötzlich sehr müde.

Nach etwa zehn Minuten stieß ein Mann im weißen Kittel die Schwingtüren auf, die zum Behandlungszimmer führten, und kam ein paar Schritte auf Brunetti zu, bevor er stehenblieb. Die Hände tief in den Taschen seines Kittels, machte er deutlich, daß er von Brunetti erwartete, aufzustehen und zu ihm zu kommen. Er war klein und hatte diesen wiegenden, aggressiven Gang, den viele Männer seiner Statur sich angewöhnen. Sein grobes weißes Haar war mit einer öligen Pomade fest an den Kopf geklebt, und die roten Wangen sprachen eher von Alkohol als von Gesundheit. Brunetti erhob sich höflich und ging ihm entgegen. Er überragte den Arzt um mindestens einen Kopf.

»Wer sind Sie?« fragte Carraro, wobei er zu seinem Gegenüber aufblicken mußte, was ihm sichtlich schon sein Leben lang Verdruß bereitete.

»Wie Ihnen die Schwester vielleicht schon gesagt hat, Dottore, bin ich ein Freund von Signor Rossi«, begann Brunetti.

»Wo sind seine Angehörigen?« erkundigte sich der Arzt.

»Das weiß ich nicht. Wurden sie denn verständigt?«

Carraros Verdruß verwandelte sich in Zorn, zweifellos

ausgelöst durch den Gedanken, jemand könne so ignorant sein und annehmen, daß er, der Dottore, nichts Besseres zu tun habe, als herumzusitzen und mit den Angehörigen von Verstorbenen zu telefonieren. Statt zu antworten, fragte er: »Was wollen Sie eigentlich?«

»Ich wüßte gern, woran Signor Rossi gestorben ist«, antwortete Brunetti ruhig.

»Und was geht Sie das an?« fuhr der Dottore auf.

Im Ospedale Civile herrschte, wie *Il Gazzettino* seinen Lesern oft ins Gedächtnis rief, Personalmangel. Es war ständig überbelegt, und deshalb mußten viele Ärzte Überstunden machen.

»Hatten Sie Dienst, als er eingeliefert wurde, Dottore?« fragte Brunetti, statt auf die Frage zu antworten.

»Ich habe Sie gefragt, wer Sie sind«, sagte Carraro in schärferem Ton.

»Guido Brunetti«, antwortete er gelassen. »Ich habe in der Zeitung gelesen, daß Signor Rossi im Krankenhaus liegt, und bin gekommen, um zu sehen, wie es ihm geht. Der Pförtner hat mir gesagt, daß er gestorben ist, und deswegen bin ich hier.«

»Warum?«

»Um die Todesursache zu erfahren«, sagte Brunetti. »Und noch anderes.«

»Was noch für anderes?« Das Gesicht des Arztes nahm eine Farbe an, die als gefährlich zu erkennen man kein Mediziner sein mußte.

»Um mich zu wiederholen, Dottore«, sagte Brunetti mit übertrieben höflichem Lächeln, »ich möchte wissen, woran er gestorben ist.«

»Sie sagen, Sie sind ein Freund, ja?«

Brunetti nickte.

»Dann haben Sie keinen Anspruch darauf, das zu erfahren. Wir dürfen so etwas nur seinen nächsten Angehörigen mitteilen.«

Als hätte der Arzt gar nicht gesprochen, fragte Brunetti: »Wann wird die Autopsie gemacht, Dottore?«

»Die *was?*« fragte Carraro in einem Ton, der zeigen sollte, wie absurd Brunettis Frage war. Als Brunetti nicht darauf einging, machte Carraro auf dem Absatz kehrt und entfernte sich, wobei seine Haltung deutlich die Verachtung des Kundigen für die Dummheit des Laien zum Ausdruck brachte.

»Wann wird die Autopsie gemacht?« wiederholte Brunetti, diesmal unter Weglassung des Titels.

Der Arzt fuhr herum, nicht ohne ein gewisses Pathos, und kam mit raschen Schritten zu Brunetti zurück. »Gemacht wird, was die medizinische Leitung dieses Krankenhauses entscheidet, Signore. Und ich glaube kaum, daß man Sie bitten wird, an einer solchen Entscheidung mitzuwirken.« Brunetti interessierte sich weniger dafür, wie heiß Carraros Zorn war, als dafür, was ihn ausgelöst haben mochte.

Er zückte seine Brieftasche und entnahm ihr seinen Dienstausweis, faßte ihn an einer Ecke und hielt ihn Carraro mit Bedacht so hin, daß dieser gezwungen war, den Kopf weit zurückzulegen, um ihn lesen zu können. Der Arzt riß ihm den Ausweis aus der Hand, hielt ihn tiefer und studierte ihn aufmerksam.

»Wann wird die Autopsie gemacht, Dottore?«

Carraro hielt den Kopf über Brunettis Dienstausweis gesenkt, als könnte er durch Lesen die Worte verändern oder ihnen eine neue Bedeutung geben. Dann drehte er ihn um und betrachtete die Rückseite, aber nützliche Informationen suchte er darauf so vergebens wie eine gebührende Antwort in seinem Kopf. Schließlich blickte er auf, sah Brunetti an und fragte in einem nun nicht mehr arroganten, dafür aber mißtrauischen Ton: »Wer hat Sie gerufen?«

»Ich glaube nicht, daß es eine Rolle spielt, warum wir hier sind«, begann Brunetti, wobei er ganz bewußt im Plural sprach, um die Vorstellung zu erwecken, daß es im Krankenhaus nur so von Polizisten wimmelte, die alle Unterlagen, Röntgenbilder und Krankenblätter beschlagnahmten, Pfleger und Patienten ausfragten und nur das eine Ziel hatten: herauszubekommen, woran Franco Rossi gestorben war. »Genügt es nicht, *daß* wir hier sind?«

Carraro gab Brunetti den Ausweis zurück und sagte: »Wir haben hier unten kein Röntgengerät, und als wir seine Arme sahen, haben wir ihn zuerst in die Radiologie und dann in die Orthopädie geschickt. Es war das Nächstliegende. Jeder Arzt hätte das getan.« Jeder Arzt im Ospedale Civile, dachte Brunetti, sagte aber nichts.

»Waren die Arme gebrochen?« fragte Brunetti.

»Natürlich waren sie das, beide, der rechte sogar an zwei Stellen. Wir haben ihn nach oben geschickt, um die Brüche einrichten und schienen zu lassen. Etwas anderes hätten wir gar nicht tun können. Es war das übliche Vorgehen. Sowie er das hinter sich hatte, konnten die ihn woandershin schicken.«

»In die Neurologie zum Beispiel?« fragte Brunetti.

Statt einer Antwort zuckte Carraro nur die Achseln.

»Verzeihung, Dottore«, sagte Brunetti mit vor Sarkasmus triefender Stimme. »Ich habe Ihre Antwort leider nicht gehört.«

»Ja, zum Beispiel.«

»Haben Sie Verletzungen an ihm gesehen, die es nahegelegt hätten, ihn in die Neurologie zu schicken? Haben Sie das in Ihren Unterlagen festgehalten?«

»Ich glaube, ja«, antwortete Carraro ausweichend.

»Glauben Sie es, oder wissen Sie es?« bohrte Brunetti.

»Ich weiß es«, gab Carraro endlich zu.

»Haben Sie eine Kopfverletzung vermerkt, wie von einem Sturz?« fragte Brunetti.

Carraro nickte. »Es steht so auf dem Krankenblatt.«

»Aber Sie haben ihn in die Orthopädie geschickt?«

Carraros Gesicht lief wieder blutrot an. Wie müßte es sein, dachte Brunetti, seine Gesundheit in den Händen dieses Mannes zu wissen? »Die Arme waren gebrochen. Ich wollte, daß da etwas gemacht wurde, bevor er in einen Schockzustand käme, darum habe ich ihn in die Orthopädie bringen lassen. Es wäre deren Aufgabe gewesen, ihn in die Neurologie weiterzuschicken.«

»Und?«

Vor Brunettis Augen trat an die Stelle des Arztes der Bürokrat, der vor dem Gedanken zurückschreckte, daß der Verdacht der Pflichtvergessenheit auf ihn statt auf jene fallen könnte, die den Patienten tatsächlich behandelt hatten. »Wenn die in der Orthopädie es versäumt haben, ihn zur weiteren Behandlung woandershin zu schicken, dann ist das nicht meine Schuld. Sie sollten lieber mit denen sprechen.«

»Wie ernst war die Kopfverletzung?« fragte Brunetti.

»Ich bin kein Neurologe«, beeilte sich Carraro zu antworten, ganz wie Brunetti es von ihm erwartet hatte.

»Vorhin haben Sie noch gesagt, Sie hätten die Kopfverletzung auf dem Krankenblatt vermerkt.«

»Ja, da steht sie auch«, sagte Carraro.

Brunetti war versucht, Carraro darüber aufzuklären, daß sein Hiersein nichts mit einem eventuellen Kunstfehlervorwurf zu tun hatte, aber er glaubte nicht, daß der Arzt ihm das abnehmen würde oder, selbst wenn, daß es etwas an seiner Haltung ändern würde. Er hatte im Lauf seines Berufslebens schon mit manchem Beamtenapparat zu tun gehabt, und eine bittere Erfahrung um die andere hatte ihn gelehrt, daß höchstens noch das Militär und die Mafia, vielleicht auch die Kirche, so prompt und ohne Rücksicht auf Gerechtigkeit, Wahrheit oder Leben in die Automatik des Abstreitens und Vertuschens verfiel wie der Ärztestand.

»Danke, Dottore«, sagte Brunetti in einem abschließenden Ton, der den anderen deutlich überraschte. »Ich möchte ihn sehen.«

»Wen, Rossi?«

»Ja.«

»Er ist in der Leichenhalle«, erklärte Carraro mit einer Stimme, die so kühl war wie der Ort, von dem er sprach. »Finden Sie hin?«

»Ja.«

7

Gnädigerweise führte Brunettis Weg ihn kurz ins Freie, nämlich über den Innenhof des Krankenhauses, wo er wenigstens ein Stückchen Himmel und ein paar blühende Bäume zu sehen bekam; er wünschte sich, er hätte die Schönheit der bauschigen Wolken, die er durch die rosa Blüten sah, einpacken und mitnehmen können. Er bog in den schmalen Gang ein, der zum *obitorio* führte, und fand es ein wenig beunruhigend, wie vertraut ihm der Weg zum Tod war.

An der Tür erkannte ihn der Wärter und begrüßte ihn mit einem Kopfnicken. Er war ein Mann, der sich in jahrzehntelangem Umgang mit den Toten deren Schweigsamkeit zu eigen gemacht hatte.

»Franco Rossi«, sagte Brunetti nur.

Erneutes Nicken, und schon drehte der Mann sich um und führte Brunetti in den Raum, in dem auf hüfthohen Tischen einige weiß zugedeckte Gestalten lagen. Der Wärter ging mit Brunetti auf die andere Seite des Raumes und blieb dort bei einem der Tische stehen, machte aber keine Anstalten, das Tuch zurückzuschlagen. Brunetti blickte nach unten: die Pyramide der Nase, eine Absenkung am Kinn, dann eine unebene Fläche, unterbrochen von zwei horizontalen Schwellungen, bei denen es sich wohl um die eingegipsten Arme handeln mußte, und dann zwei horizontale Röhren, die da endeten, wo die Füße nach beiden Seiten abstanden.

»Er war ein Freund von mir«, sagte Brunetti, vielleicht nur zu sich selbst, und zog das Tuch vom Gesicht.

Die Delle über dem linken Auge war blau und zerstörte die Symmetrie der Stirn, die sonderbar flach wirkte, als wäre sie von einer riesigen Hand eingedrückt worden. Sonst war es dasselbe Gesicht, schlicht und unscheinbar. Paola hatte ihm einmal erzählt, daß Henry James, den sie verehrte, den Tod als »Das Würdige« bezeichnet habe, aber es war nichts Würdiges an dem, was sich Brunettis Blicken hier bot: Dies hier war platt, namenlos und kalt.

Er deckte das Gesicht wieder zu und fragte sich im stillen, wieviel von dem, was da vor ihm lag, noch Rossi war; und wenn es Rossi nicht mehr gab, warum dann das, was übrig war, soviel Respekt verdiente. »Danke«, sagte er zu dem Wärter und ging hinaus. Seine Reaktion auf die Wärme im Hof war durch und durch animalisch: Fast konnte er fühlen, wie sich die Haare in seinem Nacken wieder glätteten. Er überlegte, ob er in die Neurologie gehen sollte, um zu hören, welche Ausreden man dort parat hatte, aber der Anblick von Rossis geschundenem Gesicht ließ ihn nicht los, und er wollte eigentlich nur heraus aus der Enge des Krankenhauses. Er gab diesem Verlangen nach und ging. Noch einmal sprach er bei der Anmeldung vor, doch diesmal zückte er seinen Dienstausweis und verlangte Rossis Adresse.

Der Pförtner fand sie schnell und schrieb noch die Telefonnummer dazu. Es war eine niedrige Nummer in Castello, und als Brunetti den Pförtner fragte, ob er wisse, wo das sei, erklärte ihm dieser, es müsse bei Santa Giustina sein, nicht weit von dem Laden, der früher einmal die Puppenklinik gewesen war.

»Hat sich hier schon jemand nach ihm erkundigt?« fragte Brunetti.

»Seit ich Dienst habe, nein, Commissario. Aber seine Angehörigen sind bestimmt vom Krankenhaus benachrichtigt worden, die werden also wissen, wohin sie sich wenden müssen.«

Brunetti sah auf die Uhr. Es war kurz vor eins, aber er bezweifelte, daß Franco Rossis Familie, falls er eine hatte, heute die üblichen Essenszeiten einhalten würde. Er wußte, daß der Tote im Katasteramt gearbeitet hatte und nach einem Sturz gestorben war. Darüber hinaus wußte er nur das wenige, was er aus ihrer kurzen Begegnung und dem noch kürzeren Telefongespräch hatte schließen können: daß Rossi pflichtbewußt und ängstlich war, fast der Inbegriff des pedantischen Bürokraten. Und er war, wie Lots Frau, zur Salzsäule erstarrt, als Brunetti ihm zugemutet hatte, auf die Terrasse hinauszutreten.

Er ging die Barbaria delle Tole hinunter in Richtung San Francesco della Vigna. Rechts von ihm machte der Obstverkäufer, der mit der Perücke, gerade seinen Stand dicht, das heißt, er breitete ein grünes Tuch über die offenen Kisten mit Obst und Gemüse, und die Bewegung, mit der er das tat, erinnerte Brunetti beunruhigend an die, mit der er vorhin das Laken über Rossis Gesicht gebreitet hatte. Um ihn herum ging alles seinen normalen Gang: Die Leute eilten zum Mittagessen nach Hause, und das Leben ging weiter.

Die Adresse war leicht zu finden; sie befand sich auf der rechten Seite des Campo, fast Tür an Tür mit wieder einem dieser neuen Immobilienbüros. Rossi, Franco stand eingraviert auf einem schmalen Messingschild neben der Klingel für die zweite Etage. Brunetti läutete, wartete, läutete noch einmal, aber nichts rührte sich. Daraufhin drückte er auf die Klingel darüber, jedoch mit demselben Ergebnis, weshalb er schließlich die darunter probierte.

Nach ein paar Sekunden fragte eine Männerstimme über die Sprechanlage: »Ja, wer ist da?«

»Polizei.«

Es folgte das übliche Schweigen, dann sagte die Stimme: »Na gut.«

Brunetti wartete auf das Klicken, das die große Haustür entriegeln würde, hörte jedoch statt dessen Schritte, und dann wurde die Tür von innen geöffnet. Vor ihm stand ein kleiner Mann, aber daß er klein war, fiel nicht sofort auf, denn er stand oben auf der hohen Stufe, von der die Bewohner zweifellos hofften, daß sie ihre Eingangsdiele über *acqua-alta*-Niveau heben würde. Der Mann hatte noch seine Serviette in der rechten Hand und betrachtete Brunetti mit jenem anfänglichen Mißtrauen, das dieser seit langem gewohnt war. Er trug eine starke Brille, und Brunetti bemerkte einen roten Klecks links neben der Krawatte, wahrscheinlich Tomatensoße.

»Ja?« fragte der Mann, ohne zu lächeln.

»Ich komme wegen Signor Rossi«, sagte Brunetti.

Als der Mann den Namen hörte, wurde sein Gesichtsausdruck sanfter, und er beugte sich vornüber, um die Tür weiter zu öffnen. »Entschuldigen Sie, ich hätte Sie gleich hereinbitten sollen. Bitte, kommen Sie, bitte.« Er trat zur Seite, um auf dem schmalen Treppenabsatz Platz für Brunetti zu machen, und streckte die Hand aus, als wollte er sie Brunetti reichen. Als er merkte, daß sich darin noch seine Serviette befand, versteckte er sie rasch hinter dem Rücken.

Von neuem beugte er sich vor und drückte die Tür mit der anderen Hand zu, dann drehte er sich wieder zu Brunetti um.

»Bitte, kommen Sie mit«, sagte er und wandte sich zu einer offenen Tür auf halbem Korridor, genau gegenüber der Treppe, die zu den oberen Stockwerken führte.

Brunetti blieb an der Tür stehen, damit der andere vor ihm eintreten konnte, und folgte ihm dann. Es war eine schmale Tür, kaum breiter als einen Meter, und dahinter legten zwei weitere Stufen Zeugnis von der ewigen Zuversicht der Venezianer ab, sie könnten die Gezeiten austricksen, die beständig an den Fundamenten der Stadt nagten. Das Zimmer, in das die Stufen führten, war sauber und ordentlich und erstaunlich hell für eine im *piano rialzato* gelegene Wohnung. Brunetti sah, daß im hinteren Teil der Wohnung eine Flucht von vier hohen Fenstern auf einen großen Garten jenseits eines breiten Kanals blickte.

»Entschuldigen Sie bitte, ich war gerade beim Essen«, sagte der Mann und warf seine Serviette auf den Tisch.

»Lassen Sie sich von mir nicht stören«, beschwor ihn Brunetti.

»Aber nein, ich bin ja so gut wie fertig«, erklärte der Mann. Auf seinem Teller lag noch eine große Portion Pasta, links daneben eine aufgeschlagene Zeitung. »Es macht nichts«, beteuerte er und winkte Brunetti zu einem Sofa, das in der Zimmermitte mit Blick zu den Fenstern stand. »Kann ich Ihnen etwas anbieten«, fragte er. *»Un'ombra?«*

Nichts wäre Brunetti jetzt lieber gewesen als ein Gläschen Wein, aber er lehnte ab. Statt dessen gab er dem Mann die Hand und stellte sich vor.

»Marco Caberlotto«, antwortete dieser.

Brunetti nahm auf dem Sofa Platz, Caberlotto setzte sich ihm gegenüber. »Was ist denn mit Franco?« erkundigte er sich.

»Sie wissen, daß er im Krankenhaus war?« fragte Brunetti, statt zu antworten.

»Ja, ich habe es heute morgen im *Gazzettino* gelesen. Sobald ich fertig bin, gehe ich ihn besuchen«, sagte er mit einer Handbewegung zum Tisch, wo sein Mittagessen langsam kalt wurde. »Wie geht es ihm denn?«

»Es tut mir leid, aber ich habe schlechte Nachrichten für Sie«, begann Brunetti mit der formelhaften Einleitung, die ihm in den vergangenen Jahrzehnten so vertraut geworden war. Als er sah, daß Caberlotto verstand, fuhr er fort: »Er ist nicht mehr aus dem Koma aufgewacht und heute morgen gestorben.«

Caberlotto murmelte etwas, hob eine Hand an den Mund und preßte die Finger auf die Lippen. »Das wußte ich nicht. Der arme Junge.«

Brunetti ließ ihm einen Moment Zeit und fragte dann leise: »Kannten Sie ihn gut?«

Ohne darauf einzugehen, fragte Caberlotto: »Stimmt es, daß er gestürzt ist? Daß er gestürzt ist und sich dabei den Schädel gebrochen hat?«

Brunetti nickte.

»Gestürzt?« fragte Caberlotto noch einmal mit Nachdruck.

»Ja, warum fragen Sie?«

Wieder antwortete Caberlotto nicht direkt. »Ach, der arme Junge«, wiederholte er nur kopfschüttelnd. »Ich hätte nie geglaubt, daß so etwas je passieren könnte. Er war immer so vorsichtig.«

»Sie meinen, bei seiner Arbeit?«

Caberlotto sah Brunetti an und antwortete: »Nein, bei allem. Er war einfach... na ja, er war eben so: vorsichtig. Er arbeitete doch in diesem Amt, zu dessen Aufgaben es auch gehört, daß die Leute rausgehen und sich Baustellen angucken, aber Franco blieb lieber in seinem Büro sitzen und prüfte anhand der Pläne, wie die Häuser konzipiert waren oder wie sie nach einer Restaurierung aussehen würden. Das hat ihm Spaß gemacht, dieser Teil seiner Arbeit. So hat er es mir jedenfalls erzählt.«

»Aber«, sagte Brunetti, der sich an Rossis Besuch bei ihm zu Hause erinnerte, »ich dachte, zu seiner Arbeit gehörten auch Inspektionen vor Ort, wenn gegen Bauvorschriften verstoßen worden war.«

Caberlotto zuckte die Achseln. »Ich weiß, daß er manchmal in die Häuser mußte, aber nach meinem Eindruck hat er das nur getan, um die Besitzer über gewisse Dinge aufzuklären, damit sie überhaupt begriffen, worum es ging.« Caberlotto hielt inne, versuchte wohl, sich seine Gespräche mit Rossi ins Gedächtnis zu rufen, dann redete er weiter: »Ich kannte ihn ja nicht besonders gut. Wir waren eben Nachbarn und haben uns gelegentlich auf der Straße unterhalten oder ein Gläschen zusammen getrunken. Dabei hat er mir erzählt, daß er gern Baupläne studiert.«

»Sie sagen, er sei immer so vorsichtig gewesen«, hakte Brunetti nach.

»Ja, bei allem«, sagte Caberlotto mit dem Hauch eines Lächelns. »Ich habe ihn manchmal damit aufgezogen. Er hätte nie einen Karton die Treppe hinuntergetragen. Sagte immer, er muß beim Gehen beide Füße sehen.« Er unterbrach sich kurz, als müßte er erst darüber nachdenken, ob er fortfahren solle, tat es dann aber. »Einmal ist ihm eine Glühbirne geplatzt, und da hat er mich nach einem Elektriker gefragt. Ich wollte wissen, worum es ging, und als er es mir sagte, habe ich gemeint, er könne die Birne doch selbst auswechseln. Dazu muß man nur einen Klebestreifen verkehrt herum um ein Stück Pappe wickeln, es in den Birnensockel schieben und die Birne herausdrehen. Aber er traute sich einfach nicht, die Birne anzufassen.« Caberlotto verstummte.

»Und dann?« ermunterte ihn Brunetti.

»Es war Sonntag, da wäre sowieso kein Elektriker gekommen. Also bin ich raufgegangen und hab's für ihn gemacht. Einfach den Strom abgeschaltet und die geplatzte Birne rausgeschraubt.« Er sah Brunetti an und machte mit der rechten Hand eine Drehbewegung. »Ich hab's genauso gemacht, wie ich es ihm gesagt hatte, mit dem Klebestreifen, und die Birne ist ohne weiteres rausgekommen. Hat nur fünf Sekunden gedauert, aber er hätte es niemals selbst machen können. Er hätte das Zimmer nicht benutzt, bis er einen Elektriker gefunden hätte, und so lange wäre es eben dunkel geblieben.« Er lächelte zu Brunetti hinüber. »Es hatte eigentlich nicht direkt damit zu tun, daß er Angst hatte. Er war einfach so.«

»War er verheiratet?« fragte Brunetti.

Caberlotto schüttelte den Kopf.

»Freundin?«

»Nein, auch nicht.«

Hätte er Caberlotto besser gekannt, Brunetti hätte vielleicht noch »oder einen Freund« gefragt. »Eltern?«

»Weiß ich nicht. Wenn sie noch leben, dann wohl nicht hier in Venedig. Er hat nie von ihnen gesprochen und war an Feiertagen immer hier.«

»Bekannte, Freunde?«

Caberlotto überlegte eine Weile und sagte dann: »Manchmal habe ich ihn auf der Straße mit Leuten gesehen. Oder in einer Bar. Sie wissen ja, wie das ist. Aber ich erinnere mich nicht an jemand Bestimmten, oder daß ich ihn öfter mit ein und derselben Person gesehen hätte.«

Da Brunetti darauf nichts sagte, versuchte Caberlotto es ihm zu erklären. »Wir waren ja nicht direkt Freunde, wissen Sie, und so habe ich ihn dann wohl auch öfter gesehen, ohne groß darauf zu achten, ihn also einfach nur so erkannt.«

Brunetti fragte: »Bekam er Besuch?«

»Das nehme ich an. Ich kriege nicht allzuviel davon mit, wer hier ein und aus geht. Ich höre Leute die Treppe rauf- oder runtergehen, aber ich weiß nie, wer es ist.« Ganz plötzlich fragte er: »Aber warum sind Sie eigentlich hier?«

»Ich habe ihn auch gekannt«, antwortete Brunetti. »Und als ich erfuhr, daß er tot ist, bin ich gekommen, um mit seinen Hinterbliebenen zu reden, aber ich bin nur als Freund hier, sonst nichts.« Caberlotto fragte sich nicht, wieso Brunetti, wenn er ein Freund von Rossi war, so wenig über ihn wußte.

Brunetti stand auf. »Ich lasse Sie jetzt Mittag essen, Signor Caberlotto«, sagte er und gab ihm die Hand.

Caberlotto begleitete Brunetti über den Flur zur Haustür, öffnete sie. Wie er so auf der höheren Treppenstufe stand und auf Brunetti hinabsah, sagte er: »Er war ein guter Mensch. Ich kannte ihn nicht besonders gut, aber ich mochte ihn. Er hat immer nett über andere Leute gesprochen.« Er beugte sich vor und legte Brunetti die Hand auf den Arm, als wollte er seiner Aussage besonderen Nachdruck verleihen. Dann schloß er die Tür.

8

Auf dem Rückweg zur Questura rief Brunetti zu Hause an, um Paola zu sagen, daß er zum Mittagessen nicht heimkommen werde. Danach ging er in eine kleine Trattoria und aß einen Teller Pasta, von der er nichts schmeckte, und ein paar Stückchen Huhn, die lediglich als Kraftstoff dienten, um ihn über den Nachmittag zu bringen. Als er in sein Zimmer kam, fand er auf dem Schreibtisch eine Nachricht, daß Vice-Questore Patta ihn um vier Uhr zu sprechen wünsche.

Brunetti rief im Krankenhaus an und hinterließ bei Dottor Rizzardis Sekretärin eine Nachricht mit der Frage, ob er die Autopsie an Francesco Rossi selbst vornehmen werde, dann führte er ein weiteres Gespräch, um die bürokratischen Mühlen für eine solche Autopsie überhaupt erst einmal in Gang zu bringen. Er ging hinunter ins Bereitschaftszimmer, um nachzusehen, ob Vianello da war. Sein Assistent saß am Schreibtisch vor einem dicken Aktenordner. Obwohl Vianello nicht viel größer war als sein Vorgesetzter, schien er irgendwie mehr Raum einzunehmen.

Bei Brunettis Eintreten blickte er hoch und wollte schon aufstehen, aber Brunetti bedeutete ihm, sitzen zu bleiben. Doch als er dann die drei anderen Polizisten bemerkte, die auch mit im Zimmer waren, überlegte er es sich anders und deutete mit einer kaum merklichen Bewegung des Kinns zur Tür. Vianello verstand, klappte den Ordner zu und folgte Brunetti nach oben in dessen Dienstzimmer.

Als sie einander gegenübersaßen, fragte Brunetti: »Haben Sie die Sache mit dem Mann gelesen, der drüben in Dorsoduro vom Gerüst gefallen ist?«

»Der vom Katasteramt?« fragte Vianello zurück, aber es war eigentlich keine Frage. Als Brunetti nickte, erkundigte sich Vianello: »Was ist mit ihm?«

»Er hat mich am Freitag angerufen«, sagte Brunetti, dann legte er eine Pause ein, um Vianello Gelegenheit zu einer Rückfrage zu geben. Als keine kam, berichtete er weiter: »Er wollte mit mir über etwas reden, was in seiner Dienststelle vor sich ging, aber er rief über sein *telefonino* an, und als ich ihm sagte, das sei nicht sicher, wollte er mich von woanders her wieder anrufen.«

»Und das hat er nicht getan?« unterbrach Vianello.

»Nein«, bestätigte Brunetti kopfschüttelnd. »Ich habe bis nach sieben Uhr hier gewartet, sogar den Bereitschaftsdienst angewiesen, ihm meine Privatnummer zu geben, falls er doch noch anrufen sollte, aber er hat sich nicht gemeldet. Und dann sah ich heute vormittag sein Bild in der Zeitung. Ich bin auf der Stelle zum Krankenhaus gegangen, aber es war zu spät.« Brunetti hielt wieder inne und wartete auf einen Kommentar von Vianello.

»Warum sind Sie zum Krankenhaus gegangen, Commissario?«

»Er hatte Höhenangst.«

»Was?«

»Als er bei mir in der Wohnung war, da –«, begann Brunetti, aber Vianello unterbrach ihn.

»Er war bei Ihnen zu Hause? Wann denn?«

»Vor Monaten schon. Es ging um die Urkunden und Dokumente, die sie dort über meine Wohnung haben. Beziehungsweise nicht haben. Ist auch egal. Er war jedenfalls da, um irgendwelche Papiere einzusehen. Die hatten mir vorher schon geschrieben. Aber es ist unwichtig, wozu er da war; wichtig ist, was bei der Gelegenheit passierte.«

Vianello sagte nichts, aber die Neugier stand ihm mit Großbuchstaben ins breite Gesicht geschrieben.

»Während wir uns über das Haus unterhielten, bat ich ihn, mit nach draußen auf die Terrasse zu kommen und einen Blick auf die Fenster der Wohnung unter uns zu werfen. Ich dachte, er würde daran sehen, daß beide Stockwerke zur selben Zeit aufgesetzt worden waren, und es hätte vielleicht Einfluß auf die amtliche Entscheidung über meine Wohnung, wenn dem so wäre.« Als Brunetti das sagte, fiel ihm ein, daß er ja gar nicht wußte, zu welcher Entscheidung das Katasteramt, falls überhaupt, gekommen war.

»Ich war also draußen und beugte mich übers Geländer zu den Fenstern im nächsttieferen Stockwerk, und als ich mich wieder zu ihm umdrehte, reagierte er, als hätte ich ihm eine Giftschlange unter die Nase gehalten. Er war starr vor Angst.« Als er Vianellos skeptische Miene sah, lenkte er ein: »Also gut, das war eben mein Eindruck. Jedenfalls hatte er Angst.« Er schwieg und blickte Vianello an.

Sein Untergebener sagte nichts.

»Wenn Sie ihn gesehen hätten, würden Sie verstehen, was ich meine«, sagte Brunetti. »Der Gedanke, sich übers Geländer beugen zu sollen, machte ihm Todesängste.«

»Und das heißt?« fragte Vianello.

»Das heißt, daß der Mann sich auf gar keinen Fall auf ein Gerüst getraut hätte, schon gar nicht allein.«

»Hat er etwas gesagt?«

»Worüber?«

»Über seine Höhenangst?«

»Vianello, ich hab's Ihnen doch gerade erzählt. Er brauchte nichts zu sagen, sein ganzes Gesicht drückte es aus. Er war fast von Sinnen vor Angst. Wenn jemand solche Angst vor etwas hat, dann kann er es nicht tun. Unmöglich.«

Vianello versuchte es andersherum. »Aber er hat nichts zu Ihnen gesagt, Commissario. Das will ich Ihnen ja gerade begreiflich machen – oder vielmehr zu bedenken geben. Sie wissen nicht, ob es der Gedanke an einen Blick übers Terrassengeländer nach unten war, der ihm solche Angst machte. Es könnte auch etwas anderes gewesen sein.«

»Natürlich könnte es auch etwas anderes gewesen sein«, räumte Brunetti fassungslos ein. »Aber es war nichts anderes. Ich habe den Mann gesehen. Ich habe mit ihm gesprochen.«

Vianello erkundigte sich gnädig: »Und das heißt nun?«

»Das heißt, wenn er nicht aus freien Stücken auf dieses Gerüst gestiegen ist, kann er auch nicht unglücklich heruntergefallen sein.«

»Sie meinen also, er ist ermordet worden?«

»Ich weiß das natürlich nicht«, mußte Brunetti gestehen. »Aber ich glaube nicht, daß er da freiwillig hingegangen ist, oder falls er noch freiwillig zu dem Haus gegangen ist, dann war es bestimmt nicht sein freier Wille, auf dieses Gerüst zu steigen.«

»Haben Sie es schon gesehen?«

»Das Gerüst?«

Vianello nickte.

»Dafür war noch keine Zeit.«

Vianello schob den Jackenärmel hoch und sah auf seine Uhr. »Jetzt wäre Zeit, Commissario.«

»Der Vice-Questore will mich um vier Uhr sprechen«, antwortete Brunetti mit einem Blick auf seine eigene Uhr. Es waren noch zwanzig Minuten bis dahin. Er sah Vianellos Blick. »Richtig«, sagte Brunetti. »Gehen wir.«

Sie gingen noch kurz in den Bereitschaftsraum und holten Vianellos *Gazzettino,* in dem die Adresse des Hauses in Dorsoduro genannt war. Dann holten sie Bonsuan, den Oberbootsführer, und sagten ihm, wohin sie wollten. Auf der Fahrt studierten die beiden, an Deck des Polizeiboots stehend, einen Stadtplan und fanden die Adresse in einer *calle,* die vom Campo dell'Angelo Raffaele wegführte. Das Boot brachte sie ans Ende der Zattere, wo sie weiter vorn ein riesiges Schiff am Kai liegen sahen, das die ganze Umgebung zur Zwergenstadt schrumpfen ließ.

»Mein Gott, was ist denn das?« fragte Vianello, als sie näher kamen.

»Das ist dieses Kreuzfahrtschiff, das hier gebaut wurde. Es soll das größte der Welt sein.«

»Grauenhaft«, meinte Vianello, den Kopf im Nacken, um zu den oberen Decks fast zwanzig Meter über ihnen hinaufzusehen. »Was tut das hier?«

»Der Stadt Geld bringen«, bemerkte Brunetti trocken.

Vianello blickte ins Wasser, dann zu den Dächern der Stadt hinauf. »Wir sind die reinsten Huren«, meinte er, und Brunetti sah sich außerstande, ihm zu widersprechen.

Bonsuan legte nicht weit von dem großen Schiff an, stieg vom Boot und begann, es an dem mächtigen, pilzförmigen

Eisenpoller festzumachen, der sicher einmal für größere Boote gedacht gewesen war, so dick war er.

Brunetti sagte beim Aussteigen zu dem Bootsführer: »Sie brauchen nicht auf uns zu warten, Bonsuan. Ich weiß nicht, wie lange es dauern wird.«

»Ich warte, wenn Sie nichts dagegen haben, Commissario«, antwortete der Ältere, um fortzufahren: »Ich bin lieber hier als dahinten.« Bonsuan hatte nur noch ein paar Jahre bis zur Pensionierung vor sich, und je höher dieser ferne Termin über den Horizont stieg, desto unverblümter sprach Bonsuan aus, was er dachte.

Es war nicht zu übersehen, daß die beiden anderen seine Ansicht teilten, auch wenn sie unausgesprochen blieb. Sie kehrten dem Boot den Rücken und gingen auf dem Weg zum Campo durch einen Teil der Stadt, den Brunetti selten aufsuchte. Früher hatten er und Paola hier gern in einem kleinen Fischrestaurant gegessen, aber es hatte vor ein paar Jahren den Besitzer gewechselt, und das Essen war immer schlechter geworden, darum kamen sie nicht mehr her. Brunetti hatte auch einmal eine Freundin gehabt, die in der Nähe wohnte, aber das war noch während seines Studiums gewesen, und sie war vor ein paar Jahren gestorben.

Sie gingen über die Brücke und den Campo San Sebastiano auf den größeren Campo dell'Angelo Raffaele zu. Vianello, der vorausging, bog sofort in eine *calle* zu ihrer Linken ein, und da sahen sie weiter vorn das Gerüst am letzten Haus in der Reihe, einem viergeschossigen Gebäude, das aussah, als stände es seit Jahren leer. Sie betrachteten die Anzeichen seines Unbewohntseins: die lepröse Farbe, die von den dunkelgrünen Fensterläden abblätterte; die Lücken zwischen den marmornen Wasserspeiern, durch die das Regenwasser unmittelbar auf die Straße platschte, wahrscheinlich sogar ins Haus; das abgerissene Stück einer verrosteten Antenne, das einen Meter unterhalb der Dachkante hing. Für gebürtige Venezianer – also Leute mit angeborenem Interesse am Kauf und Verkauf von Häusern – strahlte das Haus eine Leere aus, die ihnen sogar dann aufgefallen wäre, wenn sie nicht eigens darauf geachtet hätten.

Die Baustelle war aufgegeben, soweit sie das erkennen konnten. Alle Fensterläden waren dicht geschlossen, und nichts deutete darauf hin, daß hier noch gearbeitet wurde. Auch war nichts davon zu erkennen, daß ein Mensch sich hier tödlich verletzt hatte, obschon Brunetti nicht so genau wußte, worin sich das seiner Meinung nach hätte zeigen sollen.

Er trat rückwärts von dem Gebäude weg, bis er mit dem Rücken an der gegenüberliegenden Hausmauer stand, und musterte eingehend die ganze Fassade, aber da war kein Lebenszeichen. Er ging über die *calle* zurück, drehte sich um und betrachtete nun das Gebäude gegenüber. Auch hier derselbe Eindruck von Verlassensein. Er blickte nach links: Die *calle* endete an einem Kanal, auf dessen anderer Seite sich ein großer Garten befand.

Vianello hatte inzwischen auf seine Weise das gleiche getan wie Brunetti und sich sowohl die beiden Häuser als auch den Garten angesehen. Nun kam er und stellte sich neben seinen Vorgesetzten. »Möglich wär's, nicht wahr, Commissario?«

Brunetti nickte dankbar. »Kein Mensch würde etwas merken. Das Haus gegenüber steht leer, und der Garten da drüben sieht nicht so aus, als ob er gepflegt würde. Hier war also niemand, der den Sturz hätte beobachten können«, sagte er.

»*Falls* er gestürzt ist«, ergänzte Vianello.

Sie schwiegen eine Weile, dann fragte Brunetti: »Liegt uns irgendwas darüber vor?«

»Nicht daß ich wüßte. Es wurde als Unfall gemeldet, glaube ich, so daß sich wahrscheinlich die Vigili Urbani von San Polo der Sache angenommen haben. Und wenn die zu dem Schluß gekommen sind, daß es einer war – ein Unfall, meine ich –, dann war die Geschichte damit erledigt.«

»Vielleicht sollten wir da besser mal hingehen und mit den Leuten reden.« Brunetti stieß sich von der Mauer ab und wandte sich der Haustür zu. Ein Vorhängeschloß mit Kette, die durch einen Eisenring im Türsturz gezogen war, hielt die Tür am Marmorrahmen fest.

»Wie ist er da hineingekommen, um aufs Gerüst zu steigen?« fragte Brunetti.

»Vielleicht können uns die Vigili das sagen«, antwortete Vianello.

Sie konnten es nicht. Bonsuan fuhr sie mit dem Boot den Rio di San Agostino hinauf zur Wache beim Campo San Stin. Der Polizist an der Tür erkannte sie beide und brachte sie sofort zu Sottotenente Turcati, dem Diensthabenden. Er war ein dunkelhaariger Mann, dessen Uniform maßgeschneidert zu sein schien. Brunetti genügte das, um ihn ganz formell mit seinem Dienstgrad anzureden.

Sie setzten sich, und nachdem Turcati sich Brunettis Anliegen angehört hatte, ließ er sich die Akte Rossi heraufbringen. Ein Mann hatte wegen Rossi die Vigili angerufen und auch gleich ein Ambulanzboot angefordert. Da das viel nähere Ospedale Giustinian gerade über kein Ambulanzboot verfügte, hatte man Rossi ins Ospedale Civile gebracht.

»Ist dieser Agente Franchi gerade im Haus?« fragte Brunetti, nachdem er den Namen unter dem Bericht gelesen hatte.

»Warum?« erkundigte sich der Sottotenente.

»Ich möchte mir noch ein paar Dinge von ihm erklären lassen«, antwortete Brunetti.

»Zum Beispiel?«

»Warum er es für einen Unfall gehalten hat. Ob Rossi einen Schlüssel zum Haus in der Tasche hatte. Ob Blut am Gerüst war.«

»Aha«, sagte der Sottotenente und griff zum Telefon.

Während sie auf Franchi warteten, erkundigte sich Turcati, ob sie vielleicht gern einen Kaffee hätten, doch beide lehnten dankend ab.

Nachdem sie ein paar Minuten geplaudert hatten, trat ein junger Polizist ein. Sein blondes Haar war so kurz geschoren, daß man es fast nicht mehr sah, und er schien kaum alt genug, um sich rasieren zu müssen. Er salutierte vor dem Sottotenente und blieb in Habtachtstellung stehen, ohne Brunetti oder Vianello eines Blickes zu würdigen. So also führt Turcati seinen Laden, dachte Brunetti bei sich.

»Diese beiden Herren haben ein paar Fragen an Sie, Franchi«, sagte Turcati.

Der junge Polizist nahm eine etwas lässigere Haltung an, aber als entspannt hätte Brunetti sie noch nicht bezeichnet.

»Jawohl, Tenente«, sagte er, sah aber noch immer nicht in ihre Richtung.

»Agente Franchi«, begann Brunetti, »Ihr Bericht über den Mann, den Sie drüben beim Campo dell'Angelo Raffaele gefunden haben, ist sehr klar formuliert, aber ich möchte Ihnen dazu doch noch einige Fragen stellen.«

»Jawohl«, sagte Franchi, den Blick unverwandt auf seinem Vorgesetzten.

»Haben Sie die Taschen des Mannes durchsucht?«

»Nein, Signore. Ich bin zur selben Zeit wie die Sanitäter hingekommen. Sie haben ihn aufgehoben, auf eine Trage gelegt und zum Boot getragen.«

Brunetti fragte den jungen Polizisten nicht, warum er für die kurze Strecke von der Polizeiwache genauso lange gebraucht hatte wie das Ambulanzboot für den Weg durch die halbe Stadt.

»Sie schreiben in Ihrem Bericht, der Mann sei vom Gerüst gestürzt. Ich habe mich gefragt, ob Sie das Gerüst wohl näher untersucht haben, um möglicherweise Spuren davon zu finden. Eine zerbrochene Bohle vielleicht, oder einen Stoffetzen von seiner Kleidung. Oder einen Blutfleck.«

»Nein, Signore.«

Brunetti wartete auf eine Erläuterung, und als keine kam, fragte er: »Warum haben Sie das nicht getan, Agente?«

»Er lag neben dem Gerüst auf dem Boden. Die Haustür stand offen, und als ich seine Brieftasche öffnete, sah ich, daß er für das Ufficio Catasto arbeitete. Da habe ich mir gedacht, daß er beruflich dort war.« Er verstummte, und als Brunetti schwieg, fügte er noch hinzu: »Wenn Sie verstehen, was ich meine.«

»Sie sagen, er wurde gerade zum Ambulanzboot getragen, als Sie ankamen?«

»Ja.«

»Wie sind Sie dann an seine Brieftasche gekommen?«

»Die lag auf dem Boden, ein bißchen verdeckt unter einem leeren Zementsack.«

»Und wo lag der Mann?«

»Auf dem Boden, Signore.«

Brunetti bemühte sich um Geduld. »Ich meine«, fragte er, »wo lag der Mann im Verhältnis zum Gerüst?«

Franchi überlegte einen Augenblick und antwortete dann: »Links von der Haustür, Signore. Etwa einen Meter vor der Mauer.«

»Und die Brieftasche?«

»Unter dem Zementsack, wie ich schon sagte.«

»Und wann haben Sie die gefunden?«

»Nachdem sie ihn ins Krankenhaus gebracht hatten. Ich hatte das Gefühl, daß ich mich noch etwas umsehen sollte, darum bin ich ins Haus gegangen. Die Haustür war ja offen, als ich hinkam, das habe ich auch in meinem Bericht geschrieben. Mir war aufgefallen, daß genau über der Stelle, wo er gelegen hatte, die Fensterläden offen waren, darum bin ich gar nicht erst bis nach oben gegangen. Als ich dann wieder herauskam, sah ich die Brieftasche liegen, und als ich sie aufhob, fand ich darin einen Dienstausweis vom Ufficio Catasto, darum habe ich angenommen, daß er da war, um an dem Gebäude irgendwas zu überprüfen oder so.«

»Befand sich sonst noch etwas in der Brieftasche?«

»Ein bißchen Geld, Signore, und ein paar Karten. Ich

habe alles mit hierhergebracht und in einen Asservatenbeutel getan. Ich denke, so steht es auch im Bericht.«

Brunetti blätterte zur Seite zwei des Berichts um und sah, daß die Brieftasche erwähnt war.

Dann blickte er auf und fragte Franchi: »Ist Ihnen sonst noch irgend etwas aufgefallen, während Sie dort waren?«

»Was meinen Sie denn, Signore?«

»Irgend etwas, das Ihnen ungewöhnlich vorkam oder irgendwie fehl am Platz war.«

»Nein, Signore. Überhaupt nichts.«

»Aha«, sagte Brunetti. »Ich danke Ihnen, Agente Franchi.« Aber bevor noch jemand anders etwas sagen konnte, fragte er: »Könnten Sie mir diese Brieftasche einmal holen?«

Franchi warf einen Blick zu seinem Vorgesetzten, der nickte.

»Ja, Signore.« Damit machte Franchi auf dem Absatz kehrt und verließ das Zimmer.

»Ein diensteifriger junger Mann, scheint mir«, sagte Brunetti.

»Ja«, bestätigte der Sottotenente. »Er ist einer meiner besten Leute.« Gerade hatte er begonnen, Franchis Verdienste während der Ausbildung aufzuzählen, da kam der junge Mann schon mit einem Asservatenbeutel aus Plastik zurück, in dem sich eine braunlederne Brieftasche befand.

Franchi blieb an der Tür stehen und schien nicht zu wissen, wem er nun den Plastikbeutel geben sollte.

»Geben Sie ihn dem Commissario«, sagte Turcati, und Franchi konnte sein erschrockenes Erstaunen kaum verbergen, als er den Rang des Mannes vernahm, der ihn soeben ausgefragt hatte. Er ging zu Brunetti, übergab ihm den Beutel und salutierte.

»Danke, Agente«, sagte Brunetti, dabei hielt er den Beutel an einer Ecke hoch und betrachtete ihn von allen Seiten, dann steckte er ihn ein. »Ich unterschreibe Ihnen eine Quittung dafür, wenn Sie wollen«, sagte er zu Turcati.

Der Sottotenente schob ihm ein Blatt Papier über den Tisch, und Brunetti schrieb das Datum, seinen Namen und eine kurze Beschreibung der Brieftasche darauf, unterschrieb und schob das Blatt wieder zu Turcati hinüber. Dann verließ er zusammen mit Vianello das Zimmer.

Als sie auf die breite *calle* hinaustraten, hatte es zu regnen angefangen.

9

Sie gingen durch den immer stärker werdenden Regen zurück zum Boot, froh, daß Bonsuan erneut darauf bestanden hatte, auf sie zu warten. Beim Einsteigen warf Brunetti einen Blick auf die Uhr und sah, daß es schon weit nach fünf war, also höchste Zeit, in die Questura zurückzukehren. Sie fuhren auf den Canal Grande hinaus; Bonsuan bog nach rechts in das langgezogene S, durch das sie an der Basilika und dem Glockenturm vorbei zur Ponte della Pietà und dann zur Questura gelangen würden.

Unten in der Kabine nahm Brunetti den Asservatenbeutel mit der Brieftasche heraus und gab ihn Vianello. »Wenn wir zurück sind, könnten Sie wohl damit ins Labor gehen und die Brieftasche auf Fingerabdrücke untersuchen lassen?« Und als Vianello ihm den Beutel abnahm, fuhr er fort: »Die Abdrücke an den Außenseiten stammen zum Teil sicher von Franchi, von denen kann man absehen, aber die Innenseiten könnten interessant sein. Und dann sollten Sie jemanden ins Ospedale schicken und Vergleichsabdrücke von Rossi besorgen lassen.«

»Noch etwas, Commissario?«

»Wenn die im Labor damit fertig sind, lassen Sie die Brieftasche zu mir raufbringen. Ich möchte mir gern den Inhalt ansehen. Ach ja, und sagen Sie denen auch noch, daß es eilig ist, ja?« sagte Brunetti.

Vianello sah ihn an und fragte: »Wann wäre es das nicht?«

»Na gut, dann sagen Sie Bocchese eben, daß eine Leiche

im Spiel ist. Vielleicht ist ihm das ein Anlaß, etwas schneller zu arbeiten.«

»Bocchese würde darin als erster den Beweis dafür sehen, daß es keinerlei Anlaß zur Eile gibt«, bemerkte Vianello.

Brunetti tat, als hätte er das nicht gehört, und Vianello steckte die Brieftasche ein und fragte: »Was noch, Commissario?«

»Signorina Elettra soll mal im Archiv nachsehen, ob wir etwas über Rossi haben.« Er glaubte das allerdings kaum, denn es war für ihn einfach undenkbar, daß Rossi je in irgend etwas Ungesetzliches verwickelt gewesen sein könnte, aber andererseits hatte er in seinem Leben schon größere Überraschungen erlebt, und es war immer ratsam, sich zu vergewissern.

Vianello hob einen Finger. »Entschuldigen Sie die Zwischenfrage, Commissario, aber soll das heißen, daß wir einem Mordverdacht nachgehen?«

Beide wußten, wie schwierig das wäre. Ehe nicht ein Untersuchungsrichter bestimmt war, konnten sie keine offizielle Mordermittlung beginnen, aber bevor ein Untersuchungsrichter sich der Sache überhaupt annahm und sie als Mord behandelte, mußten schon überzeugende Hinweise auf ein Gewaltverbrechen vorliegen. Und Brunetti glaubte nicht, daß sein persönlicher Eindruck von Rossis Höhenangst schon als überzeugender Hinweis auf irgend etwas zählte, nicht auf eine Straftat, und auf Mord schon gar nicht.

»Ich muß versuchen, den Vice-Questore zu überzeugen«, sagte Brunetti.

»Stimmt«, antwortete Vianello.

»Sie sind da skeptisch?«

Vianello zog eine Augenbraue hoch. Das genügte.

»Gefallen wird ihm das sicher nicht«, meinte Brunetti. Wieder gab Vianello keine Antwort. Wenn es nach Patta ging, untersuchte die Polizei nur solche Verbrechen, die ihr so unter die Nase gerieben wurden, daß sie nicht mehr ignoriert werden konnten. Es bestand kaum Hoffnung, daß er Ermittlungen in einer Sache genehmigen würde, die so klar nach Unfall aussah. Erst wenn es nicht mehr anders ging, wenn Beweise vorlagen, die selbst den größten Skeptiker davon überzeugten, daß Rossi nicht von selbst zu Tode gestürzt war, erst dann war es ein Verbrechen, aber bis dahin hatte es aus behördlicher Sicht ein Unfall zu sein.

Brunetti war mit einer Doppelsichtigkeit gesegnet – oder geschlagen –, die ihn zwang, in jeder Situation mindestens zwei Standpunkte zu sehen, und darum wußte er, wie absurd sein Verdacht jedem erscheinen mußte, der ihn nicht teilte. Sein gesunder Menschenverstand befahl ihm also, die Finger davon zu lassen und das Offensichtliche zu akzeptieren: Franco Rossi war nach einem unglücklichen Sturz von einem Gerüst gestorben. »Holen Sie morgen vormittag aus dem Krankenhaus seinen Wohnungsschlüssel, und dann sehen Sie sich mal in seiner Wohnung um.«

»Wonach soll ich suchen?«

»Keine Ahnung«, antwortete Brunetti. »Versuchen Sie ein Adreßbuch zu finden, Briefe, Namen von Freunden oder Verwandten.«

Brunetti war so in seine Überlegungen vertieft gewesen, daß er gar nicht gemerkt hatte, wie sie in den Rio San Lorenzo eingebogen waren, und erst der sanfte Stoß, mit dem das Boot vor der Questura anlegte, sagte ihm, daß sie angekommen waren.

Sie gingen zusammen an Deck. Brunetti dankte Bonsuan, der damit beschäftigt war, das Boot am Kai zu vertäuen, dann eilten er und Vianello durch den Regen zur Eingangstür der Questura, die ein Uniformierter für sie aufriß. Bevor Brunetti sich dafür bedanken konnte, sagte der junge Mann: »Der Vice-Questore möchte Sie sprechen, Commissario.«

»Ist er denn noch im Haus?« fragte Brunetti höchst erstaunt.

»Ja, Commissario. Er hat gesagt, ich soll es Ihnen sofort ausrichten, wenn Sie kommen.«

»Ja, danke«, sagte Brunetti, dann zu Vianello: »Ich glaube, es ist besser, ich gehe mal nach oben.«

Sie gingen zusammen die erste Treppe hinauf, beide nicht sonderlich an der Frage interessiert, was Patta wohl wollte. Im ersten Stock bog Vianello in den Korridor ein, der zur Hintertreppe und über diese zum Labor führte, wo der Kriminaltechniker Bocchese herrschte: unangefochten, uneilig und unbeeindruckt von Titeln und Dienstgraden.

Brunetti begab sich zu Pattas Dienstzimmer. Signorina Elettra saß an ihrem Schreibtisch und sah auf, als er eintrat. Sie winkte ihn mit der einen Hand herein, während sie mit der anderen den Telefonhörer abnahm und auf einen Knopf drückte. Nach ein paar Sekunden sagte sie: »Commissario Brunetti ist hier, Dottore.« Sie wartete Pattas Antwort ab, sagte: »Selbstverständlich, Dottore« und legte den Hörer wieder auf.

»Er muß eine Gefälligkeit von Ihnen wollen. Anders ist

es nicht zu erklären, daß er nicht schon den ganzen Nachmittag Ihr Blut fordert«, konnte sie gerade noch sagen, bevor die Tür aufging und Patta erschien.

Sein grauer Anzug sah ganz nach Kaschmir aus, und die Krawatte war von der Art, die in Italien als englische Clubkrawatte galt. Trotz des regnerischen, kühlen Frühlings war Pattas wohlgeformtes Gesicht straff und sonnengebräunt. Er trug eine dünnrandige Brille mit ovalen Gläsern – schon die fünfte, die Brunetti ihn tragen sah, seit Patta in der Questura war; ihr Design war stets um ein paar Monate dem voraus, was bald alle Welt tragen würde. Einmal hatte Brunetti, der seine eigene Lesebrille vergessen hatte, Pattas Brille vom Schreibtisch genommen und sie sich vor die Augen gehalten, um ein Foto genauer anzusehen, und dabei entdeckt, daß in dem Rahmen gewöhnliches Fensterglas war.

»Ich wollte den Commissario gerade zu ihnen hineinschicken, Vice-Questore«, sagte Signorina Elettra. Brunetti sah, daß auf ihrem Schreibtisch plötzlich zwei Aktenordner und drei Blatt Papier lagen, die vor einer Sekunde noch nicht darauf gelegen hatten.

»Ja, kommen Sie doch herein, Dottor Brunetti«, sagte Patta und streckte ihm die Hand entgegen, eine Geste, die Brunetti unwillkürlich an Klytämnestra denken ließ, wie sie ihren Agamemnon wohl von seinem Streitwagen gelockt haben mußte. Er konnte gerade noch Signorina Elettra einen letzten Blick zuwerfen, dann fühlte er sich am Arm gefaßt und freundlich in Pattas Zimmer gezogen.

Patta schloß die Tür und ging zu den beiden Sesseln, die er vor den Fenstern stehen hatte. Er wartete, bis Brunetti ihm gefolgt war, dann bedeutete er ihm mit einer Geste,

Platz zu nehmen, und setzte sich selbst; ein Innenarchitekt hätte gesagt, daß die Sessel zueinander im »Konversationswinkel« standen.

»Freut mich, daß Sie mal etwas Zeit für mich erübrigen können, Commissario«, sagte Patta. Brunetti vernahm den Unterton von wütendem Sarkasmus und fühlte sich sogleich auf vertrauterem Boden.

»Ich mußte fort«, erklärte er.

»War das nicht schon heute vormittag?« wandte Patta ein, ohne jedoch dabei das Lächeln zu vergessen.

»Doch, aber dann mußte ich heute nachmittag noch einmal weg, und zwar so plötzlich, daß ich keine Zeit mehr hatte, Ihnen Bescheid zu geben.«

»Haben Sie kein *telefonino,* Dottore?«

Brunetti, der diese Dinger nicht ausstehen konnte und sich, wie er sehr wohl wußte, aus einem maschinenstürmerischen Vorurteil heraus weigerte, so etwas mit sich herumzutragen, antwortete nur: »Ich hatte es nicht bei mir, Vice-Questore.«

Gern hätte er Patta nun gefragt, wozu er eigentlich hier war, aber Signorina Elettras Warnung ließ es ihm ratsam erscheinen, den Mund zu halten und ein nichtssagendes Gesicht zu machen, ganz als ob sie zwei Fremde wären, die auf denselben Zug warteten.

»Ich wollte etwas mit Ihnen besprechen, Commissario«, begann Patta. Er räusperte sich, dann fuhr er fort: »Es geht um... also, es handelt sich um etwas Privates.«

Brunetti gab sich alle Mühe, keine Miene zu verziehen und nur ein passives Interesse an dem zu zeigen, was er vernehmen sollte.

Patta drückte sich tief in die Sessellehne, streckte die Beine aus und schlug sie übereinander. Einen Augenblick betrachtete er versonnen den Glanz seiner Maßschuhe, nahm die Beine dann wieder voneinander, zog sie zurück und beugte den Oberkörper vor. In den wenigen Sekunden, die das alles dauerte, schien Patta vor Brunettis verwunderten Augen um Jahre zu altern.

»Es geht um meinen Sohn«, sagte Patta.

Brunetti wußte, daß Patta zwei Söhne hatte, Roberto und Salvatore. »Um welchen, Vice-Questore?«

»Roberto, *il bambino.*«

Il bambino mußte, wie Brunetti rasch nachrechnete, mindestens dreiundzwanzig Jahre alt sein. Nun gut – Chiara, seine eigene Tochter, war auch schon fünfzehn und trotzdem immer noch seine *bambina,* und wahrscheinlich würde sie das ewig bleiben. »Geht er nicht auf die Universität?«

»Doch. Er studiert Wirtschaftswissenschaften«, antwortete Patta, hielt aber wieder inne und starrte auf seine Füße. »Schon ein paar Jahre«, erklärte er, dann sah er wieder zu Brunetti auf.

Erneut mußte Brunetti sich alle Mühe geben, keine Miene zu verziehen. Einerseits wollte er nicht ungebührlich neugierig erscheinen, wenn es um ein innerfamiliäres Problem ging, aber er wollte auch nicht den Eindruck erwecken, als ob es ihn überhaupt nicht interessierte, was Patta ihm zu erzählen hatte. Also nickte er nur kurz, wie er es sonst bei furchtsamen Zeugen tat, um ihnen Mut zu machen.

»Kennen Sie jemanden in Jesolo?« fragte Patta zu Brunettis gelinder Verwirrung.

»Pardon, wie meinen Sie...?«

»In Jesolo, ob Sie bei der dortigen Polizei jemanden kennen.«

Brunetti dachte kurz nach. Er hatte Kontakte zu einigen Polizeidienststellen auf dem Festland, aber keine nach da draußen an der Adriaküste, zwischen Nachtclubs, Hotels und Discos, von wo allmorgendlich Touristenscharen, die am Lido von Jesolo Urlaub machten, per Boot über die Lagune kamen, um für einen Tag in Venedig einzufallen. Eine Studienkollegin war bei der Polizei in Grado, aber in der näher gelegenen Stadt kannte er niemanden. »Nein, Vice-Questore, da kenne ich keinen.«

Patta konnte seine Enttäuschung nicht verbergen. »Dabei hatte ich so darauf gehofft«, sagte er.

»Bedaure.« Brunetti wägte seine Möglichkeiten ab, während er den reglosen Patta beobachtete, der sich wieder dem Studium seiner Füße widmete. Er beschloß, es zu wagen. »Warum fragen Sie, Vice-Questore?«

Patta sah ihn an, wandte den Blick ab, sah wieder her. Endlich sagte er: »Die dortige Polizei hat mich gestern abend angerufen. Jemand, der für sie arbeitet – Sie verstehen schon...« Das hieß wohl, ein Informant der einen oder anderen Art. »Also, dieser Jemand hat ihnen vor ein paar Wochen erzählt, Roberto handle mit Drogen.« Patta verstummte.

Da der Vice-Questore offensichtlich nichts weiter sagen wollte, fragte Brunetti: »Und warum hat man Sie angerufen?«

Als hätte Brunetti die Frage gar nicht gestellt, redete Patta jetzt weiter: »Ich dachte, Sie würden dort vielleicht jemanden kennen, der uns genauer sagen kann, was los ist –

wer diese Person ist, wie weit die Ermittlungen schon gediehen sind.« Wieder lag Brunetti das Wort »Informant« auf der Zunge, aber er behielt es für sich. »In dieser Art«, fügte Patta hinzu, als Brunetti weiter schwieg.

»Bedaure, Vice-Questore«, antwortete Brunetti jetzt, »ich kenne dort wirklich niemanden.« Nach einer erneuten Pause meinte er dann: »Vielleicht könnte ich Vianello fragen.« Ehe Patta dazu etwas sagen konnte, fuhr Brunetti schon fort: »Er ist vollkommen diskret. Da haben Sie gar nichts zu befürchten.«

Immer noch blieb Patta stumm sitzen, ohne Brunetti anzusehen. Dann schüttelte er entschieden den Kopf: Nein, er wollte von einem Uniformierten keine Hilfe bekommen.

»Wäre das alles, Vice-Questore?« fragte Brunetti, die Hände schon auf den Armlehnen seines Sessels, um zu zeigen, daß er zum Gehen bereit war.

Patta sah es und sagte noch leiser als vorher: »Man hat ihn festgenommen.« Er warf einen kurzen Blick zu Brunetti, doch als dieser offensichtlich keine Fragen hatte, fuhr er fort: »Gestern nacht. Gegen eins haben sie mich angerufen. In einer der Discos hatte es eine Schlägerei gegeben, und als die Polizei hinkam, um für Ordnung zu sorgen, haben sie sich gleich ein paar Leute herausgegriffen und durchsucht. Daß sie auch Roberto durchsucht haben, muß aufgrund dessen passiert sein, was diese Person ihnen erzählt hat.«

Brunetti blieb weiter stumm. Wenn ein Zeuge erst einmal so weit war, konnte ihn nichts mehr bremsen, das wußte er aus langer Erfahrung. Dann kam alles heraus.

»In seiner Jackentasche haben sie eine Plastiktüte mit

Ecstasy gefunden.« Er beugte sich zu Brunetti vor und fragte: »Sie wissen doch, was das ist, Commissario?«

Brunetti nickte. Daß Patta einem Polizeibeamten zutrauen konnte, so etwas nicht zu wissen, erstaunte ihn sehr. Ihm war aber klar, daß ein einziges Wort den Redefluß vielleicht stoppen würde, also gab er sich möglichst entspannt, nahm eine Hand von der Sessellehne und setzte sich so, daß es ganz lässig aussehen mußte.

»Roberto hat ihnen gesagt, das müsse ihm jemand heimlich in die Tasche gesteckt haben, als die Polizei kam. So etwas passiert ja oft.« Brunetti wußte das. Er wußte allerdings auch, daß es ebensooft eine Ausrede war.

»Sie haben mich also angerufen, und ich bin hingefahren. Der Vorschlag kam von ihnen, denn sie wußten ja, wer Roberto war. Als ich ankam, haben sie ihn mir in Gewahrsam gegeben. Und auf dem Heimweg hat er mir dann das mit der Plastiktüte erzählt.« Patta verstummte, diesmal endgültig, wie es schien.

»Hat man die Tüte als Beweisstück dabehalten?«

»Ja, und seine Fingerabdrücke haben sie auch genommen, um sie mit denen zu vergleichen, die eventuell auf der Tüte sind.«

»Wenn er sie aus der Tasche geholt und ihnen gegeben hat, müssen seine Abdrücke ja darauf sein«, sagte Brunetti.

»Ich weiß«, antwortete Patta. »Deswegen habe ich mir auch keine Sorgen gemacht, nein, ich habe nicht einmal meinen Anwalt zugezogen. Selbst wenn seine Fingerabdrücke darauf sind, ist das kein Beweis. Robertos Angaben könnten wahr sein.«

Brunetti nickte stumm und wartete darauf, zu erfahren, warum Patta in der Möglichkeitsform sprach.

Der Vice-Questore lehnte sich in seinem Sessel zurück und sah aus dem Fenster. »Heute vormittag habe ich wieder einen Anruf bekommen, nachdem Sie fortgegangen waren.«

»Wollten Sie mich deswegen sprechen?«

»Nein, heute vormittag wollte ich Sie nach etwas anderem fragen. Das ist aber jetzt nicht mehr wichtig.«

»Was hat man Ihnen denn gesagt, Vice-Questore?« fragte Brunetti endlich.

Patta riß seinen Blick vom Fenster los. »Daß sich in der größeren Hülle siebenundvierzig kleine Briefchen befanden, jedes mit einer Ecstasy-Pille.«

Brunetti versuchte das Gewicht und den Wert der Droge auszurechnen, um abschätzen zu können, als wie schwerwiegend ein Richter ihren Besitz veranschlagen würde. Es klang nicht gerade nach einer Riesenmenge, und wenn Roberto dabei blieb, daß jemand ihm den Stoff in die Tasche gesteckt hatte, sah Brunetti keine besondere Gefahr von seiten der Justiz auf den Jungen zukommen.

»Seine Fingerabdrücke waren auch auf den Briefchen«, platzte Patta in das Schweigen hinein. »Auf jedem einzelnen.«

Brunetti widerstand seinem ersten Impuls, Patta die Hand auf den Arm zu legen. Statt dessen wartete er ein paar Sekunden und sagte dann: »Das tut mir leid, Vice-Questore.«

Patta quittierte dies mit einem Nicken, ohne Brunetti dabei anzusehen.

Nachdem eine volle Minute vergangen war, fragte Brunetti: »War das in Jesolo selbst oder draußen am Lido?«

Patta sah Brunetti jetzt an und bewegte den Kopf wie ein Boxer, der einen leichten Treffer abschüttelte. »Wie bitte?«

»Ich meine, wo das war. Jesolo oder Lido von Jesolo?«

»Lido.«

»Und wo wurde er ...?« begann Brunetti und wollte eigentlich »verhaftet« sagen, doch statt dessen sagte er: »... aufgegriffen?«

»Das habe ich Ihnen doch eben gesagt«, blaffte Patta in einem Ton, dem man anhörte, wie nah er einem Wutausbruch war. »Am Lido von Jesolo.«

»Aber *wo* dort, Vice-Questore? In einer Bar, einer Disco?«

Patta schloß die Augen, und Brunetti fragte sich, wie lange der Mann wohl über das alles nachgegrübelt und sich Ereignisse aus dem Leben seines Sohnes ins Gedächtnis gerufen haben mochte.

»Im Luxor, einer Disco«, antwortete er endlich.

Brunetti entfuhr ein ganz leises »Ah«, doch es genügte, damit Patta die Augen wieder öffnete. »Wie, was?« fragte er.

Brunetti winkte ab. »Ich kannte mal jemanden, der dort verkehrte«, sagte er.

Patta sah seine vage Hoffnung wieder schwinden und wandte sich ab.

»Haben Sie einen Anwalt eingeschaltet, Vice-Questore?« fragte Brunetti.

»Ja, Donatini.«

Brunetti verbarg seine Überraschung hinter einem Nikken und tat, als ob es ganz selbstverständlich wäre, daß Patta den Anwalt wählte, der regelmäßig jene verteidigte, die der Zugehörigkeit zur Mafia angeklagt waren.

»Ich wäre froh, Commissario ...«, begann Patta jetzt,

hielt aber wieder inne, weil er überlegen mußte, wie er es wohl am besten ausdrückte.

»Ich werde weiter darüber nachdenken, Vice-Questore«, kam Brunetti ihm zuvor. »Und natürlich werde ich mit niemandem darüber reden.« Sosehr er auch vieles verabscheute, was Patta tat, er konnte den Mann jetzt unmöglich in die peinliche Situation bringen, ihn um Stillschweigen in dieser Angelegenheit bitten zu müssen.

Patta verstand das Abschließende in Brunettis Ton und stand auf. Er begleitete ihn zur Tür und hielt sie ihm auf. Die Hand gab er ihm nicht wieder, aber er brachte noch ein knappes »Danke« über die Lippen, bevor er in sein Zimmer zurückging und die Tür hinter sich schloß.

Brunetti sah Signorina Elettra an ihrem Schreibtisch sitzen, allerdings war an die Stelle der Papiere und Aktenordner inzwischen ein dickliches Hochglanzprodukt getreten, das der Frühjahrs-Modeausgabe von *Vogue* verdächtig ähnlich sah.

Sie blickte von der Zeitschrift auf. »Sein Sohn?« fragte sie.

Ehe er darüber nachdenken konnte, war es schon heraus: »Haben Sie sein Zimmer verwanzt?« Er hatte es eigentlich als Scherz gemeint, aber als er es sich jetzt fragen hörte, war er da gar nicht mehr so sicher.

»Nein. Heute vormittag hat ihn der Junge angerufen und schien reichlich nervös, anschließend bekam er einen Anruf von der Polizei in Jesolo. Kaum hatte er mit denen gesprochen, sollte ich ihm Donatinis Nummer heraussuchen.«

Brunetti überlegte kurz, ob er sie nicht auffordern sollte, ihren Beruf als Sekretärin an den Nagel zu hängen und Polizistin zu werden, aber er wußte, daß sie eher sterben als eine Uniform anziehen würde.

»Kennen Sie ihn?« fragte Brunetti statt dessen.

»Wen, Donatini oder den Jungen?«

»Einen von ihnen. Oder beide.«

»Ich kenne beide«, sagte sie. Dann fügte sie wie beiläufig hinzu: »Beides Mistkerle, nur daß Donatini besser angezogen ist.«

»Hat er Ihnen gesagt, worum es geht?« fragte er mit einer Kopfbewegung zu Pattas Zimmer.

»Nein«, antwortete sie ohne eine Spur von Enttäuschung. »Wenn es Vergewaltigung wäre, hätte es in den Zeitungen gestanden. Also geht es wahrscheinlich um Drogen. Donatini dürfte gut genug sein, um ihn da rauszuhauen.«

»Würden Sie ihn denn einer Vergewaltigung für fähig halten?«

»Wen, Roberto?«

»Ja.«

Sie dachte kurz nach, bevor sie antwortete: »Nein, das wohl eher nicht. Er ist arrogant und aufgeblasen, aber ich halte ihn nicht für durch und durch schlecht.«

Irgend etwas ließ Brunetti fragen: »Und Donatini?«

Ohne zu zögern, antwortete sie: »Dem ist alles zuzutrauen.«

»Ich wußte gar nicht, daß Sie ihn kennen.«

Sie senkte den Blick auf ihre Zeitschrift und blätterte eine Seite um, was wie eine lässige Geste aussehen sollte. »Doch.« Sie blätterte noch eine Seite um.

»Er hat mich um Hilfe gebeten.«

»Der Vice-Questore?« Sie sah überrascht zu ihm auf.

»Ja.«

»Und werden Sie ihm helfen?«

»Wenn ich kann«, antwortete Brunetti.

Sie sah ihn lange an, bevor sie ihre Aufmerksamkeit wieder der Zeitschrift auf ihrem Schreibtisch zuwandte. »Ich glaube, Grau ist nicht mehr das Wahre für die Menschheit«, meinte sie. »Wir haben es alle ein bißchen satt.«

Sie trug eine pfirsichfarbene Seidenbluse unter einem hochgeschlossenen schwarzen Jackett, dessen Stoff ihm ganz nach Rohseide aussah.

»Vermutlich haben Sie recht«, sagte er, dann wünschte er ihr einen guten Abend und ging wieder in sein Zimmer hinauf.

10

Er mußte die Auskunft anrufen, um an die Nummer des Luxor zu kommen, und als er sie dann wählte, erklärte ihm ein Irgendwer, der in der Disco abnahm, daß Signor Bertocco nicht da sei, und weigerte sich, ihm die Privatnummer zu geben. Brunetti sagte nicht, daß er von der Polizei war. Statt dessen rief er noch einmal die Auskunft an und bekam ohne Umstände Lucas Nummer.

»Aufgeblasener Trottel«, brummelte er beim Wählen.

Nach dem dritten Klingeln wurde abgenommen, und eine tiefe, ziemlich rauhe Stimme meldete sich: »Bertocco.«

»*Ciao,* Luca, hier ist Guido Brunetti. Wie geht es dir?«

Die formelle Höflichkeit in der Stimme des anderen wich aufrichtiger Herzlichkeit. »Gut, Guido. Von dir habe ich ja seit Ewigkeiten nichts mehr gehört. Wie geht es dir, was machen Paola und die Kinder?«

»Es geht uns allen gut.«

»Hast du dich endlich dazu durchgerungen, meine Einladung anzunehmen und bei mir zu tanzen, bis du umfällst?«

Brunetti lachte. Das war schon seit zehn Jahren ein Dauerwitz zwischen ihnen. »Nein, da muß ich dich leider wieder enttäuschen, Luca. Du weißt, daß ich mir nichts sehnlicher wünsche, als bis zum Morgengrauen zwischen Leuten zu tanzen, die meine Kinder sein könnten, aber Paola erlaubt es mir einfach nicht.«

»Wegen der Qualmerei?« erkundigte sich Luca. »Meint sie, die schadet deiner Gesundheit?«

»Nein, eher wegen der Musik, glaube ich.«

Nach kurzem Schweigen meinte Luca: »Da hat sie wahrscheinlich recht.« Und als Brunetti nun seinerseits darauf nichts sagte, fragte er: »Warum also rufst du an? Wegen des Jungen, den sie festgenommen haben?«

»Ja«, sagte Brunetti. Er tat nicht einmal erstaunt, daß Luca schon davon wußte.

»Es ist der Sohn deines Chefs, nicht?«

»Du scheinst ja alles zu wissen.«

»Wenn einer fünf Diskotheken, drei Hotels und sechs Bars betreibt, muß er einfach alles wissen, vor allem über Leute, die sich in einem seiner Etablissements von der Polizei schnappen lassen.«

»Was weißt du denn über den Jungen?«

»Nur was die Polizisten mir über ihn gesagt haben.«

»Welche Polizisten? Die ihn festgenommen haben, oder die für dich arbeiten?«

Lucas Schweigen sagte Brunetti nicht nur, daß er zu weit gegangen war, sondern auch, daß Luca ihn, obwohl er sein Freund war, doch immer als Polizisten sehen würde.

»Ich weiß nicht recht, was ich dir darauf antworten soll, Guido«, sagte Luca schließlich, und seine Worte endeten im explosionsartigen Bellen des starken Rauchers.

Das Husten dauerte eine ganze Weile an. Brunetti wartete, bis es aufhörte, dann sagte er: »Entschuldige, Luca. War ein schlechter Scherz.«

»Schon gut. Glaub mir, Guido, wenn einer so in der Öffentlichkeit steht wie ich, braucht er von der Polizei alle Hilfe, die er kriegen kann. Und die Polizei ist froh, von mir alle Hilfe zu bekommen, die sie kriegen kann.«

Brunetti dachte an kleine Umschläge, die in städtischen Amtsstuben diskret von einer Hand in die andere wanderten, und fragte: »Welche Art von Hilfe?«

»Ich habe einen privaten Wachdienst auf den Parkplätzen meiner Diskotheken.«

»Und was tut der da?« fragte Brunetti und dachte an Straßenräuber und die Verletzlichkeit von Jugendlichen, die um drei Uhr früh aus einer Disco getaumelt kamen.

»Er nimmt ihnen die Autoschlüssel ab.«

»Und darüber beschwert sich keiner?«

»Wer sollte sich beschweren? Die Eltern, weil ich ihre Sprößlinge davon abhalte, sich sturzbetrunken oder vollgedröhnt ans Steuer zu setzen? Oder die Polizei, weil ich verhindere, daß sie sich mit ihren Autos um die Alleebäume wickeln?«

»Nein, wohl nicht. Darüber hatte ich nicht nachgedacht.«

»Das heißt für die Beamten nur, daß man sie nicht um drei Uhr nachts aus dem Bett klingelt, damit sie draußen irgendwo zugucken dürfen, wie man Leichen aus Autowracks schneidet. Glaub mir, die Polizei ist froh, mir auf jede erdenkliche Weise zu helfen.« Er verstummte, und Brunetti hörte ihn ein Streichholz anreißen, sich eine Zigarette anzünden und den ersten tiefen Zug tun. »Was möchtest du nun eigentlich von mir – daß ich die Sache vertusche?«

»Könntest du das denn?«

Wenn Achselzucken Geräusche machen könnte, dann hätte Brunetti jetzt eines über die Telefonleitung gehört. Endlich sagte Luca: »Darauf antworte ich dir erst, wenn ich weiß, ob du es von mir willst oder nicht.«

»Nein. Nicht vertuschen in dem Sinne, daß die Sache unter den Teppich gekehrt wird. Aber ich wäre froh, wenn du sie aus den Zeitungen heraushalten könntest – falls das geht.«

Luca antwortete darauf erst nach kurzem Zögern. »Ich gebe viel Geld für Inserate aus«, sagte er endlich.

»Könnte man das als ›ja‹ übersetzen?«

Luca lachte aus vollem Hals, bis das Lachen in ein tiefes, durch Mark und Bein dringendes Husten überging. Als er wieder sprechen konnte, sagte er: »Du willst immer alles so klar und eindeutig haben, Guido. Ich weiß gar nicht, wie Paola das aushält.«

»Die Dinge sind leichter für mich, wenn sie klar und eindeutig sind.«

»Für dich als Polizist?«

»Als Polizist und überhaupt.«

»Na gut. Du darfst es als ›ja‹ verstehen. Ich kann es aus den Lokalzeitungen heraushalten, und daß die überregionalen sich dafür interessieren, glaube ich nicht.«

»Er ist immerhin der Vice-Questore von Venedig«, sagte Brunetti in einer perversen Anwandlung von Lokalpatriotismus.

»Ich fürchte, das ist denen in Rom ziemlich egal«, antwortete Luca.

»Du hast wahrscheinlich recht«, räumte Brunetti nach kurzem Überlegen ein. Und bevor Luca es bestätigen konnte, fragte er: »Was sagen sie denn über den Jungen?«

»Sie haben ihn kalt erwischt. Seine Fingerabdrücke waren auf sämtlichen Tütchen.«

»Ist schon Anzeige erstattet?«

»Nein. Glaube ich jedenfalls nicht.«

»Worauf warten sie?«

»Daß er ihnen sagt, woher er den Stoff hat.«

»Wissen sie das denn nicht?«

»Natürlich wissen sie es. Aber Wissen ist noch kein Beweis, wie du doch sicherlich nachvollziehen kannst.«

Letzteres kam nicht ohne Ironie heraus. Manchmal dachte Brunetti, daß Italien ein Land war, in dem jeder alles wußte, aber keiner bereit war, etwas zu sagen. Im privaten Kreis waren alle geradezu davon besessen, sich mit absoluter Gewißheit über die heimlichen Machenschaften von Politikern, Mafiabossen und Filmschauspielern auszulassen; aber man brauchte dieselben Leute nur in eine Situation zu stellen, in der ihre Äußerungen rechtliche Folgen haben konnten, und Italien wurde zur größten Austernbank der Welt.

»Weißt *du* denn, wer es ist?« fragte Brunetti. »Würdest du mir den Namen nennen?«

»Lieber nicht. Hätte doch gar keinen Zweck. Er hat einen über sich, und der hat wieder einen über sich.«

Brunetti hörte ihn eine neue Zigarette anzünden. »Wird er es ihnen sagen – der Junge, meine ich?«

»Nein, wenn ihm sein Leben lieb ist«, meinte Luca, fügte aber sofort hinzu: »Halt, das ist übertrieben. Sagen wir: wenn er keine Lust hat, sich zusammenschlagen zu lassen.«

»Sogar in Jesolo?« fragte Brunetti. Das Großstadtverbrechen war also schon bis in dieses verschlafene Adriastädtchen vorgedrungen.

»Gerade in Jesolo, Guido«, entgegnete Luca, ohne das jedoch näher zu erläutern.

»Und was geschieht nun mit ihm?« fragte Brunetti.

»Das solltest du eigentlich besser beantworten können als ich«, sagte Luca. »Wenn er ein Ersttäter ist, werden sie ihm eins auf die Finger geben und ihn nach Hause schicken.«

»Er ist schon zu Hause.«

»Das weiß ich. Ich meinte das im übertragenen Sinn. Und daß sein Vater bei der Polizei ist, wird dabei auch nicht zu seinem Schaden sein.«

»Es sei denn, die Zeitungen bekommen Wind davon.«

»Ich sage dir doch, du kannst dich darauf verlassen.«

»Das hoffe ich«, sagte Brunetti.

Luca ließ sich nicht provozieren. In das immer länger werdende Schweigen hinein sagte Brunetti: »Und du, Luca? Wie geht es dir?«

Luca räusperte sich, ein feucht klingender Ton, der Brunetti alles andere als geheuer war. »Immer gleich«, meinte er endlich und hustete erneut.

»Und Maria?«

»Diese Kuh«, brach es in echter Wut aus Luca heraus. »Es geht ihr nur um mein Geld. Dabei kann sie von Glück reden, daß ich sie im Haus wohnen lasse.«

»Luca! Sie ist die Mutter deiner Kinder.«

Brunetti konnte förmlich hören, wie Luca an sich hielt, um nicht auf ihn loszugehen, weil er sich in sein Privatleben einmischte. »Über dieses Thema möchte ich mit dir nicht reden, Guido.«

»Schon gut, Luca. Du weißt, daß ich das nur sage, weil ich dich schon so lange kenne.« Er stockte. »Euch beide«, fügte er dann hinzu.

»Ja, ich weiß, aber die Dinge verändern sich.« Erneutes

Schweigen, dann wiederholte Luca mit einer Stimme, die ganz fern klang: »Ich möchte darüber nicht reden, Guido.«

»Schon gut«, lenkte Brunetti ein. »Tut mir leid, daß ich schon so lange nicht mehr angerufen habe.«

Mit der Unbeschwertheit langer Freundschaft meinte Luca: »Ich doch auch nicht, oder?«

»Macht ja nichts.«

»Nein, eigentlich macht es nichts«, stimmte Luca lachend zu, und seine alte Stimme war wieder da, ebenso der alte Husten.

Dadurch ermutigt, fragte Brunetti: »Wenn du irgendwas hörst, sagst du mir dann Bescheid?«

»Natürlich«, versprach Luca.

Bevor der andere auflegen konnte, fragte Brunetti rasch: »Weißt du sonst noch etwas über die Leute, von denen er das Zeug hat, und die, von denen die es haben?«

Lucas Stimme klang wieder vorsichtig, als er zurückfragte: »Woran denkst du denn dabei?«

»Nun, ob sie...« Er wußte nicht so genau, wie er das nennen sollte, was sie taten. »Ob sie auch in Venedig tätig sind.«

»Oje«, seufzte Luca. »Soweit ich weiß, ist da nicht viel für sie zu holen. Die Bevölkerung ist zu alt, und für die Jugendlichen ist es zu leicht, aufs Festland zu kommen und dort zu finden, was sie suchen.«

Brunetti war klar, daß er sich über diese Nachricht aus purem Egoismus freute: Welcher Mann mit zwei jugendlichen Kindern, und sei er sich ihrer Charakterfestigkeit noch so sicher, würde nicht mit Freude hören, daß es in seiner Stadt wenig Drogenhandel gab?

Sein Instinkt sagte ihm, daß er aus Luca alles herausgeholt hatte, was es herauszuholen gab. Die Namen der Leute zu kennen, die das Zeug verkauften, hätte ihm sowieso nicht viel genützt.

»Danke, Luca. Paß gut auf dich auf.«

»Du auch, Guido.«

Am Abend, als die Kinder im Bett waren, erzählte er Paola von Lucas Wutausbruch bei der Erwähnung seiner Frau. »Du hast ihn ja nie so gemocht wie ich«, sagte Brunetti, als ob das Lucas Benehmen irgendwie erklären oder entschuldigen könnte.

»Und was soll das heißen?« fragte Paola, aber ohne Schärfe.

Sie saßen auf dem Sofa, jeder an einem Ende, und hatten, als sie zu reden anfingen, ihre Bücher fortgelegt. Brunetti dachte über ihre Frage lange nach, bevor er antwortete: »Es soll wohl heißen, daß du sicher mehr Sympathien für Maria hast als für ihn.«

»Aber Luca hat recht«, sagte Paola, wobei sie zuerst den Kopf, dann den ganzen Körper ihm zuwandte. »Sie ist eine Kuh.«

»Ich dachte, du hättest sie gern.«

»Hab ich ja auch«, behauptete Paola mit Nachdruck. »Aber das heißt nicht, daß Luca nicht recht hat, wenn er sie eine Kuh nennt. Allerdings hat er sie erst dazu gemacht. Als sie heirateten, war sie Zahnärztin. Aber er wollte, daß sie zu arbeiten aufhört. Und nach Paolos Geburt hat er zu ihr gesagt, sie braucht nicht wieder arbeiten zu gehen, weil er mit seinen Clubs genug verdient, um sie alle gut zu ernähren. Da hat sie ihren Beruf an den Nagel gehängt.«

»Und?« unterbrach Brunetti sie. »Wieso ist er deswegen schuld daran, daß sie eine Kuh geworden ist?« Noch während er fragte, schoß es ihm durch den Kopf, wie beleidigend und widersinnig allein schon das Wort war.

»Weil er sie alle nach Jesolo verschleppt hat, von wo aus er seine Geschäfte besser überblicken konnte. Und sie ist mitgegangen.« Jetzt bekam Paolas Stimme etwas Hartnäkkiges, wie beim Herunterbeten der Perlen eines uralten Rosenkranzes.

»Niemand hat ihr eine Pistole an den Kopf gehalten, Paola.«

»Natürlich hat ihr niemand eine Pistole an den Kopf gehalten, das war auch gar nicht nötig«, brauste sie auf. »Sie war verliebt.« Als sie seinen Blick sah, verbesserte sie sich: »Gut, gut, *beide* waren verliebt.« Sie schwieg kurz, dann fuhr sie fort: »Also verläßt sie Venedig und zieht nach Jesolo, in einen *Strandort,* ich bitte dich, um dort das Leben einer Hausfrau und Mutter zu führen!«

»Das sind beides keine unanständigen Wörter, Paola.«

Mochte ihr Blick auch Funken sprühen, sie bewahrte die Ruhe. »Ich weiß, daß es keine unanständigen Wörter sind. Das will ich auch gar nicht unterstellen. Aber sie hat einen Beruf aufgegeben, der ihr Spaß machte und in dem sie sehr gut war, und ist mitten ins Nirgendwo gezogen, um dort zwei Kinder aufzuziehen und einen Mann zu umsorgen, der zuviel trank und zuviel rauchte und mit zu vielen anderen Frauen herummachte.« Brunetti hütete sich, ausgerechnet in dieses Feuer auch noch Öl zu gießen. Er wartete, ob sie weitersprechen würde. Sie tat es.

»Und jetzt, nach über zwanzig Jahren da draußen, ist sie

zur Kuh geworden. Sie ist fett und langweilig und kann offenbar über nichts anderes mehr reden als Küche und Kinder.« Sie warf einen Blick zu Brunetti hinüber, der aber immer noch nichts sagte. »Wie lange ist es her, daß wir die beiden zusammen gesehen haben? Zwei Jahre? Erinnere dich bitte, wie peinlich es das letzte Mal war, als sie den ganzen Abend herumhampelte und uns dauernd fragte, ob wir noch etwas essen möchten, und uns immer noch mehr Fotos von ihren zwei höchst uninteressanten Kindern zeigte!«

Es war ein peinlicher Abend für alle gewesen, außer – komischerweise – für Maria, die nicht zu merken schien, wie ihr Verhalten den anderen auf den Geist ging.

Mit kindlicher Arglosigkeit fragte Brunetti: »Müssen wir uns jetzt deswegen streiten?«

Paola legte den Kopf an die Sofalehne und begann lauthals zu lachen. »Nein!« rief sie. »Aber mein Ton verrät wohl schon, wie wenig echtes Mitleid ich mit ihr habe. Und wie sehr mir deswegen das Gewissen schlägt.« Sie wartete, wie Brunetti auf dieses Geständnis reagieren würde, und sprach dann weiter: »Sie hätte so vieles tun können, hat es aber vorgezogen, es nicht zu tun. Sie wollte nicht, daß ihr jemand zeitweise die Kinder abnahm, so daß sie wenigstens halbtags in der Praxis eines Kollegen hätte arbeiten können; als nächstes hat sie ihre Mitgliedschaft im Zahnärzteverband erlöschen lassen; dann hat sie nach und nach das Interesse an allem verloren, was nichts mit ihren beiden Söhnen zu tun hatte; und dann ist sie fett geworden.«

Als Brunetti sicher war, daß sie geendet hatte, warf er ein: »Ich weiß nicht, wie du das jetzt aufnehmen wirst, aber das klingt mir verdächtig nach den Argumenten, die ich schon von vielen untreuen Ehemännern gehört habe.«

»Als Entschuldigung für ihre Untreue?«

»Ja.«

»Da ist ja auch was dran.« Ihr Ton klang entschieden, aber in keiner Weise böse.

Sie wollte dem offenbar nichts mehr hinzufügen, darum fragte er: »Und?«

»Und gar nichts. Das Leben hat ihr etliche Möglichkeiten geboten, mit denen alles hätte anders kommen können, aber sie hat sich nun einmal so entschieden. Ich nehme zwar an, daß jede dieser Entscheidungen die nächste unausweichlich nach sich zog, nachdem sie sich erst einmal hatte breitschlagen lassen, nicht mehr zu arbeiten und aus Venedig wegzuziehen, aber sie hat diese Entscheidungen getroffen, ohne daß ihr jemand, wie du sagst, eine Pistole an den Kopf hielt.«

»Mir tut sie leid«, sagte Brunetti. »Und er auch. Beide.«

Paola, den Kopf auf der Sofalehne, schloß die Augen und sagte: »Mir auch.« Nach einer Weile fragte sie: »Bist du eigentlich froh, daß ich meine Arbeit behalten habe?«

Er widmete dieser Frage die Bedenkzeit, die sie verdiente, und antwortete dann: »Nicht unbedingt; aber ich bin froh, daß du nicht fett geworden bist.«

11

Am nächsten Tag ließ Patta sich nicht in der Questura blicken, und die einzige Erklärung, die er dafür gab, war ein Anruf bei Signorina Elettra, in dem er ihr mitteilte, was inzwischen alle begriffen hatten, nämlich daß er nicht komme. Signorina Elettra stellte keine Fragen, rief aber Brunetti an, um ihm zu sagen, daß er infolge Pattas Abwesenheit jetzt das Kommando habe.

Um neun Uhr rief Vianello an und meldete, daß er Rossis Schlüssel aus dem Krankenhaus geholt habe und schon in der Wohnung gewesen sei. Nichts scheine in Unordnung zu sein, und an Papieren hätten nur Rechnungen und Quittungen herumgelegen. Er habe neben dem Telefon ein Adreßbuch gefunden, und Pucetti sei gerade dabei, sämtliche darin verzeichneten Nummern anzurufen. Bisher habe man als einzigen Verwandten einen Onkel in Vicenza ausfindig gemacht, der schon mit dem Krankenhaus in Kontakt stehe und die Beerdigung organisiere.

Bocchese, der Kriminaltechniker, rief kurz danach aus dem Labor an und kündigte an, er werde gleich jemanden mit Rossis Brieftasche zu Brunetti hinaufschicken.

»War etwas daran?«

»Nein, nur seine eigenen Fingerabdrücke und ein paar von dem Bübchen, das ihn gefunden hat.«

Die Möglichkeit, daß es noch einen weiteren Zeugen gegeben haben könnte, machte Brunetti augenblicklich hellhörig. »Bübchen?«

»Dieser junge Polizist. Ich kenne seinen Namen nicht. Für mich sind das alles Bübchen.«

»Franchi also.«

»Wie Sie meinen«, sagte Bocchese ohne großes Interesse. »Ich habe seine Abdrücke hier in der Kartei, sie stimmen mit denen auf der Brieftasche überein.«

»Irgendwas außerdem?«

»Nein. Ich habe mir allerdings den Inhalt der Brieftasche nicht angesehen, nur die Abdrücke genommen.«

Ein junger Polizist, einer von den neuen, deren Namen sich Brunetti so schlecht merken konnte, erschien in seiner Tür. Auf Brunettis einladende Handbewegung kam er herein und legte ihm die Brieftasche, die immer noch in dem Asservatenbeutel steckte, auf den Schreibtisch.

Brunetti klemmte sich den Telefonhörer unters Kinn und nahm den Beutel. Während er ihn aufmachte, fragte er Bocchese: »Waren innen auch Fingerabdrücke?«

»Ich sagte doch, das waren die einzigen«, antwortete der Techniker und legte auf.

Auch Brunetti hängte ein. Ein Colonello der Carabinieri hatte einmal über Bocchese gesagt, er sei so gut, daß er Fingerabdrücke sogar noch auf so öligen Substanzen wie den Oberflächen von Politikerseelen finde, und deshalb gestand man ihm mehr Freiheiten zu als den meisten anderen, die in der Questura arbeiteten. Brunetti hatte sich längst an die ständige schlechte Laune des Mannes gewöhnt, war im Lauf der Jahre sogar stumpf dagegen geworden. Die Verdrießlichkeit wurde wettgemacht durch seine tadellose Arbeit, die schon manches Mal der vehementen Skepsis von Strafverteidigern standgehalten hatte.

Brunetti öffnete den Beutel und ließ die Brieftasche auf seinen Schreibtisch gleiten. Rossi mußte sie jahrelang in der Gesäßtasche getragen haben, denn sie war ganz krumm. Das braune Leder war in der Mitte knittrig und an einer Ecke etwas abgescheuert, so daß darunter eine dünne graue Kordel zum Vorschein kam. Brunetti öffnete die Brieftasche und drückte sie flach auf seinen Schreibtisch. Ein paar Fächer auf der linken Seite enthielten vier Plastikkärtchen: zwei Kreditkarten, seinen Dienstausweis vom Ufficio Catasto und seine Carta Venezia, die ihn berechtigte, den für Ortsansässige niedrigeren Tarif in den öffentlichen Verkehrsmitteln zu bezahlen. Brunetti zog die Kärtchen heraus und betrachtete die Fotos auf den letzten beiden. Es waren Hologramme, die unsichtbar wurden, wenn das Licht in einem bestimmten Winkel darauf fiel, aber sonst zeigten sie eindeutig Rossi.

Auf der rechten Seite befand sich ein kleines Münzfach, das einen Messingverschluß hatte. Brunetti öffnete es und schüttelte das Kleingeld heraus. Es waren ein paar von den neuen Tausendlirestücken dabei, einige Fünfhundertlirestücke und je eines der drei verschieden großen Hundertlirestücke, die zur Zeit im Umlauf waren. Ob andere Leute es ebenso komisch fanden wie er, daß es sie in drei verschiedenen Größen gab? Wie war solcher Blödsinn zu erklären?

Brunetti nahm sich die Geldscheinfächer vor und zog die Banknoten heraus. Sie waren penibel geordnet, die größten Scheine ganz hinten, dann die nächstkleineren bis hin zu den Tausendlirescheinen ganz vorn. Er zählte hundertsiebenundachtzigtausend Lire.

Er spreizte die Fächer ganz weit auseinander, um zu kontrollieren, ob er vielleicht noch etwas übersehen hatte, aber da war nichts weiter. Er fuhr mit den Fingern in die Kartenfächer links und förderte ein paar unbenutzte Vaporettofahrscheine zutage, eine Rechnung aus einer Bar über dreitausenddreihundert Lire und ein paar Achthundertlire-Briefmarken. Auf der anderen Seite fand er noch eine Barrechnung, auf deren Rückseite eine Telefonnummer stand. Da sie nicht mit 52, 27 oder 72 anfing, nahm er an, daß es keine venezianische Nummer war, obwohl keine Vorwahl dabeistand. Das war alles. Keine Namen; keine Botschaft des Verstorbenen, die gelesen werden sollte, wenn ihm etwas zustieß; nichts von all den Dingen, die man im wirklichen Leben eben nie in den Taschen von Leuten fand, die möglicherweise durch gezielte Gewaltanwendung gestorben waren.

Brunetti steckte das Geld wieder in die Brieftasche und diese wieder in den Beutel. Er zog das Telefon zu sich heran und wählte Dottor Rizzardis Nummer. Die Autopsie sollte inzwischen eigentlich fertig sein, und er war neugierig, mehr über diese seltsame Delle an Rossis Kopf zu erfahren.

Der Arzt nahm beim zweiten Klingeln ab, und sie tauschten erst einmal höfliche Grußformeln aus. Dann fragte Rizzardi: »Rufen Sie wegen Rossi an?« Und als Brunetti das bestätigte, sagte Rizzardi: »Gut. Wenn Sie nämlich jetzt nicht mich angerufen hätten, dann hätte ich Sie angerufen.«

»Warum?«

»Wegen der Wunde. Oder besser der beiden Wunden. Am Kopf.«

»Was ist damit?«

»Eine ist flach, und es sind Betonkrümel darin. Er hat sie

sich zugezogen, als er auf dem Boden aufschlug. Aber links davon ist noch eine Wunde, die ist röhrenförmig. Das heißt, sie wurde durch etwas Zylindrisches verursacht, zum Beispiel eines dieser Rohre, aus denen Baugerüste zusammengesteckt werden, allerdings erscheint mir der Umfang kleiner, als ich ihn von derlei Rohren in Erinnerung habe.«

»Und?«

»Und in der Wunde ist überhaupt kein Rost. Normalerweise starren diese Rohre nur so von Dreck: Schmutz, Rost und Farbe. Aber in dieser Wunde war von alledem keine Spur.«

»Kann sein, daß man sie im Krankenhaus gereinigt hat.«

»Das hat man, aber in der kleineren Wunde sind Metallspuren, die in den Schädelknochen eingedrungen sind. Nur Metall. Kein Dreck, kein Rost, keine Farbe.«

»Was für Metall?« fragte Brunetti, der vermutete, daß Rizzardi ihn nicht hätte anrufen wollen, wenn da nur etwas *nicht vorhanden* gewesen wäre.

»Kupfer.« Als Brunetti dazu nichts sagte, meinte Rizzardi: »Es steht mir nicht zu, Ihnen zu sagen, wie Sie Ihre Arbeit zu machen haben, aber ich fände es ratsam, so schnell wie möglich die Spurensicherung hinzuschicken.«

»Wird gemacht«, sagte Brunetti, froh, daß er heute in der Questura das Sagen hatte. »Was haben Sie noch gefunden?«

»Beide Arme waren gebrochen, aber ich nehme an, das wissen Sie schon. Dann Abschürfungen an den Händen, die allerdings von dem Sturz stammen können.«

»Haben Sie eine Vorstellung, aus welcher Höhe er gestürzt sein könnte?«

»Ich bin in solchen Dingen eigentlich kein Experte, dafür

kommt so etwas zu selten vor. Aber ich habe in einigen Büchern nachgeschlagen und schätze, es waren an die zehn Meter.«

»Dritter Stock?«

»Möglich. Mindestens zweiter.«

»Kann man aus der Art, wie er aufgeschlagen ist, etwas schließen?«

»Nein. Aber wie es aussieht, hat er eine ganze Weile später noch versucht, sich fortzuschleppen. Seine Hosenbeine sind an den Knien aufgescheuert, die Knie selbst auch; an der Innenseite des einen Knöchels ist ebenfalls eine Abschürfung, meiner Ansicht nach vom Schleifen über das Straßenpflaster.«

An dieser Stelle unterbrach Brunetti den Arzt: »Kann man sagen, an welcher Wunde er gestorben ist?«

»Nein.«

Brunetti merkte an der Promptheit dieser Antwort, daß Rizzardi auf die Frage schon gewartet haben mußte. Nun wartete er, ob Brunetti fortfahren würde, doch diesem fiel nichts Besseres ein als ein lahmes: »Noch etwas?«

»Nein. Er war gesund und hätte noch lange gelebt.«

»Armer Teufel.«

»Der Mann in der Leichenkammer sagte, Sie hätten ihn gekannt. Ein Freund von Ihnen?«

Brunetti zögerte nicht. »Ja, das war er.«

12

Brunetti rief bei der Telecom an, wo er sich als Polizist vorstellte und erklärte, er versuche einer Telefonnummer nachzugehen, von der er keine Vorwahl habe, nur die letzten sieben Ziffern. Ob man ihm die Städte nennen könne, in denen diese Nummer existierte? Ohne auch nur auf die Idee zu kommen, sich durch einen Rückruf zu überzeugen, daß er wirklich von der Polizei war, forderte die Dame ihn auf, am Apparat zu bleiben, während sie ihren Computer befragte. Wenigstens kam keine Musik. Dann meldete sie sich sehr schnell wieder und teilte ihm mit, daß die Städte Piacenza, Ferrara, Aquilea und Messina in Frage kämen.

Brunetti bat daraufhin um die Namen der jeweiligen Anschlußinhaber, aber jetzt zog die Dame sich hinter ihre Vorschriften zurück und sprach von Datenschutz und »bewährten Grundsätzen«. Dazu müsse schon die Polizei oder ein anderes Staatsorgan anrufen, erklärte sie. Geduldig und in bemüht ruhigem Ton setzte Brunetti ihr noch einmal auseinander, daß er ein *Commissario di Polizia* sei und sie ihn in der Questura von Venedig anrufen könne. Als sie ihn nun um die Nummer bat, verkniff er es sich, zu fragen, ob sie nicht besser beraten wäre, diese im Telefonbuch nachzuschlagen, um sicher zu sein, daß sie auch wirklich in der Questura anrief. Vielmehr gab er ihr die Nummer durch, wiederholte seinen Namen und legte auf. Das Telefon klingelte fast augenblicklich, und die Frau las ihm vier Namen und Adressen vor.

Die Namen sagten ihm nichts. Die Nummer in Piacenza war eine Autovermietung. Die in Ferrara war auf eine Namenskombination eingetragen, bei der es sich um eine Firma oder einen Laden handeln konnte. Die restlichen beiden waren vermutlich Privatanschlüsse. Er wählte zuerst die Nummer in Piacenza, wartete, und als ein Mann sich meldete, sagte er ihm, er sei von der venezianischen Polizei und wolle wissen, ob man einmal ein Auto an einen gewissen Franco Rossi aus Venedig verliehen habe oder diesen Namen sonstwie kenne. Der Mann bat Brunetti zu warten, legte die Hand auf die Sprechmuschel und sprach mit jemandem. Danach forderte eine Frauenstimme ihn auf, sein Anliegen zu wiederholen. Nachdem er das getan hatte, sollte er wieder einen Moment warten. Der Moment dehnte sich zu mehreren Minuten aus, doch schließlich meldete die Frau sich wieder und sagte ihm, es tue ihr leid, aber sie hätten keine Unterlagen über einen Kunden dieses Namens.

Unter dem Anschluß in Ferrara meldete sich nur ein Anrufbeantworter und teilte ihm mit, daß er mit dem Büro Gavini und Cappelli verbunden sei, er möge bitte seinen Namen, seine Telefonnummer und den Grund für seinen Anruf aufs Band sprechen. Er legte auf.

In Aquilea bekam er, nach der Stimme zu urteilen, eine alte Frau an den Apparat, die sagte, sie habe noch nie von einem Franco Rossi gehört. Der Anschluß in Messina existierte nicht mehr.

Brunetti hatte in Rossis Brieftasche keinen Führerschein gefunden. Auch wenn viele Venezianer gar nicht Auto fuhren, konnte er vielleicht doch einen besessen haben; das Fehlen von Straßen allein hielt wohl kaum einen Italiener davon ab, seiner Lust an Geschwindigkeit zu frönen. Brunetti rief bei der Führerscheinstelle an und bekam die Auskunft, daß an neun Franco Rossis Führerscheine ausgegeben worden seien. Er sah auf Rossis Dienstausweis vom Ufficio Catasto nach und nannte das Geburtsdatum. Nein, für diesen Franco Rossi war kein Führerschein ausgestellt worden.

Brunetti versuchte es noch einmal bei der Nummer in Ferrara, aber dort nahm noch immer keiner ab. Jetzt klingelte bei ihm selbst das Telefon.

»Commissario?« Es war Vianello.

»Ja.«

»Wir haben soeben einen Anruf von der Polizeiwache Cannaregio bekommen.«

»Ist das die bei Tre Archi?«

»Ja, Commissario.«

»Worum geht es?«

»Ein Mann hat dort angerufen und von einem Geruch gesprochen – einem üblen Gestank –, der aus der Wohnung über ihm kam.«

Brunetti wartete; es erforderte nicht viel Phantasie, zu wissen, was jetzt kommen würde. Man bemühte einen Commissario nicht wegen eines verstopften Abflusses oder einer vergessenen Mülltonne.

»Er war Student«, kürzte Vianello alle weiteren Spekulationen ab.

»Woran ist er gestorben?«

»Sieht nach Überdosis aus. Sagen die jedenfalls.«

»Wann kam der Anruf?«

»Vor etwa zehn Minuten.«

»Ich komme mit.«

Als sie die Questura verließen, war Brunetti überrascht von der Wärme. Es war schon komisch, aber obwohl er immer den jeweiligen Wochentag und meist auch das Datum wußte, mußte er oft erst ein Weilchen überlegen, ob gerade Frühling oder Herbst war. Und als er jetzt die Hitze fühlte, mußte er diese seltsame Desorientierung erst einmal abschütteln, bevor er sich wieder erinnerte, daß Frühling war und man mit steigenden Temperaturen zu rechnen hatte.

Heute hatte ein anderer Bootsführer Dienst: Pertile, den Brunetti *antipatico* fand. Sie gingen an Bord: Brunetti, Vianello und zwei Mann von der Spurensicherung. Einer von ihnen löste die Leinen, und sie fuhren hinaus ins *bacino,* um kurz darauf von dort in den Rio dell'Arsenale einzubiegen. Pertile schaltete die Sirene ein und brauste durch das stille Wasser des Arsenale, wobei er das 52er Vaporetto schnitt, das gerade vom Campo della Tana ablegte. »Wir müssen die Stadt nicht wegen eines Atomunfalls evakuieren, Pertile«, sagte Brunetti.

Der Bootsführer blickte über die Schulter zurück zu den Männern an Deck. Dann nahm er eine Hand vom Steuer, und die Sirene verstummte. Brunetti hatte zwar den Eindruck, daß der Bootsführer jetzt sogar noch Tempo zulegte, aber er verkniff sich weitere Kommentare. Hinter dem Arsenale schwenkte Pertile scharf nach links, und dann ging es an den üblichen Haltestellen – Ospedale Civile, Fondamenta Nuove, Madonna dell'Orto und San Alvise – vorbei bis in den Canale di Cannaregio. Gleich hinter dem ersten Bootsanleger sahen sie einen Polizisten am Ufer stehen, der ihnen zuwinkte, als sie näher kamen.

Vianello warf ihm die Leine zu, und der Mann bückte sich, um sie an dem Eisenring festzumachen. Als er dann Brunetti sah, salutierte er und streckte die Hand aus, um ihm vom Boot zu helfen.

»Wo ist es?« erkundigte sich Brunetti, sowie er festen Boden unter den Füßen hatte.

»Hier, in diese *calle* hinein, Commissario«, sagte der Polizist, wobei er sich schon umdrehte und in die schmale Gasse einbog, die vom Kanal fort und ins eigentliche Cannaregio führte.

Nachdem alle vom Boot herunter waren, drehte Vianello sich noch einmal um und sagte zu Pertile, er solle auf sie warten. Brunetti ging neben dem Polizisten her, der sie in Empfang genommen hatte, und die anderen folgten ihnen im Gänsemarsch durch die *calle.*

Sie brauchten nicht weit zu gehen und hatten auch keinerlei Schwierigkeiten, das richtige Haus zu finden: Etwa zwanzig Meter weiter hatte sich vor einem Hauseingang, in dem ein Uniformierter mit verschränkten Armen stand, eine kleine Menschentraube gebildet.

Als Brunetti näher kam, löste sich ein Mann aus der Menge, machte aber keine Anstalten, den Polizisten entgegenzugehen. Er stellte sich nur ein wenig abseits, stand dann mit den Händen in den Hüften da und beobachtete, wie sie herankamen. Er war groß, fast ein Gerippe, und hatte die schlimmste Säufernase, die Brunetti je gesehen hatte: entzündet, vergrößert, narbig und an der Spitze nahezu blau. Brunetti fühlte sich an die Gesichter auf dem Bild irgendeines niederländischen Meisters erinnert – stellte es Jesus dar, der sein Kreuz trug? –, abscheuliche, verzerrte Gesichter, die allem, was ihnen unter die bösartigen Augen kam, nur Schmerz und Unheil verhießen.

Leise fragte Brunetti: »Ist das der Mann, der ihn gefunden hat?«

»Ja, Commissario«, antwortete der Polizist. »Er wohnt im ersten Stock.«

Sie gingen auf den Mann zu, der jetzt die Hände in die Taschen steckte und auf den Fersen zu wippen anfing, als ob er Wichtiges zu tun hätte und es der Polizei verübelte, daß sie ihn davon abhielt.

Brunetti blieb vor ihm stehen. »Guten Morgen, Signore. Waren Sie das, der uns benachrichtigt hat?« fragte er.

»Ja, das war ich. Wundert mich ja, daß ihr euch so schnell hierherbemüht habt«, sagte er in einem Ton, der so voller Haß und Feindseligkeit war wie sein Atem voll Alkohol und Kaffee.

»Sie wohnen unter ihm?« fragte Brunetti gleichmütig.

»Ja, seit sieben Jahren, und wenn dieser Scheißkerl von Vermieter glaubt, er kann mich mit einer Räumungsklage da rauskriegen, dann sag ich ihm, wohin er sich die stecken kann.« Er sprach im Tonfall der Giudecca, und wie so viele Bewohner dieser Insel schien er der Ansicht zu sein, daß Unflätigkeit zum Sprechen gehörte wie Luft zum Atmen.

»Wie lange wohnt er denn schon hier?«

»Jetzt wohnt er ja nicht mehr hier, oder?« fragte der Mann und bog sich vor Lachen, bis dieses in einen Hustenanfall überging.

»Wie lange *hat* er hier gewohnt?« fragte Brunetti, nachdem der Mann endlich nicht mehr hustete.

Der andere richtete sich auf und betrachtete Brunetti genauer. Brunetti seinerseits bemerkte die weißen Schuppen, die sich von der geröteten Haut im Gesicht seines Gegenübers schälten, und die gelblichen Augäpfel, die auf Hepatitis hindeuteten.

»Ein paar Monate. Da müssen Sie den Vermieter fragen. Ich bin ihm nur manchmal im Treppenhaus begegnet.«

»Bekam er Besuch?«

»Das weiß ich nicht«, sagte der Mann, plötzlich bockig. »Ich kümmere mich um meine eigenen Sachen. Außerdem war er ein Student, und mit solchen kleinen Scheißern rede ich sowieso nicht. Die bilden sich immer ein, sie wissen alles.«

»Hat er sich so benommen?« fragte Brunetti.

Der Mann überlegte eine ganze Weile; es schien ihn zu wundern, daß man hier offenbar von ihm verlangte, einen bestimmten Einzelfall daraufhin zu prüfen, ob er mit seinem allgemeinen Vorurteil übereinstimmte. Endlich antwortete er: »Nein, aber wie gesagt, ich habe ihn nur ein paarmal gesehen.«

»Geben Sie diesem Polizisten bitte Ihre Personalien«, sagte Brunetti, schon im Weggehen, und zeigte auf den jungen Beamten, der sie am Anleger in Empfang genommen hatte. Dann ging er die zwei Stufen zur Haustür hinauf, wo der Polizist, der dort stand, vor ihm salutierte. Von hinten hörte er die Stimme des Mannes, den er soeben befragt hatte: »Marco hieß er.«

Als Vianello ihm nachkam, schickte Brunetti ihn fort, die Nachbarn zu befragen. Vianello ging, und der andere Uniformierte trat vor. »Zweiter Stock, Commissario«, sagte er.

Brunetti schaute durch das schmale Treppenhaus nach

oben. Hinter ihm knipste der Polizist das Licht an, aber die schwache Birne schien Hemmungen zu haben, die allgemeine Verwahrlosung auch noch zu beleuchten, denn es wurde kaum heller. Farbe und Putz waren von den Wänden abgeblättert und von den Benutzern der Treppe auf beiden Seiten der Stufen zu kleinen Dünen zusammengeschoben worden. Hier und da waren die Dünen mit Zigarettenkippen oder Papierschnipseln angereichert.

Brunetti ging die Treppe hinauf. Der Geruch schlug ihm auf dem ersten Absatz entgegen. Es war ein stickiger, bedrückender, durchdringender Geruch, der von Fäulnis, Widerwärtigkeit und unmenschlicher Unreinheit sprach. Je näher Brunetti dem zweiten Stock kam, desto stärker roch es, und eine furchtbare Sekunde lang sah er im Geiste eine Lawine von Molekülen über sich hereinbrechen, seine Kleidung durchsetzen und ihm in Nase und Rachen dringen, alle beladen mit ihrer grausigen Mahnung an die Sterblichkeit.

Ein dritter Polizist, der im trüben Licht sehr blaß aussah, stand vor der Wohnungstür. Brunetti bedauerte, daß die Tür zu war, denn das hieß ja, daß der Gestank noch viel schlimmer werden würde, wenn man sie öffnete. Der junge Polizist salutierte und trat dann sehr schnell zur Seite, so schnell, daß er gleich mindestens vier Schritte Abstand von der Tür nahm.

»Sie können nach unten gehen«, sagte Brunetti, dem klar war, daß der Junge schon fast eine Stunde hier gestanden haben mußte. »Gehen Sie ein Weilchen an die Luft.«

»Danke, Commissario«, antwortete der Polizist und salutierte noch einmal, bevor er rasch um Brunetti herumging und schon die Treppe hinuntersauste.

Von hinten hörte Brunetti das Rumpeln und Scheppern, mit dem die Kriminaltechniker ihr Arbeitsgerät heraufschleppten.

Er widerstand dem Drang, tief Luft zu holen; statt dessen nahm er seinen ganzen Mut zusammen und streckte die Hand nach der Tür aus. Bevor er sie aber öffnen konnte, rief einer der Techniker: »Commissario, nehmen Sie zuerst das hier.« Als Brunetti sich umdrehte, riß der Mann gerade die Plastikhülle von einer Atemmaske ab und reichte diese Brunetti, bevor er auch seinem Kollegen eine gab. Alle streiften sich die Gummibänder über die Ohren und die Masken über Mund und Nase, alle froh, den scharfen Geruch der Chemikalien einzuatmen, mit denen die Masken getränkt waren.

Brunetti machte die Tür auf, und der Gestank überfiel sie, den Chemikalien zum Trotz. Er hob den Kopf und sah, daß alle Fenster geöffnet worden waren, wahrscheinlich von der Polizei, womit der Tatort gewissermaßen kontaminiert war. Allerdings bestand kaum die Notwendigkeit, diesen Tatort abzuschirmen; selbst Cerberus wäre jaulend vor solchem Gestank geflohen.

Steifbeinig und gegen alle Widerstände seines Körpers ging Brunetti durch die Tür, die anderen ihm nach. Im Wohnzimmer sah es aus, wie man es in einer Studentenwohnung eben erwarten würde; es erinnerte ihn daran, wie seine Freunde gelebt hatten, als sie auf die Universität gingen. Ein altes Sofa war mit einem farbenfrohen indischen Tuch bedeckt, das über die Rückenlehne geworfen und unter Sitzfläche und Armlehnen gestopft worden war, damit es aussah wie ein Bezug. An der Wand stand ein langer

Tisch, der mit Papieren und Büchern bedeckt war, dazwischen lag eine Orange, auf der sich grüner Schimmel ausgebreitet hatte. Weitere Bücher und allerlei Kleidungsstücke nahmen zwei Stühle ein.

Der Junge lag rücklings auf dem Küchenboden. Sein linker Arm war nach hinten ausgestreckt, die Nadel, die ihn getötet hatte, steckte noch in der Vene gleich unterhalb des Ellbogengelenks. Die rechte Hand war um den Kopf gekrümmt, eine Haltung, in der Brunetti eine Geste seines Sohnes wiedererkannte, wenn dieser merkte, daß er einen Fehler gemacht oder etwas Dummes angestellt hatte. Auf dem Tisch, wie zu erwarten: ein Löffel, eine Kerze und der kleine Plastikumschlag, in dem das Zeug gewesen war, das ihn umbrachte. Brunetti wandte sich ab. Durch das offene Küchenfenster blickte man auf ein anderes blindes Fenster gegenüber, dessen Läden geschlossen waren.

Einer der Techniker kam herein und sah auf den Jungen hinunter. »Soll ich ihn zudecken, Commissario?«

»Nein. Wir sollten ihn lieber nicht anrühren, bevor der Arzt ihn gesehen hat. Wer kommt?«

»Guerriero.«

»Nicht Rizzardi?«

»Nein, Commissario. Heute hat Guerriero Dienst.«

Brunetti nickte nur und ging zurück ins Wohnzimmer. Das Gummiband der Maske hatte an seiner Wange zu scheuern begonnen, weshalb er die Maske abnahm und in die Tasche stopfte. Der Gestank verschlimmerte sich kurz, aber dann hatte er sich daran gewöhnt. Der zweite Techniker ging mit Stativ und Kamera in die Küche, und Brunetti hörte ihre gedämpften Stimmen, als sie besprachen, wie diese Szene am besten festzuhalten sei für jenes Stückchen Geschichte, das Marco, Student an der Universität und jetzt tot mit einer Nadel im Arm, von nun an einnehmen würde in den Archiven der Polizei von Venedig, Perle der Adria. Brunetti ging zum Schreibtisch des Jungen und betrachtete den Wust aus Papieren und Büchern, der dem so ähnlich sah, den er selbst als Student immer auf seinem Schreibtisch gehabt hatte, sehr ähnlich auch dem, den sein Sohn jeden Morgen hinterließ, wenn er zur Schule ging.

Im inneren Umschlagdeckel einer *Geschichte der Architektur* fand Brunetti den Namen: Marco Landi. Langsam durchforstete er die Papiere, wobei er gelegentlich innehielt, um einen Satz oder Absatz zu lesen. Dabei stellte sich heraus, daß Marco Landi an einer Abhandlung über die Gärten von vier der zwischen Venedig und Padua gelegenen Villen aus dem achtzehnten Jahrhundert gearbeitet hatte. Brunetti fand Bücher und fotokopierte Artikel über Landschaftsarchitektur, sogar einige Skizzen, die offenbar von dem toten Jungen selbst stammten. Lange betrachtete er eine große Zeichnung von einer bis ins letzte ausgearbeiteten Gartenanlage. Jeder Baum, jede Pflanze war darin detailgetreu eingezeichnet. Man konnte sogar die Zeit auf der großen Sonnenuhr ablesen, die sich links neben einem Brunnen befand: Viertel nach vier. Am unteren rechten Rand entdeckte er hinter einem dicken Oleander zwei Häschen, die neugierig den Betrachter ansahen und beide satt und zufrieden wirkten. Er legte das Blatt weg und nahm ein anderes, das offenbar zu einem völlig anderen Projekt gehörte, denn darauf war ein ultramodernes Haus dargestellt, das auf freitragenden Stützen über einem leeren Raum balancierte, einer Schlucht oder Klippe vielleicht. Brunetti betrachtete die Zeichnung genau und entdeckte wieder die Häschen, die diesmal fragend hinter einer modernen Skulptur im Vorgarten des Hauses hervorlugten. Er legte auch diese Zeichnung beiseite und nahm sich noch ein paar andere vor. Auf jeder erschienen die Häschen, mitunter schwer zu finden, weil sie so schlau versteckt waren: einmal im Fenster eines Wohnhauses, einmal hinter der Windschutzscheibe eines vor einem Haus parkenden Autos. Brunetti fragte sich, wie Marcos Professoren wohl das Erscheinen der Häschen in jeder neuen Arbeit aufgenommen haben mochten, ob sie sich eher amüsiert oder geärgert hatten. Und er machte sich so seine Gedanken über den Jungen, der sie auf jeder Zeichnung irgendwo untergebracht hatte. Warum Häschen? Und warum immer zwei?

Er wandte seine Aufmerksamkeit von den Zeichnungen ab und einem handgeschriebenen Brief zu, der links daneben lag. Er trug keinen Absender und kam laut Poststempel von irgendwoher in Trient, aber den Ortsnamen konnte man nicht lesen, dafür war der Stempel zu stark verwischt. Brunetti überflog das Blatt und sah, daß es mit *Mamma* unterschrieben war.

Er schaute kurz beiseite, bevor er zu lesen begann. Der Brief enthielt die üblichen Familiennachrichten: *Papà* war mit der Frühjahrsaussaat beschäftigt; Maria, offenbar Marcos jüngere Schwester, machte sich gut in der Schule. Briciola war wieder einmal dem Briefträger nachgerannt; ihr selbst ging es gut, und sie hoffte, daß es mit Marcos Studium voranging und er keinen Ärger mehr hatte. Nein, Signora, Ihr Marco wird nie mehr Ärger haben, aber Ihnen bleiben nun für den Rest Ihres Lebens nur noch Verlassenheit und Schmerz und das schreckliche Gefühl, an diesem Jungen irgendwie versagt zu haben. Und mögen Sie noch so genau wissen, daß Sie nicht schuld daran sind, wird die Gewißheit, daß Sie es irgendwie doch sind, allezeit tiefer und entschiedener sein.

Brunetti legte den Brief fort und sah rasch die übrigen Sachen auf dem Schreibtisch durch. Es fanden sich noch mehr Briefe von der Mutter des Jungen, aber Brunetti las sie nicht. Endlich stieß er in der Kiefernholzkommode, die links von dem Schreibtisch stand, in der obersten Schublade auf ein Adreßbuch, in dem die Telefonnummer und die Anschrift von Marcos Eltern standen. Er steckte das Büchlein in die Seitentasche seines Jacketts.

Bei einem Geräusch an der Tür drehte er sich um und sah Gianpaolo Guerriero, Rizzardis Assistenten. Für Brunetti war Guerrieros Ehrgeiz allzu leicht von seinem schmalen, lebhaften Gesicht sowie der Hast aller seiner Bewegungen abzulesen, aber vielleicht war es auch nur so, daß Brunetti um den Ehrgeiz des Mannes wußte und deshalb diese Eigenschaft – er konnte sich nicht dazu durchringen, sie eine Tugend zu nennen – in allem sah, was er tat. Brunetti hätte Guerriero gern sympathisch gefunden, seitdem er einmal mitbekommen hatte, wie respektvoll er mit den Toten umging, an denen er arbeitete, aber andererseits hatte er so etwas Humorloses an sich, daß es Brunetti schwerfiel, mehr für ihn zu empfinden als Achtung. Genau wie sein Vorgesetzter legte auch Guerriero Wert auf untadelige Kleidung, und so trug er heute einen grauen Wollanzug, der sein gutes Aussehen mit Eleganz krönte. Hinter ihm kamen zwei weißgekleidete Bahrenträger. Brunetti deutete mit dem Kopf zur Küche, und die Männer gingen mit ihrer zusammengerollten Trage hinein.

»Nichts anfassen«, rief Guerriero ihnen unnötigerweise nach. Dann gab er Brunetti die Hand.

»Eine Überdosis, wie ich höre«, sagte Guerriero.

»Sieht ganz danach aus.«

Kein Ton kam aus dem Nebenraum. Guerriero ging in die Küche. Brunetti konnte nicht umhin, auf der Tasche, die er bei sich trug, das Prada-Emblem zu erkennen.

Er selbst blieb im Wohnzimmer, und da er ohnehin auf Guerriero warten mußte, ging er noch einmal zum Schreibtisch, stützte sich mit beiden Händen darauf und betrachtete erneut Marcos Zeichnungen. Er hätte über die Häschen gern gelächelt, aber es gelang ihm nicht.

Guerriero hielt sich höchstens ein paar Minuten in der Küche auf. Als er herauskam, blieb er an der Tür stehen, um sich die Atemmaske abzunehmen. »Wenn es Heroin war«, sagte er, »und das war es meines Erachtens, dann muß er augenblicklich tot gewesen sein. Sie haben ihn ja gesehen; er hatte nicht einmal mehr die Zeit, sich die Nadel aus dem Arm zu ziehen.«

»Was hätte ihn denn töten können?« fragte Brunetti. »Oder warum, wenn er doch süchtig war?«

Guerriero überlegte, dann antwortete er: »Wenn es Heroin war, könnte es mit allem möglichen Unrat versetzt gewesen sein. Das wäre die eine Möglichkeit. Ansonsten, wenn er längere Zeit nichts mehr gespritzt hätte, könnte es auch einfach eine Überreaktion auf eine Dosis gewesen sein, die ihm gar nichts ausgemacht hätte, solange er das Zeug regelmäßig nahm. Das heißt, wenn er besonders reinen Stoff bekommen hat.«

»Was vermuten Sie?« fragte Brunetti, und als er sah, daß Guerriero schon zu einer automatischen – und zweifellos vorsichtigen – Antwort ausholte, hob er die Hand und sagte: »Unter uns.«

Guerriero dachte eine ganze Weile nach, bevor er darauf antwortete, und Brunetti konnte sich des Eindrucks nicht erwehren, daß der junge Arzt die beruflichen Konsequenzen abwägte, die es für ihn haben konnte, wenn herauskam, daß er eine inoffizielle Beurteilung von sich gegeben hatte. Endlich sagte er: »Ich denke, es war letzteres.«

Brunetti drang nicht weiter in ihn, er stand nur da und wartete.

»Ich habe nicht den ganzen Leichnam untersucht«, fuhr Guerriero fort. »Nur die Arme, aber da waren keine frischen Einstichstellen, allerdings sehr viele ältere. Wenn er sich in letzter Zeit Heroin gespritzt hätte, dann bestimmt in die Arme. Süchtige haben die Neigung, immer wieder dieselben Stellen zu benutzen. Demnach würde ich sagen, daß er seit ein paar Monaten runter von dem Zeug war.«

»Und ist dann aber rückfällig geworden?«

»Wie es aussieht, ja. Wenn ich ihn erst genauer untersucht habe, kann ich Ihnen mehr sagen, Commissario.«

»Ich danke Ihnen, Dottore«, sagte Brunetti. »Nehmen Sie ihn jetzt mit?«

»Ja. Ich habe meinen Leuten gesagt, sie sollen ihn in einen Sack tun. Wenn die Fenster offenbleiben, dürfte hier drinnen bald bessere Luft sein.«

»Gut. Vielen Dank auch.«

Guerriero winkte ab.

»Wann können Sie die Autopsie machen?« fragte Brunetti.

»Höchstwahrscheinlich morgen vormittag. Im Krankenhaus ist zur Zeit nicht viel los. Komisch, wie wenige Leute im Frühjahr sterben. – Übrigens«, fuhr Guerriero fort, während er seine Arzttasche öffnete und die Maske hineinstopfte, »ich habe seine Brieftasche und den Inhalt seiner Hosentaschen auf den Küchentisch gelegt.«

»Danke. Und rufen Sie mich an, wenn irgend etwas ist, ja?«

»Natürlich«, sagte Guerriero. Sie gaben sich die Hand, und der Arzt ging.

Während dieses ganzen Gesprächs hatte Brunetti dauernd Geräusche aus der Küche gehört, und kaum war Guerriero gegangen, erschienen seine beiden Helfer, zwischen sich die nun entrollte Bahre mit ihrer eingewickelten Last darauf. Es kostete Brunetti einiges an Willenskraft, nicht darüber nachzudenken, wie sie ihre Fracht wohl durch das enge, gewundene Treppenhaus hinunterbringen würden. Die Männer nickten zu ihm herüber, hielten aber nicht an.

Während ihre Schritte sich entfernten und immer leiser wurden, ging Brunetti in die Küche zurück.

Der größere der beiden Kriminaltechniker – Santini hieß er, wenn Brunetti sich recht erinnerte – blickte auf und sagte: »Hier ist nichts, Commissario.«

»Haben Sie seine Papiere geprüft?« fragte Brunetti, wobei er auf die Brieftasche und den kleinen Stapel zerknitterter Papiere und Münzen auf dem Tisch zeigte.

Santinis Kollege antwortete für ihn: »Nein, Commissario, wir dachten, das wollten Sie selbst tun.«

»Wie viele Zimmer hat die Wohnung noch?« wollte Brunetti wissen.

Santini zeigte in den hinteren Teil der Wohnung. »Nur noch das Bad. Er muß im Wohnzimmer auf diesem Sofa geschlafen haben.«

»Haben Sie im Bad etwas gefunden?«

Santini überließ die Antwort dem anderen: »Jedenfalls keine Spritzen, Commissario, nichts dergleichen. Nur das Übliche, was man in einem Bad so findet: Kopfwehtabletten, Rasiercreme, ein Päckchen Wegwerfrasierer, aber weit und breit kein Drogenzubehör.«

Brunetti fand es interessant, daß der Techniker dies zur Sprache brachte, und fragte: »Wie deuten Sie das?«

»Ich würde sagen, der Junge war sauber«, antwortete der Mann, ohne zu zögern. Brunetti warf einen Blick zu Santini, der zustimmend nickte. Sein Kollege fuhr fort: »Wir haben schon etliche junge Leute dieser Art gesehen, und um die meisten steht es schlimm. Schwären am ganzen Leib, nicht nur an den Armen.« Er hob die Hand und wedelte ein paarmal damit hin und her, wie um die Erinnerung an die jungen Menschen auszulöschen, die er schon in ihrem Drogentod hatte daliegen sehen. »Aber dieser Junge hatte keine frischen Einstichstellen.«

Eine kleine Weile schwiegen alle drei.

Schließlich fragte Santini: »Haben Sie noch irgendwelche Aufgaben für uns, Commissario?«

»Ich glaube nicht.« Brunetti sah jetzt, daß sie beide ihre Atemmasken nicht mehr trugen, weil der Gestank nachgelassen hatte, sogar hier, wo der Junge wer weiß wie lange gelegen hatte. »Gehen Sie schon mal einen Kaffee trinken. Ich sehe mir das da noch an.« Dabei zeigte er auf die Brieftasche und die Papiere. »Dann schließe ich ab und komme nach.«

Keiner erhob Einwände. Nachdem die beiden fort waren, nahm Brunetti die Brieftasche und blies das feine graue Pulver davon ab. In ihr waren siebenundfünfzigtausend Lire. Auf dem Tisch lagen weitere zweitausendsiebenhundert Lire in Münzen, die jemand aus Marcos Taschen genommen hatte. In der Brieftasche fand Brunetti auch Marcos Personalausweis, auf dem sein Geburtsdatum stand. Mit einer ungehaltenen Geste raffte er plötzlich alles zusammen, was da auf dem Schreibtisch lag, und steckte es in seine Jackentasche. Auf dem Tischchen hinter der Tür hatte er einen Schlüsselbund liegen sehen. Nachdem er gewissenhaft nachgeprüft hatte, daß alle Fensterläden in Ordnung waren, machte er zuerst sie und dann die Fenster zu. Zuletzt schloß er die Wohnungstür ab und ging die Treppe hinunter.

Draußen stand Vianello bei einem alten Mann, den Kopf geneigt, um zu hören, was dieser ihm zu sagen hatte. Als er Brunetti aus dem Haus kommen sah, klopfte er dem Alten auf den Arm und wandte sich von ihm ab. Während sie noch aufeinander zugingen, schüttelte Vianello schon den Kopf. »Keiner hat etwas gesehen. Keiner weiß etwas.«

13

Brunetti fuhr mit Vianello und den Männern von der Spurensicherung im Polizeiboot zur Questura zurück, froh um die frische Luft und den Wind, der sie hoffentlich von allem Gestank reinigen würde, den sie aus der Wohnung mitgebracht haben mochten. Keiner von ihnen erwähnte es, aber Brunetti wußte, daß er sich erst wieder richtig sauber fühlen würde, wenn er jedes einzelne Kleidungsstück, das er an diesem Tag getragen hatte, abgelegt und lange unter dem reinigenden Strahl einer Dusche gestanden hätte. Selbst in der aufkommenden Hitze dieses Spätfrühlingstages sehnte er sich nach dampfend heißem Wasser und einem groben Tuch, mit dem er danach jeden Quadratzentimeter seiner Haut abrubbeln würde.

Die Techniker brachten die Utensilien, die Marcos Tod bewirkt hatten, in die Questura, und wenn auch kaum die Chance bestand, daß man auf der Spritze, die ihn getötet hatte, einen zweiten Satz Fingerabdrücke finden würde, durfte man doch hoffen, daß sich auf der Plastikhülle, die er auf dem Küchentisch hatte liegenlassen, wenigstens ein Teilabdruck fand, dessen Gegenstück sie schon in der Kartei hatten.

Vor der Questura angekommen, nahm der Bootsführer zu spät das Gas weg, wodurch das Boot so unsanft anlegte, daß alle auf dem Deck durcheinandergewirbelt wurden. Einer der Techniker mußte sich an Brunettis Schulter festhalten, um nicht die Kabinentreppe hinunterzufallen. Der

Bootsführer stellte den Motor ab und sprang an Land, schnappte sich das Tau, mit dem er das Boot gleich am Landesteg festmachen würde, und beschäftigte sich angelegentlich mit seinen Knoten. Brunetti und die anderen verließen stumm das Boot und gingen hinüber zur Questura.

Brunetti begab sich unverzüglich in Signorina Elettras kleines Büro. Sie telefonierte gerade, gab ihm aber, als sie ihn sah, ein Zeichen, er solle dableiben. Er betrat ihr Zimmer nur zögernd, weil er fürchtete, diesen schrecklichen Gestank mit hereinzubringen, der noch immer in seiner Phantasie lungerte, wenn auch nicht mehr in seiner Kleidung. Er stellte sich ans offene Fenster, gleich neben die große Vase mit Lilien, deren ölige Süße die Luft mit jenem schweren Duft erfüllte, den er noch nie hatte leiden können.

Signorina Elettra mußte sein Unbehagen gespürt haben, denn sie warf einen Blick zu ihm herüber, hielt den Hörer von ihrem Ohr ab und wedelte mit der anderen Hand durch die Luft, wie um zu zeigen, daß der Anrufer ihr auf die Nerven ging. Dann nahm sie den Hörer wieder ans Ohr und sagte ein paarmal *sì,* ohne sich ihre Ungehaltenheit anmerken zu lassen. Eine Minute verging. Erneut hielt sie den Hörer von sich ab, um ihn dann plötzlich wieder ans Ohr zu nehmen, *grazie* und *ciao* zu sagen und aufzulegen.

»Und das alles nur, um mir zu erklären, warum er heute abend nicht kommen kann«, sagte sie nur, und das war alles, was sie dazu von sich gab. Es war nicht viel, bot Brunetti aber immerhin Anlaß, sich Gedanken darüber zu machen, wer wohin und wozu nicht kommen konnte. Er sagte aber nichts.

»Wie war's?« fragte sie.

»Schlimm«, antwortete Brunetti. »Er war zwanzig. Und keiner weiß, wie lange er da schon gelegen hat.«

»Bei dieser Hitze«, sagte sie, und das sollte keine Frage sein, sondern Ausdruck allgemeiner Anteilnahme.

Brunetti nickte. »Drogen. Überdosis.«

Sie sagte dazu nichts, schloß nur die Augen und meinte dann: »Ich habe mich bei ein paar Bekannten über Drogen erkundigt, aber sie sagen alle dasselbe: daß Venedig ein sehr kleiner Markt ist.« Sie verstummte kurz und fuhr dann fort: »Immerhin ist er wohl doch so groß, daß jemand diesem Jungen seinen Tod verkaufen konnte.«

Es mutete Brunetti seltsam an, sie von Marco als einem »Jungen« reden zu hören, wo sie doch selbst kaum mehr als zehn Jahre älter sein konnte. »Ich muß seine Eltern anrufen«, sagte er.

Sie sah kurz auf ihre Uhr. Brunetti blickte auf die seine und stellte mit Erstaunen fest, daß es erst zehn nach eins war. Der Tod machte alle wirkliche Zeit bedeutungslos, und er hatte das Gefühl, Tage in dieser Wohnung zugebracht zu haben.

»Warten Sie noch ein wenig, Commissario.« Bevor er nach dem Grund fragen konnte, erklärte sie ihn schon: »Dann ist vielleicht der Vater zu Hause, und sie haben fertig zu Mittag gegessen. Es ist besser, die Familie ist zusammen, wenn sie es erfährt.«

»Richtig«, antwortete er. »Das hatte ich nicht bedacht. Also, warten wir noch etwas.« Er wußte nur nicht, womit er inzwischen die Zeit ausfüllen sollte.

Signorina Elettra streckte die Hand aus und drückte

einen Knopf an ihrem Computer, der daraufhin ein Summen von sich gab, dann wurde der Bildschirm dunkel. »Ich denke, ich mache jetzt mal Schluß und gehe vor dem Essen noch *un'ombra* trinken. Kommen Sie mit, Commissario?« Sie mußte über ihre eigene unerhörte Kühnheit lächeln: Ihr Chef, ein verheirateter Mann, und sie lud ihn zu einem Glas Wein ein!

Aber das Mitgefühl, das darin lag, rührte Brunetti so, daß er nur sagte: »Ja, gern, Signorina.«

Es war dann schon kurz nach zwei, als er anrief. Eine Frau meldete sich, und Brunetti verlangte Signor Landi. Stumm dankte er dann niemand Bestimmtem, als sie keinerlei Neugier an den Tag legte und nur sagte, sie werde ihren Mann holen.

»Landi«, meldete sich eine tiefe Stimme.

»Signor Landi«, sagte Brunetti. »Hier ist Commissario Guido Brunetti. Ich rufe aus der Questura in Venedig an.«

Bevor er fortfahren konnte, unterbrach ihn Landi mit plötzlich lauter, gepreßter Stimme: »Geht es um Marco?«

»Ja, Signor Landi, es geht um ihn.«

»Wie schlimm?« fragte Landi etwas leiser.

»Ich muß Ihnen leider sagen, daß es nicht schlimmer sein könnte, Signor Landi.«

Aus der Leitung kam Schweigen. Brunetti sah den Mann im Geiste vor sich, wie er mit der Zeitung in der Hand am Telefon stand, den Blick zur Küche, wo seine Frau nach dem letzten friedlichen Essen aufräumte, das ihnen je vergönnt sein sollte.

Landis Stimme wurde fast unhörbar, aber es gab nur eine

Frage, die er gestellt haben konnte, und Brunetti setzte die fehlenden Wörter selbst ein: »Ist er tot?«

»Ja, Signor Landi, ich bedaure sehr, es Ihnen sagen zu müssen. Er ist tot.«

Wieder war es still, diesmal noch länger, dann fragte Landi: »Wann?«

»Wir haben ihn heute gefunden.«

»Wer?«

»Die Polizei. Ein Nachbar hat angerufen.« Brunetti brachte es nicht über sich, auf die Einzelheiten einzugehen oder zu erwähnen, wieviel Zeit seit Marcos Tod schon vergangen war. »Er sagte uns, daß er Marco in letzter Zeit nicht mehr gesehen hätte und wir doch einmal in der Wohnung nachsehen sollten. So haben wir ihn dann gefunden.«

»Drogen?«

Die Autopsie hatte noch nicht stattgefunden. Die amtlichen Mühlen hatten die Umstände um den Tod des Jungen noch nicht gewürdigt, nicht gewogen und gewürdigt, und also noch kein Urteil zur Frage der Todesursache gefällt; folglich wäre es voreilig und verantwortungslos bis hin zur Tadelswürdigkeit, wenn ein Gesetzeshüter in dieser Sache seine eigene Meinung kundtat. »Ja«, sagte Brunetti.

Der Mann am anderen Ende der Leitung weinte. Brunetti hörte das langgezogene, tiefe Keuchen, das verriet, wie ihm der Schmerz die Kehle zuschnürte und er nach Luft rang. Eine Minute verging. Brunetti hielt den Hörer vom Ohr ab und blickte nach links, wo auf einer Gedenktafel an der Wand die Namen der Polizeibeamten standen, die im Ersten Weltkrieg gefallen waren. Er begann die Namen zu lesen, ihre Geburts- und Sterbedaten. Einer war erst zwanzig gewesen, so alt wie Marco.

Über die Telefonleitung kam der gedämpfte Ton einer höheren Stimme, deren Lautstärke von Neugier oder Angst bestimmt war, doch dann brach sie ab, weil Landi offenbar die Hand über die Sprechmuschel legte. Wieder verging eine Minute. Dann kam Landis Stimme. Brunetti nahm den Hörer ans Ohr, aber er hörte Landi nur noch sagen: »Ich rufe zurück.« Die Verbindung wurde unterbrochen.

Während des Wartens dachte Brunetti darüber nach, welche Art von Gesetzwidrigkeit hier vorlag. Wenn Guerriero recht hatte und Marco gestorben war, weil sein Körper sich in der Zeit seiner Drogenabstinenz vom schweren Schock einer Heroininjektion entwöhnt hatte, was war es dann mehr als der Verkauf einer verbotenen Substanz? In welche Kategorie von Straftaten fiel es, Heroin an einen Abhängigen zu verkaufen, und wo war der Richter, der darin ein Verbrechen und nicht nur ein Vergehen sehen würde? Wenn aber das Heroin, das ihn tötete, mit einer tödlichen oder zumindest gefährlichen Beimischung gestreckt war, wie sollte man dann herausfinden, an welcher Station des weiten Weges von den Mohnfeldern des Ostens bis in die Venen des Westens diese Substanz hinzugefügt wurde, und von wem?

Von welcher Seite er es auch betrachtete, Brunetti sah keine Chance, wie diese Tat ernsthafte juristische Konsequenzen haben könnte. Auch hielt er es für kaum wahrscheinlich, daß man je herausbekäme, wer dafür überhaupt verantwortlich war. Doch der junge Student, der die drolligen Häschen gemalt und den Witz besessen hatte, sie auf allen seinen Zeichnungen an allen möglichen Stellen zu verstecken, war darum nicht weniger tot.

Brunetti stand auf und ging ans Fenster. Die Sonne brannte auf den Campo San Lorenzo herunter. Alle Bewohner des Altersheims waren der Aufforderung zum Mittagsschlaf gefolgt und hatten den Campo den Katzen und den paar Passanten überlassen, die ihn um diese Zeit überquerten. Brunetti stützte sich mit den Händen aufs Fensterbrett, beugte sich vor und spähte auf den Campo hinunter, als hielte er Ausschau nach einem Omen. Eine halbe Stunde später rief Landi an, um ihm zu sagen, daß er und seine Frau abends um sieben in Venedig ankommen würden, und zu fragen, wie sie zur Questura kämen.

Als Landi bestätigte, daß sie mit dem Zug kommen wollten, versprach Brunetti, sie abzuholen und mit dem Boot zum Krankenhaus zu bringen.

»Krankenhaus?« fragte Landi mit einem hoffnungslosen Fünkchen Hoffnung in der Stimme.

»Entschuldigung, Signor Landi. Dorthin bringt man die Toten.«

»Aha«, sagte Landi nur, und wieder brach er das Gespräch ab.

Im Lauf des Nachmittags rief Brunetti einen Freund an, der ein Hotel am Campo di Santa Marina leitete, und fragte ihn, ob er ein Doppelzimmer für zwei Leute reservieren könne, die vielleicht über Nacht bleiben würden. Wer durch ein Unglück irgendwohin gerufen wird, vergißt oft Dinge wie Essen und Schlafen und derlei lästige Nebensächlichkeiten, die zeigen, daß das Leben weitergeht.

Er bat Vianello mitzukommen, wobei er sich einredete,

die Landis würden die Polizei leichter erkennen, wenn einer in Uniform sie abholte, aber innerlich wußte er, daß Vianello einfach der Richtige zum Mitnehmen war, sowohl für die Landis als auch für ihn selbst.

Der Zug fuhr pünktlich ein, und Marcos Eltern waren leicht zu erkennen, als sie den Bahnsteig entlangkamen. Die Frau war groß und mager und trug ein graues, von der Bahnfahrt arg zerknautschtes Kleid; das Haar hatte sie im Nacken zu einem kleinen Knoten geschlungen, was schon seit Jahrzehnten nicht mehr Mode war. Ihr Mann führte sie am Arm, und jeder konnte sehen, daß dies weder aus Höflichkeit noch aus Gewohnheit geschah: Ihr Schritt war unsicher, als ob sie betrunken oder krank wäre. Landi war gedrungen und muskulös; sein eisenharter Körper sprach von lebenslanger schwerer Arbeit. Unter anderen Umständen hätte Brunetti den Gegensatz zwischen den beiden vielleicht komisch gefunden, jetzt nicht. Landis Gesicht schien gegerbt wie Leder, und sein schütteres helles Haar bot nur unvollkommenen Schutz für die Kopfhaut, die so dunkel gebrannt war wie sein Gesicht. Man sah ihm an, daß er seine Tage im Freien verbrachte, und Brunetti erinnerte sich an den Brief der Mutter, in dem von der Frühjahrsaussaat die Rede gewesen war.

Sie erkannten Vianellos Uniform, und Landi führte seine Frau darauf zu. Brunetti stellte sich und seinen Assistenten vor und sagte ihnen, daß ein Boot auf sie warte. Nur Landi gab ihnen die Hand, nur er vermochte zu sprechen. Seine Frau konnte ihnen lediglich zunicken und sich mit der Linken über die Augen wischen.

Es ging alles schnell. Im Krankenhaus schlug Brunetti

vor, Signor Landi solle allein hineingehen und seinen Sohn identifizieren, aber sie bestanden darauf, ihn beide zu sehen. Brunetti und Vianello warteten draußen, ohne zu sprechen. Als die Landis einige Minuten später herauskamen, schluchzten beide unverhüllt. Die Vorschriften verlangten eine amtliche Form der Identifizierung, was hieß, daß derjenige, der einen Leichnam identifizierte, dies gegenüber einem begleitenden Beamten entweder mündlich oder schriftlich bestätigen mußte.

Als die beiden sich wieder gefaßt hatten, sagte Brunetti nur: »Ich habe mir erlaubt, ein Zimmer für Sie reservieren zu lassen, falls Sie hier übernachten möchten.«

Landi wandte sich an seine Frau, aber sie schüttelte den Kopf.

»Nein. Wir fahren wieder nach Hause, Signore. Ich glaube, es ist besser so. Um halb neun fährt ein Zug. Wir haben uns erkundigt, bevor wir herkamen.«

Er hatte recht. Es war besser so, das wußte auch Brunetti. Morgen sollte die Autopsie stattfinden, und so etwas auch nur zu wissen, sollte man allen Eltern besser ersparen. Er geleitete die beiden über den Notausgang des Krankenhauses zum Polizeiboot zurück. Bonsuan sah sie kommen und machte schon das Boot los. Vianello nahm Signora Landis Arm, um ihr an Bord und dann die Treppe hinunter in die Kabine zu helfen. Brunetti nahm Landis Arm, als sie das Boot bestiegen, und hielt ihn mit sanftem Druck davon ab, seiner Frau nach unten zu folgen.

Bonsuan, dem das Fahren auf dem Wasser so natürlich war wie das Atmen, legte sehr behutsam ab und drosselte den Motor so, daß sie fast lautlos dahinglitten. Landi starrte unverwandt ins Wasser; er wollte die Stadt nicht ansehen, die das Leben seines Sohnes genommen hatte.

»Können Sie mir etwas über Marco sagen?« fragte Brunetti.

»Was wollen Sie denn wissen?« fragte Landi zurück, ohne den Blick zu heben.

»Wußten Sie das mit den Drogen?«

»Ja.«

»Hatte er damit aufgehört?«

»Das dachte ich. Letztes Spätjahr ist er nach Hause gekommen und hat gesagt, er hätte damit aufgehört. Er wollte eine Weile zu Hause bleiben, bevor er hierher zurückkam. Er war gesund und hat den ganzen Winter gearbeitet wie ein Mann. Wir haben zusammen ein neues Dach auf die Scheune gesetzt. Solche Arbeit kann man nicht machen, wenn man dieses Zeug nimmt oder davon krank ist.« Landi hielt den Blick weiter auf das Wasser gesenkt, auf dem das Boot dahinglitt.

»Hat er jemals darüber gesprochen?«

»Über die Drogen?«

»Ja.«

»Nur einmal. Er wußte, daß ich es nicht ertrug.«

»Hat er Ihnen gesagt, warum er sie nahm oder woher er sie bekam?«

Landi sah jetzt zu Brunetti auf. Seine Augen waren vom Blau der Gletscher, sein Gesicht trotz Sonne und Wind merkwürdig faltenlos. »Wer weiß denn schon, warum die sich das antun?« Er schüttelte den Kopf und blickte wieder aufs Wasser.

Brunetti widerstand seinem ersten Drang, sich für die

Frage zu entschuldigen, und stellte statt dessen eine neue: »Wissen Sie etwas über sein Leben hier? Seine Freunde? Was er so trieb?«

Landi beantwortete eine ganz andere Frage. »Er wollte immer Architekt werden. Von Kindesbeinen an hat er sich nur für Häuser interessiert und wie man sie baut. Ich verstehe davon nichts. Ich bin Landwirt. Nur davon verstehe ich etwas, von der Landwirtschaft.« Als das Polizeiboot in die Lagune hinausfuhr, wurde es von einer Welle erfaßt, aber Landi behielt wie selbstverständlich das Gleichgewicht. »Sie hat keine Zukunft mehr, die Landwirtschaft, man kann nicht mehr davon leben. Das wissen wir alle, wir wissen nur nicht, was wir statt dessen machen könnten.« Er seufzte. Ohne aufzusehen, sprach er weiter: »Marco war zum Studieren hierhergekommen. Vor zwei Jahren. Und als er nach dem ersten Jahr nach Hause kam, haben wir gemerkt, daß etwas nicht stimmte, aber wir wußten nicht, was.« Wieder sah er zu Brunetti auf. »Wir sind einfache Leute, wir wissen von solchen Sachen nichts, von Drogen.« Er blickte zur Seite, sah die Häuser an der Lagune und starrte wieder aufs Wasser. Der Wind frischte auf, und Brunetti mußte den Kopf neigen, um zu verstehen, was Landi sagte: »Als er letzte Weihnachten nach Hause kam, war er sehr verstört. Da habe ich mit ihm gesprochen, und er hat es mir gesagt. Er hat mir gesagt, er hätte damit aufgehört und wollte das Zeug nicht mehr nehmen, weil er wüßte, daß es ihn umbringen würde.« Brunetti sah, wie Landis von der Arbeit gehärtete Hände sich um die Reling krampften. »Er konnte mir nicht erklären, warum er damit angefangen hatte oder wie das für ihn war, aber ich weiß, daß er es ehrlich meinte, als er sagte, er will es nicht mehr. Seiner Mutter haben wir nichts davon gesagt.« Landi verstummte.

Schließlich fragte Brunetti: »Und wie ging es dann weiter?«

»Er blieb den ganzen Winter da, und wir haben zusammen an der Scheune gearbeitet. Daher weiß ich, daß alles stimmte mit ihm. Dann hat er mir vor zwei Monaten gesagt, er wolle weiterstudieren, und es bestehe keine Gefahr mehr. Ich hab's ihm geglaubt. Da ist er also wieder nach Venedig gefahren, und es schien auch alles in Ordnung. Dann kam Ihr Anruf.«

Das Boot schwenkte aus dem Canale di Cannaregio hinaus in den Canal Grande. Brunetti fragte: »Hat er je von Freunden gesprochen? Oder einer Freundin?«

Die Frage schien Landi zu bekümmern. »Er hatte eine Freundin zu Hause.« Er verstummte kurz. »Aber ich glaube, es gab auch hier eine. Jedenfalls hat Marco im Winter ein paarmal in Venedig angerufen, und ein paarmal hat bei uns ein Mädchen angerufen und wollte ihn sprechen. Er hat uns aber nie etwas darüber gesagt.«

Bonsuan schaltete kurz in den Rückwärtsgang, und das Boot legte vor dem Bahnhof an. Der Bootsführer stellte den Motor ab und kam aus der Kabine. Schweigend warf er das Tau um einen Poller, stieg an Land und zog das Boot seitlich an den Anleger. Landi und Brunetti drehten sich zur Kabine um, und der Bauer half seiner Frau die letzte Stufe herauf. Dann geleitete er sie mit fester Hand vom Boot.

Brunetti ließ sich von Landi die Fahrkarten geben und reichte sie an Vianello weiter, der rasch vorausging, um sie zu entwerten und sich nach dem richtigen Bahnsteig zu erkundigen. Bis die anderen drei dann die Treppe hinauf waren, kam Vianello schon wieder zurück. Er führte sie auf Bahnsteig fünf, wo der Zug nach Verona schon wartete. Schweigend gingen sie an den Wagen entlang, bis Vianello ein leeres Abteil erspähte. Er stellte sich an die Tür und bot Signora Landi den Arm. Sie nahm ihn und stieg müde in den Zug. Landi folgte ihr. Als er oben war, drehte er sich um und reichte zuerst Vianello, dann Brunetti die Hand. Er nickte einmal, hatte aber keine Worte mehr. Schließlich machte er kehrt und folgte seiner Frau über den Gang zu dem leeren Abteil.

Brunetti und Vianello warteten an der Tür, bis der Schaffner pfiff und ein grünes Tuch schwenkte, um dann ebenfalls in den Zug zu steigen, der schon in Bewegung war; die Tür klappte automatisch zu, und der Zug machte sich auf den Weg zur Brücke und in die Welt jenseits von Venedig. Als das Abteil mit den Landis vorüberglitt, sah Brunetti, daß die beiden nebeneinandersaßen und er den Arm um ihre Schulter gelegt hatte. Sie starrten auf die Sitze gegenüber und schauten nicht noch einmal aus dem Fenster, um nach den beiden Polizisten zu sehen.

14

Aus einer Telefonzelle vor dem Bahnhof rief Brunetti, der selbst darüber staunte, daß er daran gedacht hatte, das Hotel an und bestellte das Zimmer wieder ab. Danach reichte seine Energie nur noch dafür, nach Hause zu gehen. Er und Vianello stiegen in ein 82er Boot, aber beide redeten sehr wenig, während es sie zum Rialto brachte. Dort verabschiedeten sie sich in gedrückter Stimmung, und Brunetti nahm seinen ganzen Jammer mit über die Brücke und den inzwischen geschlossenen Markt nach Hause. Selbst die Orchideenpracht im Schaufenster von Biancat konnte seinem Gemüt nicht aufhelfen, nicht einmal die köstlichen Essensdüfte auf dem Treppenabsatz im zweiten Stock seines Wohnhauses.

Noch köstlicher waren die Düfte in seiner eigenen Wohnung: Da hatte jemand geduscht oder gebadet und dazu das Rosmarin-Shampoo benutzt, das Paola letzte Woche mitgebracht hatte; und Paola hatte Würstchen mit Paprikagemüse zubereitet. Er hoffte, daß sie dazu auch noch frische Pasta gemacht hatte.

Er hängte sein Jackett in den Garderobenschrank. Als er in die Küche kam, sprang Chiara, die am Tisch saß und offenbar mit einer Geographiearbeit beschäftigt war – der ganze Tisch lag voll mit Landkarten, einem Lineal und einem Winkelmesser – sofort auf und warf sich ihm an den Hals. Er dachte an den Gestank in Marcos Wohnung und mußte sich zusammennehmen, um sich ihr nicht zu entziehen.

»*Papà*«, sagte sie, noch ehe er Zeit gehabt hatte, ihr einen Kuß zu geben oder auch nur guten Tag zu sagen, »kann ich diesen Sommer einen Segelkurs machen?«

Brunetti blickte sich vergeblich suchend nach Paola um, die ihm hierfür vielleicht eine Erklärung hätte geben können.

»Segelkurs?« wiederholte er.

»Ja, *papà*«, sagte sie und sah lächelnd zu ihm auf. »Ich habe mir ein Buch besorgt und versuche mir damit das Navigieren beizubringen, aber das Segeln wird mir schon jemand anders zeigen müssen.« Sie nahm seine Hand und zog ihn zum Küchentisch, auf dem tatsächlich Karten lagen, aber er sah jetzt, daß es Karten von Untiefen und Küstenlinien waren, den Rändern, an denen Länder und Kontinente die Meere umfingen.

Sie ließ ihn los und sah auf das Buch hinunter, das offen vor ihr lag, aufgehalten von einem anderen Buch. »Sieh mal, *papà*«, sagte sie, wobei sie mit dem Finger an einer Zahlenreihe entlangfuhr, »wenn der Himmel nicht bewölkt ist und wenn sie gute Karten und ein Chronometer haben, können sie ziemlich genau sagen, wo sie gerade sind, und zwar überall auf der Welt.«

»Wer kann das, Engelchen?« fragte er, während er den Kühlschrank öffnete und ihm eine Flasche Tokaier entnahm.

»Captain Aubrey und seine Leute«, antwortete sie in einem Ton, der klarstellte, daß diese Antwort doch wohl auf der Hand lag.

»Und wer ist Captain Aubrey?«

»Der Kapitän der *Surprise*«, sagte sie und sah ihn an, als hätte er soeben zugegeben, seine eigene Adresse nicht zu kennen.

»*Surprise?*« wiederholte Brunetti, der einer Erleuchtung noch immer nicht näher war.

»In den Büchern, *papà* – denen über den Krieg gegen die Franzosen.« Bevor er seine Unwissenheit eingestehen konnte, ergänzte sie: »Die sind richtig fies, die Franzosen, nicht wahr?«

Brunetti, der das für ausgemacht hielt, sagte nichts, denn er hatte immer noch keine Ahnung, wovon eigentlich die Rede war. Er schenkte sich erst einmal ein Gläschen Wein ein und trank einen kräftigen Schluck, dann noch einen. Wieder blickte er auf die Karten und sah, daß auf den blauen Teilen viele Schiffe waren, aber altmodische, über denen sich riesige weiße Segel blähten, und in den vier Ecken der Karte entstiegen Tritonen – wie diese Meeresgötter seines Wissens hießen – den Fluten und hielten sich Muschelschalen an die Lippen.

Er gab sich geschlagen. »Was für Bücher sind das, Chiara?«

»Die *mamma* mir gegeben hat, auf englisch. Über diesen englischen Kapitän und seinen Freund und den Krieg gegen Napoleon.«

Ah, diese Bücher. Er trank noch ein Schlückchen. »Und gefallen sie dir so gut, wie sie *mamma* gefallen?«

»Ach, weißt du«, meinte Chiara, wobei sie ihn mit ernster Miene ansah, »ich glaube nicht, daß sie irgend jemandem so gefallen können wie ihr.«

Es war jetzt vier Jahre her, daß Brunetti von seiner Frau nach zwanzig Ehejahren verlassen worden war, und zwar für über einen Monat, eine Zeit, in der sie sich systematisch durch nicht weniger als – wenn er richtig gezählt hatte –

achtzehn Seefahrerromane hindurchgelesen hatte, die sich mit den endlosen Jahren des Krieges zwischen Briten und Franzosen befaßten. Ihm war diese Zeit nicht weniger endlos vorgekommen, denn es war eine Zeit, in der auch er sich mit hastig zubereiteten Mahlzeiten hatte begnügen müssen, halbgares Fleisch und trockenes Brot gegessen und oft genug Trost in übermäßigen Mengen Grog gesucht hatte. Da Paola sich für gar nichts anderes mehr zu interessieren schien, hatte er einmal in eines dieser Bücher hineingeschaut, und sei es nur, damit sie bei ihren zusammengestoppelten Mahlzeiten ein Gesprächsthema hatten. Er hatte es aber weitschweifig gefunden, vollgepfropft mit wunderlichen Fakten und noch wunderlicheren Tieren, und so hatte er nach wenigen Seiten aufgegeben, noch ehe er überhaupt Captain Aubreys Bekanntschaft gemacht hatte. Zum Glück war Paola eine Schnelleserin und kehrte, nachdem sie das letzte Buch verschlungen hatte, wieder ins zwanzigste Jahrhundert zurück, offenbar unberührt von Schiffbruch, Skorbut und den Schlachten, die in den vergangenen Wochen ihr Leben bedroht hatten.

Daher also die Karten. »Ich werde mit deiner Mutter darüber reden müssen«, sagte er.

»Worüber?« fragte Chiara, den Kopf wieder über die Karten gesenkt und die linke Hand emsig mit ihrem Taschenrechner beschäftigt – ein Instrument, um das Captain Aubrey sie gewiß beneidet hätte, dachte Brunetti.

»Über den Segelkurs.«

»Ah, yes«, antwortete Chiara, die mit der Gewandtheit eines Aals in die englische Sprache schlüpfen konnte. *»I long to sail a ship.«*

Brunetti überließ sie dieser Sehnsucht, füllte sein Glas nach, goß ein zweites ein und ging in Paolas Zimmer, dessen Tür offenstand. Sie lag auf dem Sofa, und nur ihre Stirn war hinter dem Buch zu sehen, in dem sie gerade las.

»Captain Aubrey, *I presume*«, wandelte er Stanleys berühmte Begrüßungsworte an Livingstone ab.

Sie legte sich das Buch auf den Bauch und lächelte ihn an. Wortlos streckte sie die Hand nach dem Glas aus, das er ihr reichte. Sie trank einen Schluck, zog die Beine an, um auf dem Sofa Platz für ihn zu machen, und fragte, als er saß: »Schlimmer Tag?«

Er lehnte sich seufzend zurück und legte die rechte Hand auf ihre Fesseln. »Überdosis. Er war erst zwanzig. Architekturstudent.«

Eine ganze Weile sprachen sie beide nicht, dann meinte Paola: »Wir können von Glück sagen, daß wir so früh geboren sind.«

Er sah sie an, und sie fuhr fort: »Bevor es die Drogen gab. Vielmehr bevor alle Welt sie nahm.« Sie nippte an ihrem Wein und fügte hinzu: »Ich habe vielleicht zweimal in meinem Leben Marihuana geraucht. Gott sei Dank hat es bei mir nie gewirkt.«

»Wieso ›Gott sei Dank‹?«

»Sieh mal, wenn es mir geschmeckt hätte, oder wenn es bei mir so gewirkt hätte, wie es bei anderen Leuten angeblich wirkt, dann hätte mir das vielleicht so gefallen, daß ich es wieder genommen hätte. Oder ich wäre auf härtere Sachen umgestiegen.«

Das war wohl auch mein Glück, dachte Brunetti.

»Woran ist er gestorben?« fragte sie.

»Heroin.«

Sie schüttelte den Kopf.

»Ich war bis vorhin noch mit den Eltern zusammen.« Brunetti nippte an seinem Glas. »Sein Vater ist Bauer. Sie sind aus Trient angereist, um ihn zu identifizieren, und danach gleich wieder nach Hause gefahren.«

»Haben sie noch mehr Kinder?«

»Eine jüngere Tochter. Ob noch mehr, weiß ich nicht.«

»Ich hoffe es für sie«, sagte Paola. Sie streckte die Beine aus und schob ihre Füße unter seinen Oberschenkel. »Möchtest du essen?«

»Ja, aber vorher duschen.«

»Gut«, sagte sie, indem sie die Beine vom Sofa schwang und die Füße auf den Boden stellte. »Ich habe Paprikagemüse mit Würstchen gemacht.«

»Ich weiß.«

»Ich schicke dann Chiara nach dir, wenn es soweit ist.« Sie stand auf und stellte ihr Glas, das immer noch gut halb voll war, auf das Sofatischchen. Dann ließ sie ihn in ihrem Arbeitszimmer zurück und ging in die Küche, um das Essen fertig zu machen.

Als sie schließlich alle um den Eßtisch saßen – Raffi war gerade in dem Moment nach Hause gekommen, als Paola die Pasta auftrug –, war Brunettis Stimmung schon wieder etwas besser. Seinen beiden Kindern zuzusehen, wie sie die frisch zubereiteten Bandnudeln auf ihre Gabeln wickelten, verschaffte ihm ein animalisches Gefühl der Geborgenheit und Wohligkeit, und er machte sich mit Genuß über seine eigene Portion *pappardelle* her. Paola hatte sich sogar die

Arbeit gemacht, die roten Paprikaschoten zu brühen und abzuhäuten, so daß sie nun weich und mild waren, wie er sie am liebsten aß. In die Würstchen waren reichlich frische rote und weiße Pfefferkörner eingearbeitet, die in der zarten Fülle steckten wie Geschmacksminen und nur darauf warteten, zu explodieren, wenn man hineinbiß; und Gianni, der Fleischer, hatte bei der Herstellung auch nicht mit Knoblauch gespart.

Alle nahmen eine zweite Portion, deren Größe eine wirklich schon peinliche Ähnlichkeit mit der jeweils ersten hatte. Danach hatten alle höchstens noch etwas Platz für ein paar Blättchen grünen Salat, doch nachdem auch diese verdrückt waren, entdeckte ein jedes doch noch ein winziges freies Eckchen für die allerkleinste Portion frische Erdbeeren, aromatisiert mit einem Tropfen *aceto balsamico*.

Und die ganze Zeit gefiel sich Chiara in der Rolle des alten Seebären, indem sie ihnen ununterbrochen die Flora und Fauna ferner Länder aufzählte, sie dann mit der Mitteilung schockierte, daß die meisten Seeleute im achtzehnten Jahrhundert nicht schwimmen konnten, und ihnen zum Schluß noch die Symptome der Skorbutkrankheit schilderte, bis Paola sie darauf hinwies, daß sie beim Essen waren.

Die Kinder verzogen sich, Raffi zur altgriechischen Zeitform des Aorist, Chiara – falls Brunetti sie richtig verstanden hatte – zu Schiffbrüchen im Südatlantik.

»Will sie diese Bücher *alle* lesen?« fragte er, während er Paola beim Abwaschen Gesellschaft leistete und dabei langsam einen Grappa schlürfte.

»Das hoff ich doch«, antwortete Paola, ohne von der Servierplatte aufzusehen, die sie gerade abspülte.

»Liest sie die Bücher, weil sie dir so gefallen haben, oder weil sie ihr selbst gefallen?«

Paola, die mit dem Rücken zu ihm stand, scheuerte gerade einen Topfboden. »Wie alt ist Chiara?« fragte sie.

»Fünfzehn«, antwortete Brunetti.

»Kannst du mir eine lebende Fünfzehnjährige nennen, oder eine Fünfzehnjährige überhaupt, die je getan hätte, was ihre Mutter sich von ihr wünschte?«

»Heißt das, die Adoleszenz hat wieder zugeschlagen?« fragte er, denn die hatten sie schon mit Raffi durchgemacht, und wenn er sich recht erinnerte, hatte sie ungefähr zwanzig Jahre gedauert, so daß die Aussicht, dasselbe nun noch einmal mit Chiara zu erleben, ihn nicht gerade begeisterte.

»Bei Mädchen verläuft sie anders«, sagte Paola, wobei sie sich umdrehte und ihre Hände an einem Küchentuch abtrocknete. Sie schenkte sich ein Tröpfchen Grappa ein und lehnte sich gegen die Spüle.

»Wie anders?« wollte Brunetti wissen.

»Sie rebellieren nur gegen die Mutter, nicht auch gegen den Vater.«

Darüber mußte er nachdenken. »Ist das denn nun gut oder schlecht?«

Sie zuckte die Achseln. »Es liegt in den Genen, vielleicht auch in unserer Kultur, also bleibt es uns auf keinen Fall erspart, egal ob es gut oder schlecht ist. Wir können nur hoffen, daß es nicht lange dauert.«

»Was wäre lange?«

»Bis sie achtzehn ist.« Paola trank noch ein Schlückchen, und gemeinsam ließen sie sich diese Aussicht durch den Kopf gehen.

»Würden die Karmeliterinnen sie wohl so lange nehmen?«

»Kaum«, antwortete Paola mit fröhlichem Bedauern in der Stimme.

»Glaubst du, die Araber verheiraten aus diesem Grund ihre Töchter so jung – um dem allen aus dem Weg zu gehen?«

Paola erinnerte sich an die hitzige Debatte vom Morgen, in der Chiara ihr auseinandergesetzt hatte, warum sie unbedingt ein eigenes Telefon brauche. »Das glaube ich ganz bestimmt.«

»Kein Wunder, daß man da von der Weisheit des Ostens spricht.«

Sie drehte sich um und stellte ihr Glas in die Spüle. »Ich muß noch ein paar Hausarbeiten korrigieren. Möchtest du dich zu mir setzen und solange weiterlesen, wie es deinen Griechen auf der Heimfahrt ergeht?«

Brunetti erhob sich dankbar und folgte ihr über den Flur zu ihrem Arbeitszimmer.

15

Am nächsten Morgen tat Brunetti sehr widerstrebend etwas, was er selten tat: Er zog eines seiner Kinder in seine Arbeit hinein. Raffi brauchte erst um elf Uhr in der Schule zu sein und war davor noch mit Sara Paganuzzi verabredet, weshalb er fröhlich und aufgeräumt zum Frühstück erschien, zwei Eigenschaften, die ihn sonst um diese Stunde selten auszeichneten. Paola schlief noch, und Chiara war im Bad, so daß sie allein am Küchentisch saßen und sich die frischen Brioche munden ließen, die Raffi unten aus der Pasticceria geholt hatte.

»Sag mal, Raffi«, begann Brunetti bei der ersten Brioche, »weißt du irgend etwas über Leute, die hier Drogen verkaufen?«

Raffi, der gerade seine Brioche zum Mund führte, hielt inne. »Hier?«

»Ja, in Venedig.«

»Meinst du harte Drogen oder leichte Sachen wie Marihuana?«

Obwohl Brunetti bei dieser Unterscheidung etwas unbehaglich war und er gern mehr darüber gewußt hätte, warum sein Sohn die »leichten Sachen wie Marihuana« so lässig abtat, fragte er nicht nach. »Harte. Heroin, genauer gesagt.«

»Hat das mit diesem Studenten zu tun, der sich den goldenen Schuß gesetzt hat?« erkundigte sich Raffi, und als Brunetti ihn überrascht ansah, schlug er nur *Il Gazzettino* auf und zeigte ihm die Meldung. Ein briefmarkengroßes

Foto von einem jungen Mann schaute Brunetti an, und es hätte jeder beliebige junge Mann mit dunklem Haar und zwei Augen sein können. Ohne weiteres auch Raffi.

»Ja.«

Raffi brach den Rest seiner Brioche in zwei Teile und stippte das eine in seinen Kaffee. Nach einer Weile sagte er: »Man hört von Leuten an der Universität, die es einem besorgen können.«

»Leute?«

»Studenten. Glaube ich jedenfalls.« Er überlegte kurz. »Oder sagen wir Leute, die an der Uni eingeschrieben sind.« Er nahm seine Tasse und stützte die Ellbogen auf den Tisch, die Tasse zwischen den Händen, eine Geste, die er von Paola abgeguckt haben mußte. »Soll ich mich mal umhören?«

»Nein«, antwortete Brunetti sofort. Und ehe sein Sohn auf den scharfen Ton reagieren konnte, fügte er hinzu: »Ich bin nur ganz allgemein neugierig und habe mich gefragt, was wohl so geredet wird.« Er aß seine Brioche auf und trank einen Schluck Kaffee.

»Saras Bruder studiert Wirtschaftswissenschaften an der Uni. Ich könnte ihn doch mal fragen, was er weiß.«

Die Versuchung war groß, aber Brunetti verwarf die Idee mit einem gelangweilten: »Nein, spar dir das. Es war nur so ein Gedanke.«

Raffi stellte die Tasse auf den Tisch. »Du mußt nämlich wissen, daß ich keinerlei Interesse daran habe, *papà*.«

Brunetti fiel auf, wie tief Raffis Stimme geworden war. Bald würde er ein Mann sein. Oder vielleicht bedeutete sein Bedürfnis, den Vater zu beruhigen, daß er schon einer war.

»Freut mich zu hören«, antwortete Brunetti. Er streckte die Hand aus und tätschelte seinem Sohn den Arm. Einmal, zweimal. Dann stand er auf und ging zum Herd. »Soll ich auch für dich noch welchen machen?« fragte er, während er die *caffettiera* zur Spüle trug und sie aufschraubte.

Raffi warf einen Blick auf die Uhr. »Nein, danke, *papà*. Ich muß gehen.« Er schob seinen Stuhl zurück, stand auf und verließ die Küche. Ein paar Minuten später hörte Brunetti, der noch auf seinen Kaffee wartete, die Wohnungstür zuschlagen. Er lauschte Raffis Schritten, wie sie die erste Treppenflucht hinunterdonnerten, doch da brodelte plötzlich der Kaffee auf und übertönte alles.

Es war noch früh, so daß die Boote nicht überfüllt waren, und Brunetti nahm das 82er und stieg bei San Zaccaria aus. Dort kaufte er sich zwei Zeitungen, die er mit ins Büro nahm. Rossis Tod wurde darin nicht erwähnt, und die Nachricht über Marco Landi enthielt kaum mehr als seinen Namen und das Alter. Darüber stand die inzwischen schon alltägliche Meldung über ein Auto voll junger Leute, die sich und ihr Leben auf dem Weg nach Treviso an eine Platane geklatscht hatten.

Die gleiche grausige Geschichte hatte er in den letzten Jahren so oft gelesen, daß er kaum näher hinzusehen brauchte, um zu wissen, was passiert war. Die Jugendlichen – in diesem Fall zwei Mädchen und zwei Jungen – hatten nach drei Uhr morgens die Disco verlassen und waren in einem Auto losgefahren, das dem Vater des Fahrers gehörte. Bald darauf hatte diesen Fahrer *un colpo di sonno* übermannt, wie die Zeitungen es rituell umschrieben, wenn einer am Steuer eingeschlafen war, und der Wagen war von der Straße abgekommen und gegen einen Baum geprallt. Es war noch zu früh, um etwas über die Ursache der plötzlichen Schläfrigkeit zu sagen, aber fast immer handelte es sich um Alkohol oder Drogen. Doch das wurde normalerweise erst festgestellt, nachdem an dem Fahrer und denen, die er mit in den Tod gerissen hatte, eine Autopsie vorgenommen worden war. Und bis dahin war die Geschichte weg von den Titelseiten und vergessen, ersetzt durch die Fotos anderer junger Leute, die Opfer ihrer Jugend und deren vielfältiger Sehnsüchte geworden waren.

Brunetti ließ die Zeitung auf seinem Schreibtisch liegen und ging hinunter in Pattas Vorzimmer. Signorina Elettra war nirgends zu sehen, also klopfte er an Pattas Tür, und als er dessen lautes *avanti* hörte, trat er ein.

Es war ein anderer Mann, der da heute hinter dem Schreibtisch saß, ein anderer jedenfalls als der, den Brunetti letztes Mal dort hatte sitzen sehen. Patta war wieder der alte: groß, gutaussehend und mit einem leichten Sommeranzug bekleidet, der seine breiten Schultern respektvoll liebkoste. Seine Haut glomm vor Gesundheit, seine Augen strahlten vor heiterer Gelassenheit.

»Ja, Commissario, was gibt's?« fragte er und sah von dem einzigen Blatt Papier auf, das vor ihm auf dem Tisch lag.

»Ich wollte Sie gern sprechen, Vice-Questore«, sagte Brunetti im Vortreten, dann blieb er neben dem Stuhl vor Pattas Schreibtisch stehen und wartete auf die Aufforderung, Platz zu nehmen.

Patta schob eine gestärkte Manschette zurück und warf

einen Blick auf die dünne goldene Scheibe an seinem Handgelenk. »Ich habe nur ein paar Minuten. Worum geht es?«

»Um Jesolo, Vice-Questore. Und Ihren Sohn. Haben Sie da schon eine Entscheidung getroffen?«

Patta rutschte auf seinem Stuhl zurück. Als er sah, daß Brunetti ohne weiteres das auf dem Tisch liegende Papier lesen konnte, drehte er es rasch um und legte die gefalteten Hände auf die leere Rückseite. »Ich wüßte nicht, was es da zu entscheiden gäbe, Commissario«, sagte er, hörbar darüber verwundert, wie Brunetti nur auf so eine Frage kam.

»Ich möchte wissen, ob Ihr Sohn bereit ist, über die Leute zu reden, von denen er die Drogen bekommen hat.« Aus gewohnheitsmäßiger Vorsicht verbot er es sich, »gekauft« zu sagen.

»Wenn er wüßte, wer diese Leute sind, wäre er sicher nur zu gern bereit, der Polizei alles zu sagen, was er könnte.« Brunetti hörte in Pattas Stimme die gleiche gekränkte Ratlosigkeit wie schon bei einer ganzen Generation von widerstrebenden Zeugen und Verdächtigen, und in seinem Gesicht sah er das gleiche erkennbar unschuldige, leicht verwirrte Lächeln. Pattas Ton lud nicht zum Widerspruch ein.

»Wenn er wüßte, wer die Leute sind?« wiederholte Brunetti, allerdings machte er eine Frage daraus.

»Ja, genau. Wie Sie wissen, hat er ja keine Ahnung, wie diese Drogen in seinen Besitz gelangt sind oder wer sie ihm zugesteckt haben könnte.« Pattas Stimme war so ruhig, wie sein Blick fest war.

Ach, so läuft das hier, dachte Brunetti. »Und seine Fingerabdrücke, Vice-Questore?«

Pattas Lächeln war sehr breit und schien sogar echt zu sein. »Ich weiß. Ich weiß, wie das bei seiner ersten Vernehmung gewirkt haben muß. Aber er hat dann mir und auch der Polizei erklärt, daß er die Plastikhülle gefunden hat, als er vom Tanzen kam und in seine Tasche griff, um sich eine Zigarette zu nehmen. Da er keine Ahnung hatte, was das war, hat er sich, wie es jeder tun würde, die Hülle näher angesehen, und dabei muß er einige von den Briefchen angefaßt haben.«

»Einige?« fragte Brunetti, aber er hielt aus seinem Ton jegliche Skepsis heraus.

»Einige«, wiederholte Patta mit einer Entschiedenheit, die jede weitere Diskussion unterband.

»Haben Sie schon die heutige Zeitung gelesen, Vice-Questore?« fragte Brunetti, ebenso zu seiner eigenen Überraschung wie zu der seines Vorgesetzten.

»Nein«, antwortete Patta und fügte – in Brunettis Augen grundlos – hinzu: »Ich hatte, seit ich hier bin, zuviel zu tun, um Zeitung zu lesen.«

»Letzte Nacht sind bei Treviso vier Jugendliche mit dem Auto verunglückt. Auf der Heimfahrt von einer Disco ist ihr Wagen von der Straße abgekommen und gegen einen Baum geprallt. Ein junger Student ist tot, die drei anderen sind schwer verletzt.« Brunetti machte eine Pause, die ganz und gar diplomatischer Natur war.

»Nein, das habe ich nicht gelesen«, sagte Patta. Auch er machte eine Pause, aber eher wie der Chef einer Artilleriebatterie, der über die Schwere der nächsten Salve nachdenkt. »Warum erzählen Sie mir das?«

»Weil einer der Beteiligten tot ist, Vice-Questore. In der

Zeitung steht, der Wagen ist mit hundertzwanzig Sachen gegen den Baum geprallt.«

»Das ist gewiß bedauerlich, Commissario«, bemerkte Patta, ungefähr so betroffen wie über die Mitteilung, daß der Bestand an Spechtmeisen rückläufig sei. Er wandte seine Aufmerksamkeit wieder seinem Schreibtisch zu, drehte das Blatt um und las, dann sah er zu Brunetti auf. »Wenn das in Treviso war, dann gehört der Fall doch wohl dorthin, jedenfalls nicht zu uns, oder?« Er betrachtete angelegentlich das Blatt Papier, las noch ein paar Zeilen und blickte dann wieder zu Brunetti auf, als wunderte er sich, ihn noch immer in diesem Zimmer zu sehen. »War das dann alles, Commissario?« fragte er.

»Ja, Vice-Questore. Das war alles.«

Als Brunetti draußen war, fühlte er sein Herz so rasen, daß er sich an eine Wand lehnen mußte und froh war, Signorina Elettra nirgends zu sehen. Er blieb so stehen, bis sein Atem sich beruhigt hatte, und als er dann wieder Herr seiner selbst war, ging er in sein Zimmer hinauf.

Dort tat er, was er jetzt unbedingt brauchte: Er wußte, daß Routinearbeit ihn von seiner Wut auf Patta ablenken würde. Also schob er ein paar Papierstapel auf seinem Schreibtisch hin und her, bis er die Telefonnummer aus Rossis Brieftasche fand. Er wählte wieder die Nummer in Ferrara. Diesmal wurde beim dritten Klingeln abgenommen. »Gavini und Cappelli«, meldete sich eine Frauenstimme.

»Guten Morgen, Signora. Hier Commissario Guido Brunetti von der Polizei in Venedig.«

»Einen Moment bitte«, sagte sie in einem Ton, als hätte sie seinen Anruf erwartet. »Ich stelle Sie durch.«

Die Leitung wurde stumm, solange die Frau ihn weiterverband, dann sagte eine Männerstimme: »Gavini. Freut mich, daß sich auf unseren Anruf endlich einer meldet. Sie können uns hoffentlich etwas sagen?« Die Stimme war tief und klangvoll, und man hatte den Eindruck, daß Gavini sehr gespannt darauf war, was Brunetti ihm wohl mitzuteilen hatte.

Brunetti mußte sich zuerst einmal fangen. »Ich fürchte, Sie wissen mehr als ich, Signor Gavini. Ich habe keinerlei Nachricht von Ihnen bekommen.« Als Gavini nichts sagte, fügte er hinzu: »Aber ich würde gern erfahren, in welcher Angelegenheit Sie einen Anruf von der venezianischen Polizei erwarten.«

»Wegen Sandro«, sagte Gavini. »Ich habe nach seinem Tod bei Ihnen angerufen. Wie seine Frau mir sagte, hatte er jemanden in Venedig gefunden, der zur Aussage bereit war.«

Brunetti wollte den Mann gerade unterbrechen, als dieser schon selbst fragte: »Und Sie sind sicher, daß bei Ihnen niemand meine Nachricht erhalten hat?«

»Ich weiß es nicht, Signore. Mit wem haben Sie denn gesprochen?«

»Mit einem Ihrer Leute; an seinen Namen kann ich mich nicht erinnern.«

»Und könnten Sie für mich wiederholen, was Sie ihm gesagt haben?« fragte Brunetti, wobei er ein Blatt Papier zu sich herüberzog.

»Wie bereits erwähnt, ich habe nach Sandros Tod angerufen«, erklärte Gavini. Dann fragte er: »Wissen Sie wenigstens darüber Bescheid?«

»Nein, bedaure.«

»Sandro Cappelli«, sagte Gavini, als erklärte der Name alles. Bei Brunetti klingelte es auch irgendwo: Er konnte sich zwar nicht erinnern, woher ihm der Name bekannt vorkam, glaubte aber sicher zu wissen, daß es in einem schlechten Zusammenhang war. »Cappelli war mein Sozius hier in der Kanzlei«, fügte Gavini hinzu.

»Kanzlei, Signor Gavini?«

»Ja. Anwaltspraxis. Wissen Sie denn wirklich gar nichts über die Sache?« Zum erstenmal schlich sich eine gewisse Ungehaltenheit in Gavinis Ton, wie es wohl unvermeidlich ist, wenn jemand es schon oft genug am Telefon mit einer zähen Bürokratie zu tun hatte.

Das Wort »Anwaltspraxis« half Brunetti auf die Sprünge. Er erinnerte sich jetzt wieder an den Mordfall Cappelli, der sich vor etwa einem Monat ereignet hatte. »Doch, der Name ist mir bekannt«, sagte er. »Er wurde erschossen, nicht wahr?«

»An seinem Bürofenster, um elf Uhr morgens, und hinter ihm saß ein Klient. Jemand hat mit einer Jagdflinte durchs Fenster auf ihn geschossen.« Gavinis Stimme nahm, während er die Einzelheiten um den Tod seines Partners aufzählte, den Stakkato-Rhythmus echter Wut an.

Brunetti hatte die Zeitungsberichte über den Mord gelesen, aber er kannte keine Fakten. »Gibt es einen Tatverdächtigen?« fragte er.

»Natürlich nicht«, brauste Gavini auf, jetzt ohne seine Wut noch bändigen zu wollen. »Aber wir wissen alle, wer es war.«

Brunetti wartete darauf, von Gavini ins Bild gesetzt zu werden. »Die Geldverleiher. Sandro war seit Jahren hinter ihnen her. Er hatte vier Prozesse gegen sie laufen, als er starb.«

Der Polizist in Brunetti ließ ihn die Frage stellen: »Gibt es dafür irgendwelche Beweise, Signor Gavini?«

»Natürlich nicht«, blaffte der Anwalt. »Die haben jemanden dafür bezahlt. Ein klarer Auftragsmord war das: Der Schuß kam vom Dach eines Hauses auf der anderen Straßenseite. Sogar die hiesige Polizei sagt, daß es ein Auftragsmord gewesen sein muß, denn wer hätte ihn sonst umbringen sollen?«

Brunetti besaß zu wenige Informationen, um solche Fragen beantworten zu können, auch wenn sie nur rhetorisch waren, also sagte er: »Ich bitte Sie, meine Unwissenheit zu entschuldigen, was den Tod Ihres Partners und die Täter betrifft, Signor Gavini. Mein Anruf bei Ihnen gilt einer völlig anderen Sache, aber nach allem, was Sie mir jetzt berichtet haben, frage ich mich, ob es wirklich zwei verschiedene Sachen sind.«

»Wie meinen Sie das?« fragte Gavini. Seine Worte klangen schroff, doch man hörte die Neugier heraus, das Interesse.

»Ich rufe wegen eines Todesfalles hier in Venedig an, der nach Unfall aussieht, aber nicht unbedingt einer gewesen sein muß.« Er wartete auf Gavinis Zwischenfragen, und als keine kamen, fuhr er fort: »Ein Mann ist hier von einem Gerüst gefallen und gestorben. Er arbeitete im Katasteramt, und als er starb, hatte er eine Telefonnummer in der Brieftasche, allerdings ohne Vorwahl. Einer der Anschlüsse, die das sein könnten, ist Ihrer.«

»Wie hieß der Mann?« fragte Gavini.

»Franco Rossi.« Brunetti ließ ihm einen Augenblick Zeit zum Nachdenken, bevor er fragte: »Sagt Ihnen der Name etwas?«

»Nein, tut mir leid.«

»Könnten Sie wohl irgendwie feststellen, ob er für Ihren Kollegen etwas bedeutet hat?«

Gavini ließ ihn mit der Antwort lange warten: »Haben Sie seine Telefonnummer? Ich könnte unser Anrufverzeichnis durchsehen«, meinte er.

»Augenblick«, sagte Brunetti. Er bückte sich und zog die unterste Schreibtischschublade auf. Ihr entnahm er das Telefonbuch und schlug unter Rossi nach. Er fand sieben Spalten Rossis, davon etwa ein Dutzend mit dem Vornamen Franco. Er fand die Anschrift, diktierte Gavini die Telefonnummer, bat ihn zu warten und blätterte weiter zur Stadtverwaltung, um ihm auch die Nummer des Ufficio Catasto durchzugeben. Wenn Rossi so unvorsichtig gewesen war, die Polizei über sein *telefonino* anzurufen, dann konnte er mit dem Anwalt auch über sein Diensttelefon gesprochen oder auf diesem Apparat von ihm Anrufe bekommen haben.

»Es wird eine Weile dauern, bis ich die Anrufverzeichnisse durchgesehen habe«, sagte Gavini, »und im Vorzimmer wartet ein Klient. Aber sowie er fort ist, rufe ich zurück.«

»Vielleicht könnten Sie Ihre Sekretärin für Sie suchen lassen.«

Gavinis Ton bekam plötzlich etwas übertrieben Förmliches, fast Vorsichtiges. »Nein, das möchte ich doch lieber selbst machen.«

Brunetti sagte, er werde warten, und gab ihm seine Durchwahlnummer, dann legten beide auf.

Ein Telefonanschluß, der schon seit Monaten nicht mehr existierte, eine alte Frau, die sagte, sie kenne keinen Franco Rossi, eine Autovermietung, die keinen Kunden dieses Namens hatte, aber nun der Sozius einer Anwaltskanzlei, der ebenso wie Rossi eines gewaltsamen Todes gestorben war. Brunetti wußte sehr wohl, wieviel Zeit man damit vertun konnte, falschen Fährten nachzugehen und irreführenden Pfaden zu folgen, aber das hier hatte für ihn genau den richtigen Geruch, auch wenn er noch gar nicht wußte, woher der kam oder wohin ihn das führen mochte.

Den Plagen gleich, die einst den Kindern Ägyptens gesandt worden waren, suchten Geldverleiher die Kinder Italiens heim und taten ihnen Leides an. Banken vergaben nur zögernd Kredite, nämlich im allgemeinen nur nach Vorlage von Sicherheiten, die einen Kredit eigentlich unnötig machten. Überbrückungskredite für den Geschäftsmann, dem am Monatsende das Bargeld knapp wurde, oder für den Handelsvertreter, dessen Kunden schleppend zahlten – es gab sie so gut wie nie. Verschärft wurde das alles noch durch eine allgemein schlechte Zahlungsmoral, die schon kennzeichnend für das ganze Land geworden war.

In diese Lücke sprangen, wie jeder wußte, aber nur wenige aussprachen, die Wucherer, *gli strozzini*, jene zwielichtigen Gestalten, die bereit und in der Lage waren, kurzfristig und ohne große Sicherheiten Geld zu verleihen. Ihre Zinssätze machten jedes Risiko, das sie dabei eingehen mochten, mehr als wett. Und der Begriff Risiko war ohnehin bestenfalls akademisch, denn die *strozzini* hatten ihre Methoden für den Fall, daß ihre Kunden – wenn »Kunden« das richtige Wort war – das geliehene Geld nicht zurückzahlten. Männer hatten Kinder, und Kinder konnten verschwinden; Männer hatten Töchter, und junge Mädchen konnten vergewaltigt werden; Männer hatten ein Leben, und man hatte schon gehört, daß sie es verloren. Gelegentlich las man in der Presse Berichte, aus denen man, auch wenn es darin nie eindeutig gesagt wurde, den Eindruck gewann, daß gewisse unerfreuliche, oft gewalttätige Vorkommnisse auf das Versäumnis zurückzuführen waren, geliehenes Geld zurückzuzahlen. Aber nur selten wurde gegen die betreffenden Personen Anklage erhoben oder auch nur von der Polizei ermittelt, denn eine Mauer des Schweigens bot ihnen ringsum Sicherheit. Brunetti konnte sich an kaum einen Fall erinnern, in dem ausreichend Beweise zusammengetragen worden waren, um eine Verurteilung wegen Kreditwuchers zu bewirken, einer Straftat immerhin, auch wenn sie nur selten vor Gericht kam.

Brunetti saß an seinem Schreibtisch und ließ seine Phantasie wie sein Gedächtnis mit den vielen Möglichkeiten spielen, die sich allein aus der Tatsache ergaben, daß Franco Rossi, als er starb, Sandro Cappellis Telefonnummer bei sich gehabt hatte. Er versuchte sich Rossis Besuch in seiner Wohnung noch einmal zu vergegenwärtigen und sich zu erinnern, wie der Mann auf ihn gewirkt hatte. Rossi hatte seinen Beruf sehr ernst genommen, das war vielleicht der nachhaltigste Eindruck, der bei Brunetti entstanden war. Ein bißchen humorlos zwar, ernster jedenfalls, als man es bei einem so jungen Mann für möglich halten würde, und doch war Rossi ein liebenswerter Mensch gewesen, der bereitwillig jede Hilfe angeboten hatte, die ihm zu Gebote stand. Alle diese Überlegungen brachten Brunetti allerdings nicht weiter, solange er keine klare Vorstellung davon hatte, was sich da abspielte, aber es vertrieb ihm immerhin die Zeit bis zu Gavinis Rückruf.

Beim ersten Klingeln nahm er ab. »Brunetti.«

»Commissario«, begann Gavini, erst dann nannte er seinen Namen. »Ich habe mir sowohl unsere Klientenkartei als auch die Anrufverzeichnisse angesehen.« Brunetti wartete auf mehr. »Ein Klient namens Franco Rossi taucht darin nicht auf, aber Sandro hat in dem Monat vor seinem Tod dreimal Rossis Nummer angerufen.«

»Welche? Die private oder die dienstliche?«

»Ist das von Bedeutung?«

»Alles ist von Bedeutung.«

»Die dienstliche«, antwortete Gavini.

»Wie lang waren diese Gespräche?«

Der andere mußte das Verzeichnis offen vor sich liegen haben, denn er antwortete unverzüglich: »Zwölf Minuten, dann einmal sechs und noch einmal acht.« Gavini wartete, ob Brunetti etwas dazu sagen wollte, und als das nicht der Fall war, fragte er: »Und Rossi? Wissen Sie, ob er seinerseits Sandro angerufen hat?«

»Ich habe seine Telefonrechnungen noch nicht prüfen lassen«, räumte Brunetti mit einer gewissen Verlegenheit ein. Als Gavini nichts sagte, fuhr Brunetti fort: »Morgen werde ich sie haben.« Da fiel ihm plötzlich ein, daß dieser Mann ja nur ein Anwalt war, kein Kollege, und er sich ihm gegenüber weder verantworten noch ihn an seinen Informationen teilhaben lassen mußte.

»Welcher Untersuchungsrichter bearbeitet den Fall bei Ihnen?« erkundigte er sich.

»Warum wollen Sie das wissen?«

»Ich würde gern mit ihm reden.«

Ein langes Schweigen war die Antwort.

»Kennen Sie seinen Namen?« bohrte Brunetti.

»Righetto, Angelo Righetto«, kam es gepreßt über die Leitung. Brunetti beschloß, jetzt nicht nachzuhaken. Er dankte Gavini, versprach nicht, ihn wegen der Telefongespräche, die Rossi geführt haben mochte, noch einmal anzurufen, und legte auf. Dabei machte er sich so seine Gedanken über die Kälte in Gavinis Stimme, als er den Namen des Mannes aussprach, der den Mord an seinem Partner untersuchte.

Er rief sofort bei Signorina Elettra an und bat sie, ihm eine Liste aller Telefongespräche zu besorgen, die in den letzten drei Monaten von Rossis Privatanschluß aus geführt worden waren. Als er sie fragte, ob sie auch Rossis Durchwahlnummer im Ufficio Catasto überprüfen könne, fragte sie nur zurück, ob er auch davon die Gespräche der letzten drei Monate haben wolle.

Da er sie schon einmal am Apparat hatte, bat er sie gleich noch, ihm eine Verbindung mit Magistrato Angelo Righetto in Ferrara herzustellen.

Dann nahm er ein Blatt Papier, um eine Liste der Leute aufzustellen, die ihm vielleicht etwas über Geldverleiher in der Stadt sagen konnten. Er selbst wußte über Kredithaie nichts, außer daß es sie gab und daß sie sich in die Gesellschaft hineingefressen hatten wie Maden in totes Fleisch. Bestimmten Bakterienarten gleich, brauchten sie zum Gedeihen die Sicherheit eines luftlosen, dunklen Ortes, und gewiß gab es in dem Zustand der Einschüchterung, in den sie ihre Schuldner trieben, weder Licht noch Luft. In solcher Heimlichkeit mästeten sie sich an der Angst ihrer Schuldner, denen die unausgesprochen angedrohten Folgen verspäteter oder ausbleibender Zahlungen stets bewußt waren. Was Brunetti dabei bisher am meisten verwundert hatte, war, daß er weder Namen noch Gesichter, noch Vorgeschichten kannte, doch als er jetzt auf das immer noch leere Blatt Papier blickte, mußte er sich sagen, daß er nicht einmal die leiseste Ahnung hatte, wen er auch nur fragen könnte, wie er es anstellen mußte, sie ans Licht zu treiben.

Jetzt fiel ihm doch noch ein Name ein, und er nahm das Telefonbuch, um die Nummer der Bank nachzuschlagen, in der sie arbeitete. Während er noch suchte, klingelte sein Telefon. Er meldete sich.

»Dottore«, sagte Signorina Elettra, »ich habe Magistrato Righetto am Apparat, wenn Sie ihn jetzt gern sprechen möchten.«

»Ja, Signorina. Stellen Sie ihn bitte durch.« Brunetti legte seinen Kugelschreiber hin und schob das Blatt Papier beiseite.

»Righetto«, meldete sich eine tiefe Stimme.

»Magistrato, hier ist Commissario Guido Brunetti aus Venedig. Ich rufe an, um zu fragen, was Sie mir über den Mord an Alessandro Cappelli sagen können.«

»Warum interessieren Sie sich dafür?« fragte Righetto, und es klang nicht gerade sehr neugierig. Den Tonfall glaubte Brunetti vielleicht als südtirolerisch zu erkennen, jedenfalls aber norditalienisch.

»Ich habe hier«, erklärte Brunetti, »einen Todesfall, der möglicherweise mit dem Ihren zusammenhängt, und darum wüßte ich gern, was Sie über Cappelli in Erfahrung gebracht haben.«

Es folgte eine lange Pause, bis Righetto endlich sagte: »Es würde mich sehr wundern, wenn ein anderer Todesfall damit zusammenhinge.« Er wartete ganz kurz, um Brunetti Gelegenheit zu einer Zwischenfrage zu geben, doch als sie nicht kam, fuhr er fort: »Wie es aussieht, haben wir es nämlich hier mit einer Personenverwechslung zu tun, nicht mit Mord.« Righetto verstummte wieder kurz, dann korrigierte er sich: »Das heißt, es *ist* natürlich Mord. Aber die wollten nicht Cappelli umbringen, und wir sind uns nicht einmal sicher, ob der andere wirklich umgebracht oder vielleicht nur erschreckt werden sollte.«

Brunetti fand es an der Zeit, nun doch etwas Interesse zu zeigen, und fragte: »Was hatte sich denn abgespielt?«

»Sein Partner Gavini war's, auf den hatten sie es abgesehen«, erklärte der Richter. »Zumindest geht das aus unseren bisherigen Ermittlungen hervor.«

»Inwiefern?« fragte Brunetti, jetzt offen neugierig.

»Es hatte von vornherein nicht Hand noch Fuß, daß jemand Cappelli hätte umbringen wollen«, begann Righetto, und es klang, als wollte er Cappellis Stellung als erklärter Gegner der Zinswucherei keinerlei Bedeutung zukommen lassen. »Wir haben uns mit seiner Vergangenheit befaßt, sogar die Fälle unter die Lupe genommen, an denen er gerade arbeitete, aber es gibt keinerlei Hinweise auf eine irgendwie geartete Verquickung mit Leuten, denen so etwas zuzutrauen wäre.«

Brunettis leises »Mhm« konnte man als ein Mittelding zwischen Verstehen und Zustimmung deuten.

»Auf der anderen Seite«, fuhr Righetto fort, »wäre da sein Sozius.«

»Gavini«, ergänzte Brunetti unnötigerweise.

»Ja, Gavini«, sagte Righetto mit einem geringschätzigen Lachen. »Er ist hier in der Gegend wohlbekannt und steht im Ruf eines Schürzenjägers. Leider hat er die Angewohnheit, sich mit verheirateten Frauen einzulassen.«

»Ah.« Brunetti quittierte diese Mitteilung mit einem welterfahrenen Seufzer, geimpft mit der zuträglichen Dosis männlicher Toleranz. »Das war's also?« fragte er, als gäbe es daran gar nichts zu zweifeln.

»Scheint so. Allein in den letzten Jahren hatte er's mit vier verschiedenen Frauen, alle vier verheiratet.«

»Armer Teufel«, sagte Brunetti. Er wartete gerade so lange, wie einer brauchen würde, um die unfreiwillige Komik des soeben Gesagten zu begreifen, und fügte dann mit einem raschen Lachen hinzu: »Vielleicht hätte er sich doch lieber mit einer begnügen sollen.«

»Na ja, aber wie soll ein Mann sich da entscheiden?« gab der Untersuchungsrichter schlagfertig zurück, und Brunetti belohnte seinen Witz mit einem erneuten herzhaften Lachen.

»Haben Sie schon eine Ahnung, welche es war?« fragte Brunetti, nur daran interessiert, wie Righetto mit dieser Frage umgehen würde, denn daraus würde wiederum zu entnehmen sein, wie er die ganze Ermittlung zu handhaben gedachte.

Righetto gestattete sich eine kleine Pause, die zweifellos

nachdenklich wirken sollte, dann sagte er: »Nein. Wir haben die Frauen und auch ihre Männer verhört, aber sie können alle beweisen, daß sie zur Tatzeit woanders waren.«

»Stand nicht in den Zeitungen, es hätte sich um Mord durch einen bezahlten Killer gehandelt?« fragte Brunetti hörbar verwirrt.

Righettos Stimme wurde merklich kühler. »Als Polizist sollten Sie es eigentlich besser wissen und nicht glauben, was in den Zeitungen steht.«

»Natürlich«, antwortete Brunetti mit einem herzlichen Lachen, so als hätte er gerade von einem erfahreneren und klügeren Kollegen einen wohlverdienten Rüffel bekommen. »Sie meinen, es gab vielleicht noch eine weitere Frau?«

»Diesem Verdacht gehen wir gerade nach«, sagte Righetto.

»Passiert ist das Ganze doch in der Kanzlei, nicht wahr?« fragte Brunetti.

»Ja«, antwortete Righetto, nach Brunettis Anspielung auf eine weitere Frau nun wieder etwas freigebiger mit seinen Informationen. »Es bestand zwischen den Männern eine gewisse Ähnlichkeit: beide klein und dunkelhaarig. Es war ein regnerischer Tag; der Mörder befand sich auf dem Dach eines Hauses auf der anderen Straßenseite. Demnach ist kaum zu bezweifeln, daß er Cappelli für Gavini gehalten hat.«

»Aber wie kommt es dann zu diesen Gerüchten, Cappelli sei umgebracht worden, weil er sich mit Geldverleihern angelegt hat?« Brunetti mischte genug Skepsis in seine Stimme, um Righetto klarzumachen, daß er solchen Unsinn natürlich keine Sekunde glauben würde und vielleicht nur die richtige Antwort parat haben wollte, *falls* jemand, der *noch* naiver war als er und wirklich *alles* glaubte, was in den Zeitungen stand, danach fragen sollte.

»Wir sind als erstes dieser Möglichkeit nachgegangen, aber da ist nichts dran, einfach gar nichts. Also haben wir in diese Richtung nicht weiter ermittelt.«

»Cherchez la femme«, meinte Brunetti mit absichtlich falscher Aussprache des Französischen und lachte noch einmal.

Righetto belohnte ihn mit einem schallenden Lachen seinerseits, dann fragte er wie nebenbei: »Sie sagten, Sie haben bei Ihnen noch einen Todesfall? Mord?«

»Nein, nein, nach allem, was ich jetzt von Ihnen weiß, Magistrato«, antwortete Brunetti im einfältigsten Ton, den er zuwege brachte, »bin ich überzeugt, daß es da keinerlei Zusammenhang gibt. Womit wir es hier zu tun haben, ist gewiß ein ganz gewöhnlicher Unfall.«

16

Wie die meisten Italiener hing Brunetti dem Glauben an, alle Telefongespräche im Land würden mitgeschnitten und alle Faxe kopiert; anders als die meisten Italiener hatte er gute Gründe für diesen Glauben. Aber ob begründet oder nicht, spielte für das Verhalten der Leute kaum eine Rolle: Nie wurde am Telefon etwas wirklich Wichtiges besprochen, nichts, was für einen der Gesprächsteilnehmer belastend oder für irgendeine der staatlichen Behörden, der es mitzuhören gefiel, von Interesse hätte sein können. Man sprach in Geheimcodes, in denen »Geld« zu »Vasen« oder »Blumen« wurde, Anlagen oder Bankkonten zu »Freunden« im Ausland. Brunetti wußte nicht, wie weit verbreitet dieser Glaube und die aus ihm resultierende Vorsicht waren, aber er wußte genug, um seiner alten Freundin bei der Banca di Modena, als er sie anrief, ein Treffen zu einer Tasse Kaffee vorzuschlagen, statt ihr seine Frage direkt zu stellen.

Da die Bank sich auf der anderen Seite der Rialtobrücke befand, verabredeten sie sich zu einem Gläschen vor dem Mittagessen am Campo San Luca, der für beide auf halbem Weg lag. Es war für Brunetti ein weiter Umweg, den er da machen mußte, nur um ein paar Fragen zu stellen, aber wenn er Franca dazu bewegen wollte, offen mit ihm zu reden, mußte er sich mit ihr persönlich treffen. Er verließ die Questura, ohne irgend jemandem Bescheid zu sagen, und ging hinaus zum Bacino und von dort in Richtung San Marco.

Als er die Riva degli Schiavoni entlangging, blickte er automatisch nach links, wo er die Schleppdampfer zu sehen erwartete, und erschrak zuerst über deren Abwesenheit, dann über die Erinnerung, daß sie schon seit Jahren nicht mehr da waren und er das nur vergessen hatte. Wie konnte er etwas vergessen, was er so genau wußte? Das war doch schon beinah so, als hätte er seine eigene Telefonnummer oder das Gesicht des Bäckers vergessen. Er wußte nicht, wohin die Schleppdampfer verlegt worden waren, und konnte sich auch nicht erinnern, wie viele Jahre es schon her war, seit sie verschwunden waren und den Platz an der *riva* für andere Wasserfahrzeuge geräumt hatten, die dem Tourismus zweifellos nützlicher waren.

Was für herrliche lateinische Namen sie gehabt hatten, und wie schön rot und stolz sie auf dem Wasser lagen, jederzeit bereit, abzulegen und den großen Schiffen durch den Canale della Giudecca zu helfen. Die Schiffe, die heutzutage die Stadt heimsuchten, waren für die wackeren kleinen Schleppdampfer wohl zu groß. Wahre Ungeheuer waren das – größer als die Basilika und gefüllt mit Tausenden von ameisengleichen Gestalten, die sich an der Reling drängten –, wenn sie heranglitten, anlegten, die Gangways herunterwarfen und ihre Passagiere auf die Stadt losließen.

Brunetti verdrängte diese Gedanken und bog zur Piazza ab, überquerte sie und wandte sich dann nach rechts, stadteinwärts und auf den Campo San Luca zu. Franca war bereits da. Sie unterhielt sich mit einem Mann, den Brunetti schon gesehen hatte, aber nicht kannte. Sie verabschiedeten sich gerade, als er sich ihnen näherte. Der Mann ging in Richtung Campo Manin, Franca wandte ihre Aufmerksamkeit dem Schaufenster einer Buchhandlung zu.

»*Ciao,* Franca«, sagte Brunetti, als er bei ihr ankam. Sie waren auf der Oberschule miteinander befreundet gewesen, eine Zeitlang sogar mehr als befreundet, aber dann war sie ihrem Mario begegnet, und Brunetti war auf die Universität gegangen und hatte dort seine Paola getroffen. Franca hatte immer noch ihr glänzendes blondes Haar, ein paar Grad heller als Paolas, und da Brunetti inzwischen genug von solchen Dingen verstand, wußte er, daß sie diesen Farbton nicht ohne Hilfsmittel behielt. Ansonsten aber war sie noch dieselbe: Die üppige Figur, für die sie sich vor zwanzig Jahren ein wenig geniert hatte, gab ihr jetzt die Anmut der Reife. Sie hatte die faltenlose Haut der Vollschlanken, und da war von Nachhilfe nichts zu erkennen. Die sanften braunen Augen waren auch noch dieselben, ebenso die Herzlichkeit, die in ihnen aufleuchtete, als sie seine Stimme hörte.

»*Ciao,* Guido«, sagte sie und legte den Kopf in den Nakken, um seine beiden raschen Küßchen entgegenzunehmen.

»Ich darf dich doch zu einem Gläschen einladen?« fragte er, wobei er schon aus alter Gewohnheit ihren Arm nahm und sie zu der Bar führte.

Drinnen entschieden sie sich für *uno spritz* und sahen dem Barmann zu, wie er Wein und Mineralwasser mischte und dann einen winzigen Spritzer Campari dazutat, bevor er eine Zitronenscheibe auf den Rand steckte und ihnen die Gläser über den Tresen schob.

»*Cin cin*«, sagten sie wie aus einem Mund und tranken den ersten Schluck.

Der Barmann stellte ein Schälchen Kartoffelchips vor sie hin, aber das ignorierten sie beide. Das Gedränge am

Tresen schob sie immer weiter nach hinten, bis sie schließlich am Fenster standen, durch das sie die Leute vorbeiziehen sahen.

Franca wußte, daß dieses Treffen dienstlich war. Hätte Brunetti mit ihr über ihre Familien plaudern wollen, so hätte er das am Telefon getan und sie nicht gebeten, sich mit ihm in einer Bar zu treffen, die garantiert so voll war, daß niemand ihr Gespräch mithören konnte.

»Worum geht es denn, Guido?« fragte sie, lächelte aber dabei, um ihren Worten jede eventuelle Schärfe zu nehmen.

»Wucherer«, antwortete er.

Sie sah zu ihm auf, blickte einmal rasch zur Seite und dann ebenso rasch wieder zu ihm. »Für wen willst du das denn wissen?«

»Für mich natürlich.«

Sie lächelte, aber nur ein wenig. »Das weiß ich, Guido. Aber fragst du es als Polizist, der sich diese Leute einmal genauer ansehen möchte, oder ist es nur so eine Frage unter Freunden?«

»Wozu ist das wichtig?«

»Im ersteren Fall glaube ich nicht, daß ich dir etwas zu sagen habe.«

»Und im letzteren Fall?«

»Könnte ich reden.«

»Wozu dieser Unterschied?« fragte er, dann ging er an den Tresen und holte sich doch ein paar Kartoffelchips, aber mehr um ihr Zeit zu geben, über ihre Antwort nachzudenken, weniger weil er Lust darauf gehabt hätte.

Als er wiederkam, war sie soweit. Sie schüttelte den Kopf, als er ihr die Chips hinhielt, also mußte er sie selbst essen.

»Im ersteren Fall müßte ich alles, was ich sage, womöglich vor Gericht wiederholen, oder du müßtest sagen, woher du die Informationen hast.« Ehe er nachhaken konnte, fuhr sie fort: »Wenn es dagegen nur ein Gespräch unter Freunden ist, erzähle ich dir alles, was ich weiß, aber du mußt dir darüber klar sein, daß ich mich nie erinnern werde, so etwas gesagt zu haben, sollte ich je danach gefragt werden.« Sie lächelte nicht, als sie das sagte, und dabei gehörte Franca zu den Frauen, denen die Lebensfreude aus allen Poren strömte wie Musik aus einem Orchestrion.

»So gefährlich sind die?« fragte Brunetti, dabei nahm er ihr leeres Glas und machte sich lang, um es neben seines auf den Tresen zu stellen.

»Laß uns draußen weiterreden«, sagte sie. Auf dem Campo ging Franca immer weiter, bis sie links neben dem Fahnenmast vor den Schaufenstern der Buchhandlung stand. Ob Zufall oder Absicht, jedenfalls trennten sie mindestens zwei Meter von den Nächststehenden auf dem Campo, zwei alten Frauen, die auf ihre Stöcke gestützt dastanden und miteinander plauderten.

Brunetti stellte sich neben sie. Das Licht stieg über die Häuser und machte ihre Spiegelbilder in der Scheibe sichtbar. Da das Bild unscharf war, hätte es sich bei dem Paar im Fenster ohne weiteres um die beiden Teenager handeln können, die sich hier vor Jahrzehnten oft mit Freunden auf einen Kaffee getroffen hatten.

Die Frage kam ihm ohne Nachdenken über die Lippen: »Hast du wirklich solche Angst?«

»Pietro ist fünfzehn«, antwortete sie in so gleichmütigem Ton, als ginge es um das Wetter oder die Fußballbegeisterung ihres Sohnes. »Warum wolltest du dich hier mit mir treffen, Guido?«

Er lächelte. »Weil ich weiß, daß du eine vielbeschäftigte Frau bist, und ich weiß auch, wo du wohnst; da dachte ich, es wäre hier am praktischsten, denn da bist du gleich zu Hause.«

»War das der einzige Grund?« fragte sie, und ihr Blick kehrte von dem gespiegelten Brunetti zu dem aus Fleisch und Blut zurück.

»Ja, warum?«

»Dann weißt du wohl wirklich nichts über sie, nein?« fragte sie, statt zu antworten.

»Nein. Ich weiß nur, daß es sie gibt, und ich weiß, daß sie hier in der Stadt tätig sind. Das müssen sie ja wohl. Aber wir haben noch nie eine offizielle Beschwerde über sie bekommen.«

»Und normalerweise ist nur die Guardia di Finanza für sie zuständig, nicht?«

Brunetti zuckte die Achseln. Er hatte nur eine vage Vorstellung, wofür die Beamten der Guardia di Finanza alles zuständig waren. Er sah sie oft in ihren grauen Uniformen, geschmückt mit den lodernden Flammen einer vermeintlichen Gerechtigkeit, aber außer daß sie ein unterdrücktes Volk zu immer neuen Methoden der Steuerhinterziehung verleiteten, wußte er über sie kaum etwas.

Da er seine Unwissenheit nicht auch noch in Worte fassen wollte, nickte er nur.

Franca sah sich schweigend auf dem kleinen Campo um. Schließlich deutete sie mit dem Kinn zu dem Schnellrestaurant auf der anderen Seite. »Was siehst du da?«

Brunetti blickte zu der Glasfassade hinüber, die dort fast die ganze Seite des kleinen Gevierts einnahm. Junge Leute gingen ein und aus; viele saßen an kleinen Tischchen, deutlich zu sehen durch die riesigen Scheiben.

»Ich sehe den Untergang von zweitausend Jahren Eßkultur«, antwortete er lachend.

»Und genau davor, was siehst du da?« fragte sie sachlich.

Er guckte noch einmal hin, ein bißchen enttäuscht, weil sie über seinen Witz nicht gelacht hatte. Er sah zwei Männer in dunklen Anzügen, jeder mit einer Aktentasche in der Hand, miteinander reden. Links von ihnen stand eine junge Frau, die ihre Handtasche ungeschickt unter den Arm geklemmt hielt, während sie offenbar etwas in ihrem Adreßbuch nachzusehen und gleichzeitig eine Nummer in ihr *telefonino* zu tippen versuchte. Dahinter stand ein schäbig gekleideter Mann von vielleicht Ende Sechzig. Er war groß und sehr dünn und unterhielt sich gerade mit einer älteren Frau ganz in Schwarz. Sie war krumm vom Alter und umklammerte mit ihren kleinen Händen den Griff einer großen schwarzen Handtasche. Ihr Gesicht war lang und schmal, die Nase spitz – eine Kombination, die ihr in Verbindung mit der gebeugten Haltung eine gewisse Ähnlichkeit mit einem der kleineren Beuteltiere gab.

»Ich sehe ein paar Leute tun, was man auf dem Campo San Luca eben so tut.«

»Und das wäre?« fragte sie. Dabei sah sie ihn jetzt scharf an.

»Man trifft sich zufällig oder nach Verabredung und redet miteinander, geht zusammen etwas trinken, wie wir vorhin, und begibt sich dann zum Mittagessen nach Hause, wie wir es in Kürze tun werden.«

»Und diese beiden?« Sie deutete mit dem Kinn zu dem dünnen Mann und der alten Frau.

»Sie sieht aus, als käme sie aus einer langen Messe in einer der kleineren Kirchen und wäre auf dem Heimweg zum Mittagessen.«

»Und er?«

Brunetti guckte wieder hin. Die beiden waren immer noch in ihr Gespräch vertieft. »Anscheinend versucht sie seine Seele zu retten, und er will nichts davon wissen«, meinte er.

»Da gibt es nichts mehr zu retten«, sagte Franca, und es überraschte Brunetti sehr, ein solches Urteil aus dem Mund einer Frau zu vernehmen, die er noch nie über irgend jemanden hatte schlecht reden hören. »Sowenig wie bei ihr«, setzte sie in kaltem, unversöhnlichem Ton hinzu.

Sie wandte sich mit einer halben Drehung wieder der Buchhandlung zu und blickte ins Schaufenster. Mit dem Rücken zu Brunetti sagte sie: »Das sind Angelina Volpato und ihr Mann Massimo, zwei der übelsten Zinswucherer in der Stadt. Keiner weiß, wann sie damit angefangen haben, aber in den letzten zehn Jahren waren sie es, die von den meisten Leuten in Anspruch genommen wurden.«

Brunetti spürte, daß sich jemand zu ihnen gesellt hatte. Eine Frau war gekommen, um einen Blick ins Schaufenster zu werfen. Franca verstummte. Als die Frau weiterging, fuhr Franca fort: »Die Leute wissen über sie Bescheid, auch daß sie fast jeden Vormittag hier sind. Dann kommen sie her und sprechen mit ihnen, worauf Angelina sie zu sich nach Hause bestellt.« Sie hielt einen Moment inne und fügte hinzu: »Sie ist ein richtiger Vampir.« Erneute Pause. Erst als sie sich wieder beruhigt hatte, sprach sie weiter. »Dorthin bestellt sie dann einen Notar, und ein Vertrag wird aufgesetzt. Sie gibt den Leuten das Geld, und sie übereignen ihr dafür ihre Häuser, ihre Firmen, ihr Mobiliar.«

»Und die Summe?«

»Hängt davon ab, wieviel sie jeweils brauchen und für wie lange. Wenn es nur ein paar Millionen Lire sind, verpfänden die Leute dafür ihre Möbel. Bei bedeutenderen Summen, fünfzig Millionen oder mehr, rechnet sie schnell die Zinsen aus – mir haben Leute erzählt, daß sie Zinsen in Sekundenschnelle ausrechnen kann, obwohl sie, wie dieselben Leute mir versichern, Analphabetin ist; ihr Mann ebenso.« Franca hielt hier wieder kurz inne, weil sie vom Thema abgekommen war, dann aber fuhr sie fort: »Wenn es also um einen hohen Betrag geht, müssen die Leute sich verpflichten, ihr bis zu einem bestimmten Datum eine bestimmte Summe zurückzuzahlen oder ihr andernfalls ihr Haus zu übereignen.«

»Und wenn sie dann nicht zahlen?«

»Dann bringt ihr Anwalt die Leute vor Gericht, denn sie hat ja den Vertrag, der in Anwesenheit eines Notars unterschrieben wurde.«

Während sie redete, ohne dabei den Blick von den Büchern im Schaufenster zu heben, erforschte Brunetti sowohl sein Gedächtnis wie sein Gewissen und mußte zugeben, daß ihm von alledem nichts neu war. Die Einzelheiten mochten ihm unbekannt sein, nicht aber die Tatsache an sich, daß sich solche Dinge abspielten. Doch sie gehörten wirklich in den Aufgabenbereich der Guardia di Finanza, jedenfalls bis jetzt, bis zu dem Augenblick, da die Umstände und ein blinder Zufall seine Aufmerksamkeit auf Angelina Volpato und ihren Mann gelenkt hatten, die immer noch da drüben standen, zwei in ihr Gespräch vertiefte Menschen an einem strahlenden Frühlingstag in Venedig.

»Wieviel nehmen sie?«

»Kommt darauf an, wie verzweifelt der Kunde ist«, antwortete Franca.

»Und woher wissen sie das?«

Sie riß den Blick jetzt endlich von den kleinen Schweinchen in Feuerwehrautos los und sah zu ihm auf. »Das weißt du so gut wie ich: Hier weiß jeder alles. Du brauchst doch nur zu einer Bank zu gehen, um dir Geld zu leihen, und noch am selben Abend wissen es Mitarbeiter der Bank; bis zum nächsten Morgen wissen es deren Familien, und bis zum Nachmittag weiß es die ganze Stadt.«

Brunetti mußte ihr recht geben. Ob es nun daher kam, daß in Venedig alle Leute miteinander verwandt oder befreundet waren, oder einfach daher, daß diese Stadt in Wirklichkeit nichts weiter als ein Dorf war, jedenfalls konnte sich in dieser engen, inzestuösen Welt kein Geheimnis lange halten. Klar, daß da jede finanzielle Notlage sehr schnell Allgemeinwissen wurde.

»Was nehmen sie denn an Zinsen?« fragte er noch einmal.

Sie begann mit der Antwort, hielt inne und sprach dann doch weiter: »Ich habe Leute von zwanzig Prozent im Monat reden hören. Aber fünfzig wurden auch schon genannt.«

Der Venezianer in Brunetti hatte es augenblicklich ausgerechnet: »Das wären ja sechshundert Prozent im Jahr«, sagte er, ohne seine Empörung verhehlen zu können.

»Viel mehr, wenn man die Zinseszinsen rechnet«, korrigierte ihn Franca, womit sie bewies, daß die Wurzeln ihrer Familie in der Stadt noch tiefer reichten als Brunettis.

Der wandte seine Aufmerksamkeit wieder den beiden Alten auf der anderen Seite des Campo zu. Während er noch hinsah, beendeten sie ihr Gespräch, die Frau ging in Richtung Rialto davon, und der Mann kam auf sie zu.

Als der Abstand kleiner wurde, sah Brunetti die vorgewölbte Stirn, die rauhe Haut, die sich zum Teil abschilferte wie von einer nichtbehandelten Krankheit, die vollen Lippen und die schweren Augenlider. Der Mann hatte einen seltsamen, vogelartigen Gang und setzte bei jedem Schritt die Füße flach auf den Boden, als hätte er Angst, die Absätze seiner schon oft geflickten Schuhe abzulaufen. Sein Gesicht trug die Spuren von Alter und Krankheit, doch der schlenkernde Gang – besonders von hinten gesehen wie jetzt, als Brunetti ihn in die *calle* einbiegen sah, die zum Rathaus führte – gab ihm etwas jugendlich Ungelenkes.

Als Brunetti sich wieder umdrehte, war die alte Frau verschwunden, aber das Bild des Beuteltiers, besser einer Art zweibeiniger Ratte, blieb ihm im Gedächtnis haften. »Woher weißt du so etwas alles?« fragte er Franca.

»Vergiß nicht, daß ich in einer Bank arbeite«, antwortete sie.

»Und diese beiden sind die letzte Zuflucht für den, der von euch nichts bekommt?«

Sie nickte.

»Aber wie erfahren die Leute von ihnen?« fragte er.

Sie sah ihn an, als müßte sie erst überlegen, wie weit sie ihm vertrauen konnte, dann sagte sie: »Ich habe gehört, daß sie manchmal von Bankangestellten empfohlen werden.«

»Wie?«

»Wenn einer sich bei der Bank Geld leihen will und abgewiesen wird, rät ihm gelegentlich einer der Bankangestellten, es bei den Volpatos zu versuchen. Oder bei einem anderen Geldverleiher, je nachdem, wer ihm die Provision bezahlt.«

»Wie hoch sind solche Provisionen?« fragte Brunetti mit ruhiger Stimme.

Sie zuckte die Achseln. »Wie ich höre, kommt das darauf an.«

»Worauf?«

»Auf die Höhe der Summe, die sie am Ende leihen. Oder sonst auf die Art der Abmachung, die der Banker mit dem Wucherer hat.« Ehe Brunetti dazu noch etwas fragen konnte, fügte sie hinzu: »Wenn Leute Geld brauchen, bekommen sie es von irgendwoher. Wenn nicht von Freunden oder Verwandten und wenn nicht von der Bank, dann eben von Leuten wie den Volpatos.«

Die nächste Frage konnte Brunetti ihr nur ganz ohne Umschweife stellen, und er tat es: »Hat da die Mafia die Finger drin?«

»Worin hat sie die nicht?« fragte Franca zurück. Doch als sie sein irritiertes Gesicht sah, sagte sie: »Entschuldige, das war nur neunmalklug dahergeredet. Ich weiß nicht direkt, ob es so ist. Aber wenn man ein Weilchen darüber nachdenkt, kommt man zu dem Schluß, daß es eine sehr gute Methode der Geldwäsche ist.«

Brunetti nickte. Nur im Schutz der Mafia konnte etwas so Profitables von den Behörden unbehelligt bleiben.

»Habe ich dir jetzt das Mittagessen verdorben?« fragte sie, plötzlich lächelnd, und er erinnerte sich gut, wie schnell bei ihr immer die Laune gewechselt hatte.

»Überhaupt nicht, Franca.«

»Warum willst du das eigentlich alles wissen?« fragte sie endlich.

»Es könnte einen Zusammenhang mit etwas anderem geben.«

»Wie das mit den meisten Dingen so ist«, ergänzte sie, stellte ihm aber keine weitere Frage – auch das eine Eigenschaft, die er immer sehr an ihr geschätzt hatte. »Dann gehe ich jetzt mal nach Hause«, sagte sie und reckte sich, um ihn auf beide Wangen zu küssen.

»Danke, Franca«, antwortete er und drückte sie rasch ein wenig fester an sich, getröstet durch die Berührung mit ihrem starken Körper und dem noch stärkeren Willen. »Es ist mir immer wieder eine Freude, dich zu sehen.« Noch als sie seinen Arm tätschelte und sich zum Gehen wandte, wurde ihm klar, daß er sie gar nicht nach anderen Geldverleihern gefragt hatte, aber nun konnte er sie nicht mehr zurückrufen, um das nachzuholen. Sein einziger Gedanke war jetzt, nach Hause zu kommen.

17

Unterwegs ließ Brunetti seine Erinnerung zurückschweifen in die Zeit vor mehr als zwei Jahrzehnten, als er mit Franca gegangen war. Ihm war bewußt, wie schön er es gefunden hatte, seine Arme wieder um diese erfreuliche Figur zu legen, die ihm einmal so vertraut gewesen war. Dabei fiel ihm ein langer Spaziergang ein, den sie in der Nacht des Redentore-Festes am Lido gemacht hatten. Da mußte er siebzehn gewesen sein. Das Feuerwerk war längst beendet, da waren sie noch Hand in Hand am Strand spaziert, hatten auf das Morgengrauen gewartet und nicht gewollt, daß die Nacht zu Ende ging.

Aber die Nacht war zu Ende gegangen, wie so vieles andere zwischen ihnen, und nun hatte sie ihren Mario und er seine Paola. Er ging bei Biancat vorbei, um ein Dutzend Iris für Paola zu kaufen, und war glücklich, das tun zu können, glücklich bei dem Gedanken, daß sie oben auf ihn wartete.

Als er eintrat, saß sie am Küchentisch und pulte Erbsen.

»*Risi e bisi*«, sagte er zur Begrüßung, als er die Erbsen sah. Er streckte ihr die Iris entgegen.

Sie lächelte beim Anblick der Blumen. »Risotto ist doch das Beste, was man aus jungen Erbsen machen kann, findest du nicht?« Sie hielt ihm die Wange zum Kuß hin.

»Es sei denn«, antwortete er ohne bestimmten Grund, nachdem der Kuß gegeben war, »du bist eine Prinzessin und brauchst sie unter der Matratze.«

»Lieber Risotto«, erwiderte sie. »Stellst du die Blumen

bitte in eine Vase, während ich das hier fertigmache?« Sie zeigte mit der einen Hand auf die volle Tüte, die neben ihr auf dem Tisch stand.

Er rückte einen Stuhl vor die Schrankwand, nahm ein Stück Zeitung vom Tisch, breitete es über die Sitzfläche und stieg auf den Stuhl, um eine der hohen Vasen ganz oben vom Schrank zu nehmen.

»Ich glaube, die blaue«, sagte sie, indem sie zu ihm aufsah.

Er kam herunter, stellte den Stuhl wieder an seinen Platz und trug die Vase zur Spüle. »Wieviel Wasser?« fragte er.

»Ungefähr halb voll. Was möchtest du danach?«

»Was haben wir denn?«

»Ich habe noch dieses Roastbeef vom Sonntag. Wenn du mir das in hauchdünne Scheiben schneiden könntest, hätten wir das und dazu vielleicht noch einen Salat.«

»Ißt Chiara denn diese Woche Fleisch?« Aufgestachelt durch einen Artikel über die Behandlung von Kälbern hatte Chiara vor einer Woche erklärt, daß sie von nun an bis ans Ende ihrer Tage das Leben einer Vegetarierin führen wolle.

»Du hast sie am Sonntag auch schon von dem Roastbeef essen sehen, oder nicht?« fragte Paola.

»Doch, natürlich«, antwortete er. Dann widmete er sich den Blumen und riß das Papier davon ab.

»Stimmt etwas nicht?« erkundigte sie sich.

»Ach, das Übliche«, meinte er, während er die Vase unter den Wasserhahn hielt und das kalte Wasser aufdrehte. »Wir leben in einer Welt nach dem Sündenfall.«

Sie wandte sich wieder ihren Erbsen zu. »Das dürfte jedem bekannt sein, der einen unserer beiden Berufe ausübt«, antwortete sie.

»Bei dir auch?« fragte er neugierig. Nach zwanzig Jahren Polizeidienst brauchte ihm niemand mehr zu sagen, daß die Menschheit der Gnade verlustig gegangen war.

»Du hast es mit dem moralischen Verfall zu tun, ich mit dem geistigen.« Sie sprach in diesem selbstironisch erhabenen Ton, den sie oft benutzte, wenn sie sich dabei ertappte, daß sie ihre Arbeit ernst nahm. »Aber was ist dir speziell heute über die Leber gekrochen?« fragte sie.

»Ich habe mich heute mittag mit Franca getroffen.«

»Wie geht es ihr?«

»Gut. Ihr Sohn wächst heran, und ich glaube, es macht ihr keinen großen Spaß, in einer Bank zu arbeiten.«

»Wer könnte ihr das verdenken?« meinte Paola, aber es war nicht als Frage gemeint. Gleich kam sie auch auf seine eigentliche Aussage zurück, die noch der Erklärung bedurfte, und fragte: »Wieso läßt ein Wiedersehen mit Franca dich an unsere gefallene Welt denken? Normalerweise hat es genau die gegenteilige Wirkung – bei uns allen.«

Brunetti ließ sich, während er langsam, eine nach der anderen, die Blumen in die Vase steckte, Paolas Kommentar ein paarmal vor- und rückwärts durch den Kopf gehen, um nach einer versteckten, vielleicht gehässigen Bedeutung zu suchen, doch er fand keine. Sie nahm einfach zur Kenntnis, wie sehr er sich freute, wenn er diese liebe alte Freundin wiedertraf, und teilte sein Vergnügen an ihrer Gesellschaft. Als ihm das klar wurde, schnürte sich ihm für einen Augenblick das Herz zusammen, und er fühlte die Röte heiß in seine Wangen steigen. Eine der Blumen fiel ihm aus der

Hand. Er nahm sie wieder, steckte sie zu den anderen und stellte die Vase vorsichtig auf den Tresen, aber schön weit weg von der Kante.

»Sie hat mir mit anderen Worten gesagt, daß sie Angst um Pietro haben muß, wenn sie mir etwas über Geldverleiher erzählt.«

Paola unterbrach ihre Arbeit und drehte sich zu ihm um. »Geldverleiher?« fragte sie. »Was haben denn die mit dem allen zu tun?«

»Rossi, dieser Mann vom Katasteramt, der tot ist – er hatte die Telefonnummer eines Rechtsanwalts bei sich, der ein paar Prozesse gegen Geldverleiher laufen hatte.«

»Ein hiesiger Anwalt?«

»Nein, aus Ferrara.«

»Doch nicht etwa der, den sie ermordet haben?« fragte sie und sah ihn an.

Brunetti nickte. Er fand es bemerkenswert, mit welcher Selbstverständlichkeit Paola annahm, daß »sie« Cappelli ermordet hatten. »Der zuständige Untersuchungsrichter«, fuhr er fort, »schließt Geldverleiher als Auftraggeber aus und scheint großes Interesse daran zu haben, mich davon zu überzeugen, daß der Mörder in Wirklichkeit den falschen Mann erwischt habe.«

Nach einer langen Pause, in der Brunetti es förmlich hinter ihrer Stirn arbeiten sah, fragte sie: »Hatte Rossi deswegen die Telefonnummer bei sich? Wegen Geldverleihern?«

»Ich habe keine Beweise dafür. Aber es ist schon ein merkwürdiger Zufall.«

»Das ganze Leben ist Zufall.«

»Mord nicht.«

Sie faltete die Hände über dem Berg leerer Erbsenschoten zusammen. »Seit wann ist es Mord? Ich meine, Rossis Tod.«

»Seit – ich weiß nicht. Vielleicht ist es ja auch gar keiner. Ich möchte einfach Näheres herausfinden, wenn ich kann, und in Erfahrung bringen, warum Rossi ihn angerufen hat.«

»Und Franca?«

»Ich dachte, da sie in einer Bank arbeitet, weiß sie vielleicht etwas über Geldverleiher.«

»Und ich dachte, Geld zu verleihen wäre das eigentliche Geschäft der Banken.«

»Aber oft rücken sie keines heraus, zumindest nicht kurzfristig und nicht an Leute, die es möglicherweise nicht zurückzahlen.«

»Weswegen hast du sie dann gefragt?« Paola saß so reglos da wie ein Untersuchungsrichter beim Verhör.

»Weil ich dachte, sie wüßte vielleicht etwas.«

»Das sagtest du schon. Aber warum gerade Franca?«

Er hatte keinen besonderen Grund dafür gehabt, nur daß ihr Name der erste war, der ihm eingefallen war. Außerdem wollte er sie gern wieder einmal sehen, weil es schon so lange her war, weiter nichts. Er steckte die Hände in die Taschen und trat auf den anderen Fuß. »Ohne bestimmten Grund«, sagte er schließlich.

Paola nahm die Hände wieder auseinander und pulte weiter Erbsen. »Was hat sie dir denn erzählt, und warum hat sie Angst um Pietro?«

»Sie hat zwei Leute erwähnt, sie mir sogar gezeigt.« Bevor Paola ihn unterbrechen konnte, erklärte er: »Wir haben uns auf dem Campo San Luca getroffen, und da war dieses

Ehepaar. Beide in den Sechzigern, schätze ich. Franca sagte, sie seien Geldverleiher.«

»Und Pietro?«

»Sie meinte, es könnte einen Zusammenhang mit Mafia und Geldwäsche geben, aber mehr wollte sie dazu nicht sagen.« Er sah an Paolas kurzem Nicken, daß auch sie die bloße Erwähnung der Mafia für ausreichend hielt, um jedem Elternpaar Angst um seine Kinder zu machen.

»Selbst dir nicht?« fragte sie.

Brunetti schüttelte den Kopf. Sie sah auf, und er wiederholte das Kopfschütteln.

»Dann ist es also ernst«, meinte Paola.

»Ich denke, ja.«

»Wer sind denn diese Leute?«

»Angelina und Massimo Volpato.«

»Hast du schon mal von ihnen gehört?«

»Nein.«

»Wen hast du denn nach ihnen gefragt?«

»Noch niemanden. Ich habe sie selbst vor zwanzig Minuten zum erstenmal gesehen. Kurz bevor ich nach Hause kam.«

»Und was hast du vor?«

»Möglichst viel über sie herauszubekommen.«

»Und dann?«

»Hängt davon ab, was ich erfahre.«

Sie schwiegen beide. Schließlich sagte Paola: »Ich habe heute nachgedacht, über dich und deinen Beruf.« Er wartete. »Beim Fensterputzen, da mußte ich plötzlich an dich denken«, fügte sie hinzu.

»Wieso beim Fensterputzen?«

»Zuerst habe ich die Fenster geputzt, dann den Spiegel im Bad, und dabei mußte ich an deine Arbeit denken.«

Er wußte, daß sie fortfahren würde, auch wenn er nichts sagte, aber er wußte auch, daß sie sich gern dazu ermuntern ließ, also fragte er: »Und?«

»Wenn du ein Fenster putzt«, sagte sie und schaute ihm dabei fest in die Augen, »mußt du es öffnen und zu dir herziehen, und dabei verändert sich der Winkel, in dem das Licht durch die Scheibe fällt.« Als sie sah, daß sie seine Aufmerksamkeit besaß, fuhr sie fort: »Du putzt also die Scheibe. Sie ist sauber – denkst du. Aber wenn du das Fenster dann schließt, fällt das Licht wieder im ursprünglichen Winkel hindurch, und du siehst, daß die Außenseite noch schmutzig ist oder du auf der Innenseite eine Stelle übersehen hast. Das heißt, du mußt es wieder öffnen und noch einmal putzen. Aber du kannst nie sicher sein, daß es wirklich sauber ist, bevor du es nicht erneut schließt oder dich so hinstellst, daß du es aus einem anderen Winkel siehst.«

»Und der Spiegel?« fragte er.

Sie sah lächelnd zu ihm auf. »Einen Spiegel siehst du nur von einer Seite. Da kommt kein Licht von hinten, und das heißt, wenn du ihn geputzt hast, ist er sauber. Keine optischen Täuschungen.« Sie blickte wieder auf ihre Erbsen hinunter.

»Und?«

Den Blick weiter gesenkt, vielleicht um ihre Enttäuschung über ihn zu verbergen, erklärte sie: »Und so ist deine Arbeit, oder so möchtest du sie gern haben. Du willst Spiegel putzen, alles schön zweidimensional und pflegeleicht. Aber jedesmal, wenn du dir eine Sache etwas genauer anguckst, erweist sie sich als Fenster: Sowie du die Perspektive wechselst und die Sache aus einem anderen Winkel betrachtest, verändert sich alles.«

Brunetti ließ sich das lange durch den Kopf gehen, und um die Stimmung aufzuhellen, meinte er endlich: »So oder so muß ich den Dreck wegmachen.«

»Das hast du gesagt, nicht ich«, versetzte Paola. Als Brunetti darauf nichts erwiderte, ließ sie die letzten Erbsen in die Schüssel fallen und stand auf. Sie ging an den Küchentresen und stellte die Schüssel ab. »Und das eine wie das andere«, sagte sie, »tust du sicher lieber mit vollem Magen.«

Und mit wahrlich vollem Magen nahm er die Sache gleich in Angriff, kaum daß er nachmittags in die Questura kam. Den Anfang machte er, weil es zum Anfangen einfach nichts Besseres gab, bei Signorina Elettra.

Sie begrüßte ihn lächelnd, heute in atemberaubend nautischer Aufmachung: marineblauer Rock und Seidenbluse mit breiter Passe. Fehlt nur noch die Matrosenmütze, dachte er unwillkürlich, und schon sah er die steife, zylindrische weiße Kopfbedeckung neben ihrem Computer auf dem Tisch liegen.

»Volpato«, sagte er, bevor sie sich noch nach seinem Befinden erkundigen konnte. »Angelina und Massimo. Beide über sechzig.«

Sie nahm ein Blatt Papier und begann zu schreiben.

»Wohnhaft in Venedig?«

»Ich glaube, ja.«

»Wissen Sie ungefähr, wo?«

»Leider nein«, antwortete er.

»Das dürfte leicht genug herauszubekommen sein«, meinte sie und machte sich eine entsprechende Notiz. »Was noch?«

»Am liebsten möchte ich alles über ihre Finanzen wissen: Bankkonten, eventuelle Anlagen, Grundbesitz, was immer Sie finden.« Er wartete kurz, während sie mitschrieb, und fuhr dann fort: »Und erkundigen Sie sich, ob gegen sie schon etwas vorliegt.«

»Telefonrechnungen?« fragte sie.

»Nein, noch nicht. Erst mal die Geldangelegenheiten.«

»Bis wann?«

Er sah sie lächelnd von oben an. »Bis wann will ich denn immer alles haben?«

Sie schob ihre Manschette zurück und sah auf die schwere Taucheruhr an ihrem linken Handgelenk. »Die Auskünfte aus der Stadtverwaltung dürfte ich noch heute nachmittag bekommen.«

»Die Banken haben schon zu, das hat also Zeit bis morgen«, sagte er.

Sie sah lächelnd zu ihm auf. »Die Archive machen nie zu«, sagte sie. »In ein paar Stunden müßte ich alles haben.«

Sie zog eine Schublade an ihrem Schreibtisch auf und nahm einen Stapel Papiere heraus. »Das hier habe ich...«, begann sie, doch dann unterbrach sie sich plötzlich und blickte nach links, zur Tür ihres Vorzimmers.

Brunetti ahnte die Bewegung mehr, als daß er sie sah, und drehte sich um. Vice-Questore Patta kam soeben vom Mittagessen zurück.

»Signorina Elettra«, begann er, ohne von Brunetti, der vor dem Schreibtisch stand, überhaupt Notiz zu nehmen.

»Ja, Dottore?« fragte sie.

»Kommen Sie bitte zum Diktat zu mir herein.«

»Gewiß, Dottore.« Sie legte die Papiere, die sie eben aus der Schublade genommen hatte, mitten auf ihren Schreibtisch und tippte mit dem linken Zeigefinger darauf, was Patta aber nicht sehen konnte, weil Brunetti es mit seinem Körper verdeckte. Dann zog sie die mittlere Schublade auf und entnahm ihr einen altmodischen Stenogrammblock. Gab es immer noch Leute, die Briefe diktierten, und saßen Sekretärinnen noch immer mit übergeschlagenen Beinen da wie Joan Crawford und kritzelten eilige Schleifchen und Kreuzchen, die Wörter darstellten? Während Brunetti darüber noch nachgrübelte, wurde ihm klar, daß er selbst es bisher immer Signorina Elettra überlassen hatte, wie sie einen Brief formulierte, weil er ganz darauf vertraute, daß sie schon die richtigen Worte und Nuancen wählte, um schlichte Wahrheiten zu verschleiern oder ein Ersuchen einzuleiten, das jenseits der engen Grenzen polizeilicher Macht lag.

Patta ging an ihm vorbei und öffnete die Tür zu seinem Dienstzimmer. Dabei hatte Brunetti das deutliche Gefühl, daß er selbst sich wie eines dieser scheuen Waldtiere verhielt, ein Lemur vielleicht, der beim leisesten Geräusch erstarrte, sich kraft seiner Bewegungslosigkeit für unsichtbar erklärte und somit vor pirschenden Räubern sicher zu sein glaubte. Ehe er noch etwas zu Signorina Elettra sagen konnte, war sie schon aufgestanden und folgte Patta, nicht ohne einen bedeutungsvollen Blick zu dem Stapel Papiere auf ihrem Schreibtisch. Als sie die Tür hinter sich zumachte, konnte Brunetti in ihrer Haltung keine Spur von Scheu entdecken.

Er griff weit über den Schreibtisch hinüber, nahm die Papiere an sich und schrieb ihr noch rasch ein Zettelchen mit der Bitte, für ihn herauszufinden, wem das Haus gehörte, vor dem man Rossi gefunden hatte.

18

Auf dem Weg zu seinem Zimmer warf Brunetti einen Blick in die Unterlagen, die er von Signorina Elettras Schreibtisch genommen hatte: ein langer Computerausdruck mit sämtlichen Telefonnummern, die von Rossis privatem und dienstlichem Anschluß aus angerufen worden waren. Am Rand hatte sie vermerkt, daß Rossis Name nicht als Kunde bei einer der Mobiltelefongesellschaften auftauchte, woraus man schließen konnte, daß der Apparat, den er benutzt hatte, über das Ufficio Catasto lief. Vier der Anrufe aus seinem Büro waren an dieselbe Nummer mit der Vorwahl von Ferrara gegangen, hinter der Brunetti die der Kanzlei Gavini und Cappelli vermutete. An seinem Schreibtisch angekommen, sah er sofort nach und stellte fest, daß sein Gedächtnis ihn nicht getrogen hatte. Die Anrufe waren alle in einem Zeitraum von weniger als zwei Wochen erfolgt, der letzte am Tag vor Cappellis Ermordung. Danach nichts mehr.

Brunetti saß lange da und machte sich Gedanken über die Beziehung zwischen den beiden Toten, wobei er merkte, daß sie für ihn jetzt schon zwei Ermordete waren.

Während er auf Signorina Elettra wartete, gingen ihm so einige Fragen durch den Kopf: wo sich Rossis Büro im Ufficio Catasto befand und wie ungestört er dort sein konnte; wie es kam, daß Magistrato Righetto damit beauftragt war, den Mord an Cappelli zu untersuchen; wie wahrscheinlich es war, daß ein Berufskiller sein Opfer mit jemand anderem verwechselte, und warum danach kein Versuch unternommen worden war, den Richtigen zu treffen. Über dies und anderes dachte Brunetti nach, dann wollte er sich wieder seine Liste derer vornehmen, von denen er sich Informationen erhoffte, stockte aber, als ihm klar wurde, daß er gar nicht so genau wußte, was für Informationen er eigentlich suchte. Auf jeden Fall mußte er etwas über die Volpatos erfahren, aber ebenso dringend sollte er besser über die Finanzbewegungen in der Stadt und die heimlichen Kanäle Bescheid wissen, durch die das Geld aus den Taschen der einen in die der anderen floß.

Wie die meisten Venezianer wußte Brunetti, daß alle Käufe und Verkäufe von Grundeigentum im Ufficio Catasto dokumentiert wurden. Darüber hinaus besaß er nur keine rechte Vorstellung davon, was die Leute dort taten. Er erinnerte sich, wie begeistert Rossi davon gesprochen hatte, daß mehrere Dienststellen ihre Akten zusammenlegen sollten, um Zeit zu sparen und den Zugriff auf Informationen zu erleichtern. Jetzt wünschte er sich, er hätte sich die Mühe gemacht, Rossi dazu mehr Fragen zu stellen.

Er nahm das Telefonbuch aus der untersten Schublade, öffnete es und suchte eine Nummer unter B. Als er sie gefunden hatte, wählte er und wartete, bis eine weibliche Stimme sich meldete: *»Bucintoro, Agenzia Immobiliare, buon giorno.«*

»Ciao, Stefania«, sagte er.

»Was ist denn los, Guido?« fragte sie zu seiner Verblüffung sofort, und er mußte sich seinerseits fragen, was sie aus seiner Stimme wohl herausgehört hatte.

»Ich muß etwas wissen«, antwortete er ebenso direkt.

»Aus welchem Grunde würdest du mich auch sonst anrufen?« fragte sie, diesmal ohne den koketten Unterton, den sie sonst ihm gegenüber anschlug.

Er zog es vor, weder auf die stumme Kritik in ihrem Ton noch auf die offene Kritik in ihrer Frage einzugehen. »Ich muß etwas über das Ufficio Catasto wissen.«

»Worüber?« fragte sie übertrieben verwundert.

»Das Ufficio Catasto. Ich muß wissen, was die dort eigentlich tun, wer da arbeitet und wem man trauen kann.«

»Das ist ein Großauftrag«, meinte sie.

»Deswegen habe ich ja dich angerufen.«

Plötzlich war die Koketterie wieder da. »Und hier sitze ich nun Tag für Tag und hoffe, daß du mich mal anrufst und etwas anderes von mir willst.«

»Was denn, mein Schatz? Sag's mir nur«, erbot er sich in einem Ton wie Rodolfo Valentino. Stefania war glücklich verheiratet und Mutter von Zwillingen.

»Natürlich eine Wohnung kaufen.«

»Vielleicht muß ich das demnächst«, antwortete er in plötzlich ernstem Ton.

»Wieso?«

»Man hat mir gesagt, daß es unserer Wohnung an den Kragen geht.«

»Was soll denn das heißen?«

»Daß wir sie vielleicht abreißen müssen.«

Kaum hatte er das gesagt, hörte er Stefanias glockenhelles Lachen, wußte aber nicht recht, ob es der schieren Absurdität der Situation galt oder seiner Naivität. Nach ein paar weiteren Glucksern meinte sie: »Das ist doch wohl nicht dein Ernst.«

»So sehe ich es eigentlich auch. Aber ich hatte Besuch vom Ufficio Catasto, und der hat mir genau das gesagt. Sie könnten keinerlei Unterlagen finden, aus denen hervorgehe, daß die Wohnung je gebaut oder auch nur eine Baugenehmigung dafür erteilt worden sei, und es könnte sein, daß sie abgerissen werden müsse.«

»Da hast du bestimmt etwas mißverstanden«, sagte sie.

»Es klang ziemlich ernst.«

»Und wann war das?«

»Vor ein paar Monaten.«

»Hast du seitdem wieder etwas gehört?«

»Nein. Darum rufe ich ja bei dir an.«

»Warum rufst du nicht bei denen an?«

»Ich wollte vorher mit dir darüber reden.«

»Warum?«

»Damit ich weiß, welche Rechte ich habe. Und um zu erfahren, wer die Leute sind, die dort zu entscheiden haben.«

Da Stefania darauf nichts sagte, fragte er: »Kennst du sie – die Leute, die dort das Sagen haben?«

»Nicht besser als jeder in meiner Branche.«

»Wer sind sie denn?«

»Der Oberboss ist Fabrizio dal Carlo; er ist der Chef der ganzen Behörde.« Verächtlich fügte sie hinzu: »Ein aufgeblasener Mistkerl. Er hat einen Assistenten, der heißt Esposito und ist ein Nichts, weil dal Carlo kein Zipfelchen von seiner Macht aus der Hand gibt. Dann ist da noch Signorina Dolfin, Loredana, deren ganze Existenz, wie man mir gesagt hat, auf zwei Säulen ruht: erstens, niemanden je vergessen zu lassen, daß sie, selbst wenn sie nur eine kleine Sekretärin im Ufficio Catasto ist, immerhin von Giovanni Dolfin abstammt, dem Dogen.« Und als ob es eine Rolle spielte, fügte sie hinzu: »Ich weiß nicht mehr, in welcher Zeit.«

»Er war Doge von 1356 bis 1361, dann starb er an der Pest«, kam es prompt von Brunetti. »Und zweitens?« fragte er dann, um sie zum Weiterreden zu ermuntern.

»Zweitens, sich ihre Verliebtheit in Fabrizio dal Carlo nicht anmerken zu lassen.« Sie ließ das erst einmal wirken, bevor sie fortfuhr: »Wie ich höre, kann sie ersteres viel besser als letzteres. Dal Carlo läßt sie arbeiten wie ein Pferd, aber das will sie ja wahrscheinlich, obwohl es mir ein Rätsel ist, wie jemand für den Kerl etwas anderes empfinden kann als Verachtung.«

»Läuft da was?«

Stefanias Lachen explodierte. »Guter Gott, nein, sie könnte seine Mutter sein. Außerdem ist er verheiratet und hat mindestens noch eine andere Frau, er hätte also herzlich wenig Zeit für sie, selbst wenn sie nicht so häßlich wäre wie die Sünde.« Steffi ließ sich das Ganze noch einmal kurz durch den Kopf gehen und fügte dann hinzu: »Eigentlich ist das tragisch. Sie hat Jahre ihres Lebens damit vertan, diesem drittklassigen Romeo eine treue Dienerin zu sein, wohl in der Hoffnung, daß er eines Tages merkt, wie sehr sie ihn liebt, und bei dem Gedanken, daß es eine Dolfin ist, die ihn sich erkoren hat, vor Ehrfurcht in Ohnmacht fällt. Gott, welch ein Jammer. Es wäre ja komisch, wenn es nicht so traurig wäre.«

»Du erzählst das so, als ob es alle Welt wüßte.«

»Stimmt ja auch. Jedenfalls alle Welt, die mit ihnen zu tun hat.«

»Auch daß er eine Geliebte hat?«

»Ich nehme an, das soll ein Geheimnis sein.«

»Ist es aber nicht?«

»Nein. Es bleibt doch nie etwas geheim. Hier, meine ich.«

»Nein, wohl nicht«, räumte Brunetti ein und schickte ein stilles Dankgebet dafür gen Himmel.

»Noch etwas?« fragte er dann.

»Nein, jedenfalls fällt mir spontan nichts ein. Sonst kein Klatsch mehr. Aber ich finde, du solltest dort anrufen und mal fragen, was das mit deiner Wohnung soll. Nach allem, was ich gehört habe, war das mit der Zusammenführung aller Unterlagen sowieso nur eine Rauchbombe. Daraus wird nie etwas.«

»Was soll mit der Rauchbombe vernebelt werden?«

»Wie mir zu Ohren gekommen ist, hat irgend jemand in der Stadtverwaltung gefunden, daß derartig viele Restaurierungsarbeiten, die in den letzten Jahren gemacht wurden, illegal waren – ich meine, daß ein großer Teil der tatsächlich geleisteten Arbeit so sehr von den jeweils eingereichten Plänen abwich –, daß man die Baugenehmigungen und die dazugehörigen Anträge besser verschwinden lassen sollte. Dann würde niemand mehr die Pläne mit den tatsächlichen Arbeiten vergleichen können. Also hat man die Idee mit der Zusammenlegung der Akten geboren.«

»Ich weiß nicht, ob ich da noch ganz mitkomme, Stefania.«

»Das ist doch nun ganz einfach, Guido«, schalt sie ihn. »Wenn all diese Papiere von einem Amt ins andere geschafft und dabei von einem Ende der Stadt zum anderen transportiert werden müssen, ist es nicht zu vermeiden, daß einige davon verlorengehen.«

Brunetti fand die Idee so raffiniert wie praktisch. Er merkte sie sich, um sie vielleicht einmal als Erklärung für das Nichtvorhandensein der Pläne für seine Wohnung anzubieten, sollte er je dazu aufgefordert werden. »Und«, sprach er an ihrer Stelle weiter, »sollte es jemals Fragen zu einer eingezogenen Wand oder einem ausgebrochenen Fenster geben, kann der Wohnungseigentümer kurzerhand seine eigenen Pläne vorlegen, die...«

Stefania fiel ihm ins Wort: »Die natürlich haargenau mit der tatsächlich vorhandenen Wohnung übereinstimmen.«

»Und in Abwesenheit der amtlichen Pläne, die bei der Neuorganisation der Archive praktischerweise verlorengingen«, erklärte Brunetti unter zustimmenden Gemurmel von Stefania, die sich freute, daß er endlich zu begreifen anfing, »könnte kein städtischer Kontrolleur oder künftiger Käufer mehr mit Bestimmtheit feststellen, daß die tatsächlich erfolgten Umbauten von denen abweichen, die auf den fehlenden Plänen beantragt und bewilligt wurden.« Dies gesagt, trat er gewissermaßen stumm ins Glied zurück, um zu bewundern, was er da eben entdeckt hatte. Seit seiner Kindheit hatte er oft Leute in Venedig sagen hören: *»Tutto crolla, ma nulla crolla«* (Alles stürzt ein, aber nichts bricht zusammen). Und das schien ganz gewiß zu stimmen: Mehr als tausend Jahre waren vergangen, seit die ersten Bauwerke aus dem Sumpfland wuchsen, also mußten viele einsturzgefährdet sein, doch nie stürzte eines ein. Sie neigten sich vor- und rückwärts, wölbten und krümmten sich, aber er konnte sich nicht entsinnen, je gehört zu haben, daß ein Gebäude tatsächlich eingestürzt war. Natürlich hatte er schon verlassene Häuser mit durchhängenden Dächern gesehen, mit Brettern zugenagelte Häuser, in denen Wände zerborsten waren, nie hatte er jedoch von einem Haus gehört, das über seinen Bewohnern zusammengestürzt war.

»Wer hatte denn diese Idee?«

»Keine Ahnung«, sagte Stefania. »Solche Dinge erfährt man nie.«

»Wissen die Leute in den jeweiligen Ämtern davon?«

Statt darauf direkt zu antworten, sagte sie: »Denk mal nach, Guido. Jemand muß dafür sorgen, daß bestimmte Unterlagen verschwinden, daß Akten verlorengehen, denn du kannst dich darauf verlassen, daß viele andere einfach aufgrund der üblichen Schlamperei verschwinden. Aber irgend jemand muß dafür sorgen, daß es ganz bestimmte Unterlagen nicht mehr gibt.«

»Wer würde das wollen?« fragte er.

»Am ehesten die Besitzer von Häusern, an denen illegale Arbeiten vorgenommen wurden, oder es könnten die sein, die das alles hätten überwachen sollen und sich die Mühe gespart haben.« Sie schwieg kurz und fuhr dann fort: »Oder die zwar geprüft haben, sich aber – überreden ließen«, sagte sie mit ironischem Unterton, »das, was sie sahen, in Ordnung zu finden, egal was in den Plänen stand.«

»Wer wäre dafür verantwortlich?«

»Die Bauausschüsse.«

»Wie viele gibt es davon?«

»Einen für jeden Stadtbezirk. Also sechs.«

Brunetti stellte sich das Ausmaß eines solchen Unterfangens vor, die vielen Leute, die dabei mitmachen müßten. »Wäre es nicht leichter«, fragte er, »man würde die Arbeiten einfach machen lassen und dann die Strafe bezahlen, wenn herauskommt, daß etwas nicht mit den eingereichten Plänen übereinstimmt, statt sich die Umstände aufzuhalsen, jemanden dafür bestechen zu müssen, daß er für die Vernichtung der Pläne sorgt? Oder für ihren Verlust«, korrigierte er sich.

»So hat man das früher gemacht, Guido. Aber seitdem wir uns auf diesen Europakram eingelassen haben, muß man die Strafe bezahlen und außerdem auch noch alles abreißen und die Arbeiten neu machen. Und die Strafen sind saftig. Ein Kunde von mir hatte eine illegale Altane angebaut, nicht einmal groß, nur zwei mal drei Meter. Aber sein Nachbar hat ihn angezeigt. Vierzig Millionen Lire, Guido! Und abreißen mußte er sie auch noch. Früher hätte er sie wenigstens behalten dürfen. Ich sage dir, diese Europageschichte wird uns alle noch mal ruinieren. Bald findest du keinen mehr, der noch den Mut hat, Schmiergeld anzunehmen.«

Brunetti hörte die moralische Entrüstung in ihrer Stimme, war sich aber nicht ganz sicher, ob er sie teilte. »Steffi, du hast mir jetzt viele Leute genannt, aber wer würde das deiner Meinung nach am ehesten organisieren können?«

»Die Leute im Ufficio Catasto«, antwortete sie prompt. »Und wenn da irgendwas läuft, weiß dal Carlo davon und hat höchstwahrscheinlich den Rüssel im Trog. Früher oder später gehen schließlich alle Pläne über seinen Tisch, und es wäre für ihn ein Kinderspiel, den einen oder anderen verschwinden zu lassen.« Stefania überlegte kurz und fragte dann: »Führst du etwas in dieser Art im Schilde, Guido – Pläne verschwinden zu lassen?«

»Ich sage dir doch, es gibt gar keine Pläne. Dadurch sind sie überhaupt erst auf mich gekommen.«

»Wenn es keine Pläne gibt, kannst du doch behaupten, sie seien wohl zusammen mit den anderen, die noch verlorengehen werden, einfach abhanden gekommen.«

»Aber wie soll ich beweisen, daß es meine Wohnung überhaupt gibt, daß sie wirklich gebaut wurde?« Noch während er das fragte, merkte er, wie absurd das Ganze war: Wie bewies man die Existenz der Wirklichkeit?

Ihre Antwort kam wie aus der Pistole geschossen. »Du brauchst dir nur einen Architekten zu suchen, der die Pläne für dich zeichnet.« Und ehe Brunetti sie unterbrechen und das Naheliegende fragen konnte, beantwortete sie es schon: »Und ein falsches Datum darauf setzt.«

»Stefania, wir reden von vor fünfzig Jahren.«

»Nicht unbedingt. Du sagst nur, daß du vor ein paar Jahren restauriert hast, dann läßt du die Pläne zeichnen, die mit dem jetzigen Zustand übereinstimmen, und setzt das entsprechende Datum darauf.« Brunetti fiel dazu nichts ein, weshalb sie fortfuhr: »Es ist wirklich ganz einfach, Guido. Wenn du willst, kann ich dir einen Architekten nennen, der das für dich macht. Nichts leichter als das.«

Sie war so hilfsbereit, daß er sie nicht kränken wollte, weshalb er sagte: »Ich muß das noch mit Paola besprechen.«

»Aber natürlich!« rief Stefania. »Wie dumm von mir! Das ist doch die Lösung. Ihr Vater kennt bestimmt die Leute, die das erledigen können. Dann brauchst du dich gar nicht erst um einen Architekten zu bemühen.« Sie verstummte; aus ihrer Sicht war das Problem gelöst.

Brunetti wollte ihr gerade antworten, als Stefania rief: »Jetzt kriege ich gerade einen Anruf auf der anderen Leitung. Drück mir die Daumen, daß es ein Käufer ist. *Ciao,* Guido.« Und weg war sie.

Er dachte noch ein Weilchen über ihr Gespräch nach. Die Wirklichkeit war da, formbar und gehorsam: Man mußte sie nur ein wenig hierhin ziehen oder dahin schieben, um sie mit dem in Einklang zu bringen, was irgendwer sich vorstellte. Oder wenn die Wirklichkeit sich als unverrückbar erwies, fuhr man eben die großen Geschütze von Macht und Geld auf und eröffnete das Feuer. Wie leicht, wie einfach.

Brunetti merkte, daß diese Gedanken ihn an Punkte führten, an die er lieber nicht rühren wollte, und so klappte er noch einmal das Telefonbuch auf und wählte die Nummer des Ufficio Catasto. Es klingelte lange, aber niemand nahm ab. Er warf einen Blick auf die Uhr, sah, daß es schon fast vier war, und legte auf. »Wie dumm von mir«, knurrte er dabei vor sich hin, »am Nachmittag noch jemanden bei der Arbeit antreffen zu wollen.«

Er kauerte sich auf seinem Stuhl zusammen und stellte die Füße auf die offene unterste Schreibtischschublade. Die Arme vor der Brust gekreuzt, ließ er Rossis Besuch noch einmal Revue passieren. Der Mann hatte einen aufrichtigen Eindruck gemacht, aber so etwas war weit verbreitet, besonders unter den Unaufrichtigen. Warum war er nach dem amtlichen Brief persönlich zu Brunetti gekommen? Bis zu seinem späteren Anruf hatte er dann Brunettis Stellung erfahren. Einen Augenblick lang spielte Brunetti mit der Idee, daß Rossi ursprünglich mit der Absicht gekommen war, sich bestechen zu lassen, doch verwarf er den Gedanken wieder: Der Mann hatte einfach ein viel zu ehrliches Gesicht gehabt.

Nachdem er erfahren hatte, daß dieser Signor Brunetti, der die Baupläne zu seiner Wohnung nicht finden konnte, ein hoher Polizeibeamter war – hatte Rossi da seine Angelschnur in den Strom der Gerüchte geworfen, um zu sehen, was er über Brunetti herausfischen konnte? Ohne diese Vorsichtsmaßnahme würde niemand es wagen, eine heikle Angelegenheit weiterzuverfolgen; das Geheimnis bestand darin, zu wissen, wen man fragen konnte, wo man den Haken ins Wasser lassen mußte, um die Informationen, die man brauchte, an Land zu ziehen. Und hatte das, was seine Gewährsleute ihm über Brunetti berichtet hatten, ihn dazu bewogen, sich mit dem, was er im Ufficio Catasto entdeckt hatte, an ihn zu wenden?

Illegale Baugenehmigungen und die Schmiergelder, die man damit verdienen konnte, daß man sie erteilte, waren ein unbedeutender Posten im großen Korruptionsangebot der Bürokratie. Brunetti konnte sich nicht vorstellen, daß jemand viel riskieren würde, schon gar nicht sein Leben, indem er drohte, irgendeinen schlauen Plan zur Plünderung öffentlicher Kassen auffliegen zu lassen. Die Computerzentralisierung der Akten, bei der man unbequeme Unterlagen gezielt verschwinden lassen konnte, erhöhte zwar den Einsatz, aber Brunetti glaubte nicht, daß dies allein schon Rossi das Leben gekostet hatte.

Signorina Elettra, die, ohne anzuklopfen, in sein Zimmer trat, riß ihn aus seinen Überlegungen. »Störe ich, Commissario?«

»Ganz und gar nicht. Ich sitze hier nur und mache mir Gedanken über Korruption.«

»Öffentliche oder private?«

»Öffentliche«, sagte er, wobei er die Füße von der Schublade nahm und sich wieder gerade hinsetzte.

»Das ist, wie wenn man Proust liest«, sagte sie mit todernster Miene. »Man denkt, man ist damit durch, aber dann entdeckt man, daß da noch ein Band ist. Und noch einer und noch einer.«

Brunetti sah zu ihr auf und wartete auf mehr, aber sie sagte dann nur noch, während sie ein paar Papiere auf seinen Schreibtisch legte: »Ich habe gelernt, dem Zufall ebenso zu mißtrauen wie Sie, Commissario, darum möchte ich Sie bitten, sich einmal die Namen der Besitzer dieses Hauses anzusehen.«

»Die Volpatos?« fragte er, denn irgendwie wußte er schon, daß es sonst niemand sein konnte.

»Richtig.«

»Wie lange schon?«

Sie beugte sich über den Schreibtisch und zog das dritte Blatt unter den anderen hervor. »Seit vier Jahren. Sie haben es von einer Matilde Ponzi gekauft. Der gemeldete Preis steht hier«, sagte sie, wobei sie auf eine Zahl am rechten Blattrand zeigte.

»Zweihundertfünfzig Millionen Lire?« Brunetti konnte seine Verwunderung nicht verbergen. »Das Haus hat vier Geschosse und auf jedem Geschoß mindestens hundertfünfzig Quadratmeter.«

»Das ist ja auch nur der gemeldete Preis, Commissario«, sagte Signorina Elettra. Jeder wußte, daß der auf der Verkaufsurkunde angegebene Preis eines Hauses aus Gründen der Steuerersparnis nie etwas mit dem wirklich bezahlten Preis zu tun hatte oder, wenn doch, dann irgendwie verschleiert, wie durch ein Verdunkelungsglas: Der wahre Preis betrug dann irgend etwas zwischen dem Zwei- und Dreifachen. Die natürliche Folge war, daß alle Welt von einem »wahren« und einem »gemeldeten« Preis sprach, und nur Dummköpfe oder Ausländer glaubten, sie wären dasselbe.

»Das weiß ich«, sagte Brunetti, »aber selbst wenn sie in Wirklichkeit das Dreifache bezahlt hätten, wäre es immer noch ein Schnäppchen gewesen.«

»Wenn Sie sich einmal ihre anderen ›Erwerbungen‹ ansehen«, sagte Signorina Elettra mit einer gewissen Bitterkeit auf dem Hauptwort, »werden Sie feststellen, daß sie bei fast allen ihren Geschäften ähnliches Glück hatten.«

Er blätterte zur ersten Seite zurück. Wie es aussah, hatten die Volpatos oft Häuser gefunden, die sehr wenig kosteten. Weitblickend hatte Signorina Elettra neben jede Erwerbung die Quadratmeterzahl gesetzt, und ein rascher Überschlag sagte Brunetti, daß die Volpatos im Schnitt einen gemeldeten Preis von unter einer Million Lire pro Quadratmeter bezahlt hatten. Selbst wenn man die Variablen berücksichtigte, die in der Geldentwertung und der Diskrepanz zwischen gemeldetem und wahrem Preis lagen, kam am Ende immer heraus, daß sie weit weniger als ein Drittel der in der Stadt üblichen Durchschnittspreise für Immobilien bezahlt hatten.

Brunetti sah auf. »Gehe ich recht in der Annahme, daß auf den weiteren Seiten im wesentlichen dasselbe steht?«

Sie nickte.

»Wie viele Objekte sind es?«

»Über vierzig, und ich habe noch nicht einmal angefangen, weitere Immobilien unter die Lupe zu nehmen, die auf die Namen anderer Volpatos laufen, bei denen es sich um Verwandte handeln könnte.«

»Verstehe«, sagte er und beschäftigte sich wieder mit den Papieren. Auf den letzten Seiten hatte Signorina Elettra den neuesten Kontostand ihrer jeweils einzelnen sowie mehrerer Gemeinschaftskonten aufgelistet. »Wie machen Sie das eigentlich...«, begann er, doch als er ihren plötzlich veränderten Gesichtsausdruck sah, beendete er die Frage mit den Worten: »... immer so schnell?«

»Freunde«, antwortete sie, um fortzufahren: »Soll ich mal sehen, was uns die Telecom über die Telefongespräche der beiden sagen kann?«

Brunetti nickte, überzeugt, daß Signorina Elettra das sowieso schon in die Wege geleitet hatte. Sie lächelte und ging; Brunetti wandte seine Aufmerksamkeit wieder den Listen und Zahlen zu. Sie verschlugen ihm geradezu den Atem. Er versuchte sich zu erinnern, wie die Volpatos auf ihn gewirkt hatten: zwei Leute ohne jegliche Bildung, soziale Stellung oder Geld. Und doch ging aus diesen Papieren hervor, daß sie ungeheuer reich waren. Wenn die Häuser nur zur Hälfte vermietet waren – und man häufte in Venedig nicht Wohnung auf Wohnung an, um sie dann leer stehen zu lassen –, mußten sie es auf Mieteinnahmen von zwanzig bis dreißig Millionen Lire im Monat bringen, so viel, wie manch einer im Jahr verdiente. Viel von diesem Geld war sicher auf vier verschiedenen Banken deponiert, noch mehr in Staatsanleihen investiert. Brunetti verstand wenig vom Funktionieren der Mailänder Börse, aber er kannte die Namen der besten Aktien, und darin hatten die Volpatos Hunderte von Millionen Lire investiert.

Diese so ärmlich aussehenden Leute: Er rief sie sich wieder vor Augen, erinnerte sich des verschlissenen Griffs an der Plastikhandtasche der Frau, die Flicken am linken Schuh des Mannes, die zeigten, wie oft er schon repariert worden war. War es eine Tarnung, die sie vor den neidischen Blicken der Leute in der Stadt schützen sollte, oder war es eine außer Kontrolle geratene Form von Geiz? Und wie paßte der zerschundene Leichnam Franco Rossis ins Bild, den man mit tödlichen Verletzungen vor einem Haus gefunden hatte, das den Volpatos gehörte?

19

Brunetti verbrachte die nächste Stunde damit, sich Gedanken über das Laster der Habgier zu machen, für das die Venezianer schon immer eine natürliche Veranlagung hatten. La Serenissima war von vornherein ein Wirtschaftsunternehmen gewesen, und der Erwerb von Reichtümern gehörte zu den höchsten Zielen, nach denen zu streben ein Venezianer angehalten wurde. Im Gegensatz zu jenen verschwendungssüchtigen Südländern, Römern und Florentinern, die Geld verdienten, um es hinauszuwerfen, und sich daran ergötzten, goldene Becher und Teller in ihre Flüsse zu werfen, um ihren Reichtum öffentlich zur Schau zu stellen, hatten die Venezianer frühzeitig gelernt, zu erwerben und zu behalten, zu bewahren, zu mehren, zu horten; außerdem hatten sie gelernt, ihren Wohlstand geheimzuhalten. Nun sprachen die grandiosen Palazzi am Canal Grande sicher nicht von geheimgehaltenem Reichtum, ganz im Gegenteil. Aber das waren die Mocenigos, die Barbaros, Familien, die von den Göttern des Geldes so reich gesegnet waren, daß jeder Versuch, ihren Reichtum zu verstecken, vergebens gewesen wäre. Ihr Ruhm bewahrte sie vor der Krankheit der Geldgier.

Deren Symptome zeigten sich viel offener in den unbedeutenderen Familien, den dicken Kaufleuten, die ihre bescheideneren Palazzi an den kleineren Kanälen bauten, gleich über ihren Warenlagern, so daß sie wie nistende Vögel in engem Kontakt mit ihrem Reichtum leben konnten.

Da wärmten sie sich im Widerschein der aus dem Osten mitgebrachten Gewürze und Tücher, wärmten sich heimlich, ohne ihre Nachbarn auch nur ahnen zu lassen, was hinter ihren vergitterten Wassertoren lagerte.

Im Lauf der Jahrhunderte war dieser Hang zum Anhäufen nach unten durchgesickert und hatte feste Wurzeln in der allgemeinen Bevölkerung geschlagen. Er hatte viele Namen – Sparsamkeit, Ökonomie, Haushalten –, Brunetti selbst war dazu erzogen worden, sie alle hochzuhalten. In ihrer übertriebenen Form jedoch waren sie nichts weiter als unbarmherzige, mitleidlose Habgier, eine Krankheit, die nicht nur den Menschen vernichtete, der an ihr litt, sondern auch alle, die mit dem Infizierten in Kontakt kamen.

Brunetti erinnerte sich, wie er als junger Kriminalbeamter einmal als Zeuge hinzugezogen worden war, als das Haus einer alten Frau aufgebrochen werden mußte, die eines Winters im Krankenhaus an Unterernährung und auf ständige Unterkühlung zurückzuführende Entkräftung gestorben war. Zu dritt waren sie zu der in ihrem Ausweis genannten Adresse gegangen, hatten die Schlösser an der Haustür aufgebrochen und waren hineingegangen. Sie hatten eine Wohnung von über zweihundert Quadratmetern betreten, die völlig verdreckt war und nach Katzen stank, die Zimmer vollgestopft mit Kartons und Zeitungsbündeln, auf denen Plastiktüten voller Lumpen und ausrangierter Kleidung lagen. In einem Zimmer befand sich nichts weiter als säckeweise Flaschen aller Art: Weinflaschen, Milchflaschen, Medizinfläschchen. In einem weiteren stand ein florentinischer Schrank aus dem fünfzehnten Jahrhundert, der später auf hundertzwanzig Millionen Lire geschätzt wurde.

Trotz Februar war das Haus ungeheizt; aber nicht daß die Heizung nur nicht an gewesen wäre, nein, es existierte gar keine. Zwei von ihnen bekamen den Auftrag, nach Unterlagen zu suchen, die helfen könnten, die Angehörigen der alten Frau ausfindig zu machen. Als Brunetti in ihrem Schlafzimmer eine Schublade öffnete, fand er darin ein Bündel Fünfzigtausendlirescheine, zusammengebunden mit einer schmutzigen Schnur, während sein Kollege im Wohnzimmer einen Stapel Postsparbücher fand, jedes mit mehr als fünfzig Millionen Lire.

Daraufhin hatten sie das Haus verlassen und versiegelt und alles übrige der Guardia di Finanza überlassen. Später hatte Brunetti erfahren, daß die alte Frau, die ohne Angehörige oder Testament gestorben war, über vier Milliarden Lire hinterlassen hatte, und zwar dem italienischen Staat, denn es gab ja keine lebenden Verwandten.

Brunettis bester Freund hatte oft gesagt, er wünsche sich, daß der Tod ihn genau in dem Augenblick hole, in dem er seine letzten Lire auf den Tresen einer Bar legte und sagte: »Prosecco für alle.« Es war fast genau so gekommen, und das Schicksal hatte ihm vierzig Jahre weniger zugestanden als jener alten Frau, aber Brunetti wußte, daß sein Leben das bessere gewesen war, und sein Tod auch.

Er riß sich von diesen Erinnerungen los und nahm den derzeit gültigen Dienstplan aus der Schublade, um erleichtert festzustellen, daß Vianello diese Woche Nachtdienst hatte. Der Sergente war zu Hause und mit dem Streichen der Küche beschäftigt, so daß er sich nur zu gern bitten ließ, sich am nächsten Morgen um elf mit Brunetti vor dem Ufficio Catasto zu treffen.

Brunetti hatte, wie fast alle Bürger des Landes, keine Freunde bei der Guardia di Finanza und wollte dort auch keine haben. Allerdings brauchte er Zugang zu den Informationen, die sie möglicherweise über die Volpatos hatte, denn nur die Finanza, die es sich angelegen sein ließ, in den Steuergeheimnissen der Bürger zu wühlen, würde eine halbwegs klare Vorstellung davon haben, wieviel von dem enormen Reichtum der Volpatos angegeben und somit versteuert worden war. Statt sich aber groß damit auseinanderzusetzen, auf welchem korrekten Dienstweg solche Informationen anzufordern waren, rief er Signorina Elettra an und fragte, ob sie in die Datenbanken der Steuerfahndung hineinkomme.

»Ah, die Guardia di Finanza«, säuselte sie, ohne im mindesten das Entzücken zu verbergen, das ihr diese Bitte bereitete. »Ich wünsche mir schon so lange, daß mich dazu einmal jemand auffordert.«

»Sie würden es also nicht von sich aus tun, Signorina?« fragte Brunetti.

»Aber nein, Commissario«, antwortete sie, erstaunt über seine Frage. »Das wäre doch – also, man könnte sagen, es wäre Wilderei, nicht wahr?«

»Und was ist es, wenn ich Sie dazu auffordere?«

»Großwildjagd, Commissario«, schmachtete sie und war schon aus der Leitung.

Er rief bei der Spurensicherung an und fragte, wann er denn wohl den Bericht über das Haus bekomme, vor dem man Rossi gefunden hatte. Nachdem er ein paar Minuten hingehalten worden war, erfuhr er, man sei zwar hingegangen, doch als man gesehen habe, daß die Handwerker wieder im Haus zugange waren, sei man zu dem Schluß gekommen, daß nichts Brauchbares mehr zu finden sein würde, woraufhin man unverrichteter Dinge zur Questura zurückgekehrt sei.

Brunetti wollte das schon unter dem allgegenwärtigen Mangel an Engagement und Eigeninitiative buchen, als ihm zu fragen einfiel: »Wie viele Arbeiter waren denn da?«

Wieder hieß es, er solle dranbleiben, und kurz darauf meldete sich einer von dem Spurensicherungstrupp selbst. »Ja, Commissario?«

»Als Sie zu diesem Haus gingen, wie viele Leute waren da bei der Arbeit?«

»Gesehen habe ich zwei, Commissario, oben im dritten Stock.«

»Und auf dem Gerüst?«

»Da habe ich niemanden gesehen.«

»Also nur die beiden?«

»Ja, Commissario.«

»Wo waren die?«

»Am Fenster, Commissario.«

»Und wo waren sie, als Sie hinkamen?«

Der Mann mußte kurz nachdenken, dann antwortete er: »Sie sind ans Fenster gekommen, als wir unten an die Tür gehämmert haben.«

»Berichten Sie mir bitte genau, wie das abgelaufen ist«, sagte Brunetti.

»Die Tür war zu, also haben wir geklopft, und einer von ihnen hat aus dem Fenster geschaut und gefragt, was wir wollen. Pedone hat ihm gesagt, wer wir sind und was wir suchen, worauf er meinte, sie wären schon zwei Tage im

Haus und schleppten Sachen herum, es sei also viel Staub und Schmutz da und nichts mehr so wie vor ein paar Tagen. In dem Moment kam der andere und stellte sich neben ihn. Gesagt hat er nichts, aber er war ganz voll Staub, woran man sah, daß die dort wirklich arbeiteten.«

Es war lange still. Endlich fragte Brunetti: »Und?«

»Pedone hat dann nach den Fenstern gefragt, das heißt nach den Stellen vor den Fenstern, denn da hätten wir ja suchen müssen, nicht wahr, Commissario?«

»Ja«, bestätigte Brunetti.

»Der Mann hat gesagt, sie hätten den ganzen Tag Zementsäcke durch die Fenster gewuchtet, worauf Pedone eben meinte, daß wir dort nur unsere Zeit verschwenden würden.«

Brunetti ließ wieder eine Weile mit Schweigen verstreichen, dann fragte er: »Wie waren die Männer angezogen?«

»Was meinen Sie, Commissario?«

»Wie sie angezogen waren. Wie Arbeiter?«

»Ich weiß nicht, Commissario. Sie waren da oben im dritten Stock am Fenster, und wir haben von unten hochgeguckt, konnten also nur die Köpfe und die Schultern sehen.« Er überlegte kurz und fügte dann hinzu: »Der eine, der mit uns gesprochen hat, der könnte ein Jackett angehabt haben.«

»Wieso dachten Sie dann, er sei ein Bauarbeiter?«

»Weil er es gesagt hat, Commissario. Und wozu hätte er sonst auch in dem Haus sein sollen?«

Brunetti konnte sich ganz gut vorstellen, wozu die Männer im Haus gewesen waren, aber es hätte nichts genützt, das jetzt zu sagen. Er wollte dem Mann schon befehlen, seinen Partner zu holen und auf der Stelle eine ordnungsgemäße Spurensicherung vorzunehmen, nahm dann aber doch davon Abstand. Statt dessen dankte er dem Mann für seine Auskunft und legte auf.

Vor zehn Jahren hätte ein solches Gespräch Brunetti in flammende Wut versetzt, jetzt aber bestätigte es lediglich das traurige Bild, das er von seinen Kollegen hatte. In seinen schwärzesten Momenten fragte er sich, ob nicht die meisten von ihnen im Sold der Mafia standen, aber er wußte, daß dieser Vorfall nichts weiter war als ein erneutes Beispiel für die verbreitete Inkompetenz und Interesselosigkeit. Oder vielleicht manifestierte sich darin, was er selbst zunehmend empfand: ein Gefühl, daß alle Versuche, Verbrechen einzuschränken, zu verhindern und zu bestrafen, zum Scheitern verurteilt waren.

Statt noch länger in seinem privaten Dünkirchen zu verweilen, schloß er die Unterlagen über die Volpatos in seinen Schreibtisch und verließ das Zimmer. Der Tag suchte ihn mit den Tücken seiner Schönheit zu verführen: Die Vögel sangen, die Wisterien sandten einen besonders süßen Duft über den Kanal zu ihm herüber, und eine streunende Katze kam und wand sich um seine Beine. Brunetti bückte sich und kraulte sie hinter den Ohren, während er überlegte, was er tun sollte.

Draußen an der Riva bestieg er das Vaporetto in Richtung Bahnhof, verließ es bei San Basilio wieder und lief in Richtung Campo dell'Angelo Raffaele und der schmalen *calle,* in der Rossi gelegen hatte. Als er um die Ecke bog, sah er weiter vorn das Haus, aber keinerlei Anzeichen irgendwelcher Geschäftigkeit. Keine Arbeiter stiegen auf dem Gerüst herum, und die Fensterläden waren zu. Er trat näher und besah sich die Haustür genauer. Das Vorhängeschloß hielt immer noch die Eisenkette, aber die Schrauben, mit denen der eiserne Flansch am Türrahmen befestigt war, saßen ganz locker und ließen sich leicht herausziehen. Als er das tat, ging die Tür fast von selbst auf.

Er betrat das Haus. Neugierig drehte er sich um und wollte sehen, ob es funktionierte – ja, tatsächlich, er konnte die Schrauben, die den Flansch hielten, wieder in die Löcher stecken; die Kette war so lang, daß die Tür eine Handbreit offenblieb, während er das tat. Als er fertig war, zog er die Tür zu. Jetzt war er also drinnen, und von außen wirkte das Haus sicher verschlossen.

Er drehte sich um und sah sich auf einem Gang, an dessen Ende eine Treppe war. Auf diese lief er nun rasch zu. Es war eine Steintreppe, die unter seinen Schritten kein Geräusch machte, während er bis in den dritten Stock hinaufstieg.

Dort blieb er kurz stehen, um sich zu orientieren, nachdem er auf der Treppe so oft die Richtung gewechselt hatte. Von links drang Licht herein, woraus er schloß, daß dort die Vorderseite war. Dahin wandte er sich.

Von oben hörte er ein Geräusch, ganz leise nur, aber doch ein Geräusch. Er blieb wie angewurzelt stehen und überlegte, wo er denn nur diesmal seine Pistole gelassen hatte: in der Stahlkassette zu Hause, seinem Spind auf dem Schießstand, in dem Jackett, das in seinem Dienstzimmer im Schrank hing? Sinnlos, darüber nachzugrübeln, wo sie war, wenn auf der anderen Seite feststand, wo sie nicht war.

Er wartete ab, wobei er nur durch den Mund atmete, und

hatte das deutliche Gefühl, daß irgend etwas über ihm war. Mit einem großen Schritt stieg er über eine leere Plastikflasche hinweg, huschte zu einer Türöffnung rechts von ihm und drückte sich hinein. Er sah auf die Uhr: zwanzig nach sechs. Bald würde es draußen dunkel werden; drinnen war es schon dunkel, abgesehen von dem bißchen Licht, das von der Vorderseite des Hauses zu ihm drang.

Er wartete. Brunetti war gut im Warten. Als er wieder auf die Uhr schaute, war es fünf nach halb sieben. Wieder dieses Geräusch von oben, etwas näher jetzt, und deutlicher. Lange wieder nichts. Dann kam das leise Geräusch die Treppe herunter, auf ihn zu, diesmal unverkennbar Schritte auf der Holztreppe vom Dachboden.

Er wartete. Das bißchen Licht, das hereindrang, bildete im Treppenhaus so etwas wie einen Nebeldunst, in dem Brunetti nur ein Nichtvorhandensein wahrnahm. Er wandte den Blick weiter nach links, und da erkannte er den grauen Schemen einer die Treppe herunterkommenden Gestalt. Er schloß die Augen und atmete noch langsamer. Beim nächsten Laut, der von dem Treppenabsatz unmittelbar vor ihm zu kommen schien, öffnete er die Augen, erblickte die undeutlichen Umrisse eines Menschen, trat plötzlich vor und rief, so laut er konnte: »Halt, Polizei!«

Ein Schrei ertönte, ein tierischer Angstschrei, und das, was ihn von sich gegeben hatte, fiel Brunetti vor die Füße, wobei es weiterhin diesen hohen, durchdringenden Ton aussandte, bei dem sich Brunettis Nackenhaare aufstellten.

Er taumelte zur Vorderseite des Hauses hinüber, riß ein Fenster auf und stieß die hölzernen Läden nach außen, um das schwindende Tageslicht hereinzulassen. Vorübergehend geblendet drehte er sich um und ging zurück zu der Türöffnung, von wo noch immer dieser Ton kam, inzwischen etwas leiser und weniger angstvoll, dafür erkennbar menschlich.

In dem Moment, als Brunetti den jungen Mann sah, der da zusammengekrümmt auf dem Boden lag, den Kopf zwischen die Schultern gezogen und die Arme um den dünnen Leib geschlungen, um ihn vor den erwarteten Tritten oder Schlägen zu schützen, erkannte er ihn auch. Es war einer dieser drei Drogensüchtigen, alle Anfang Zwanzig, die seit Jahren am oder unweit vom Campo San Bortolo herumlungerten, von Bar zu Bar zogen und immer mehr den Kontakt zur Wirklichkeit verloren, während Tag zur Nacht wurde und Jahr um Jahr verging. Es war Gino Zecchino, der größte von den dreien, regelmäßig verhaftet wegen Dealerei, oft wegen Tätlichkeiten oder Bedrohung von Passanten. Brunetti hatte ihn seit fast einem Jahr nicht mehr gesehen und war entsetzt über seinen körperlichen Verfall. Sein dunkles Haar war lang und fettig, wahrscheinlich eklig anzufassen, seine Schneidezähne waren längst ausgefallen. Über und unter dem Kieferknochen waren tiefe Höhlungen, und er sah aus, als hätte er seit Tagen nichts gegessen. Da er aus Treviso stammte, hatte er keine Angehörigen in der Stadt und hauste mit zwei Freunden in einer Wohnung hinter dem Campo San Polo, die der Polizei seit langem bekannt war.

»Jetzt hast du's also getan, Gino!« schrie Brunetti ihn an. »Steh auf, hoch mit dir!«

Zecchino hörte seinen Namen, erkannte aber die Stimme nicht. Er hörte auf zu winseln und wandte dem Sprecher das Gesicht zu. Aber er rührte sich nicht.

»Ich sagte, steh auf!« schrie Brunetti, jetzt auf Veneziano und mit soviel Wut in der Stimme, wie er nur konnte. Er blickte auf Zecchino hinunter; selbst in diesem Halbdunkel sah man den Schorf auf beiden Handrücken, wo er seine Venen zu finden versucht hatte. »Steh auf, bevor ich dir einen Tritt in den Hintern gebe, daß du die Treppe runterfliegst.« Brunetti benutzte Ausdrücke, die er sein Leben lang in Bars und Arrestzellen gehört hatte, nur damit das Adrenalin der Angst weiter durch Zecchinos Adern strömte.

Der junge Mann wälzte sich auf den Rücken, die Arme immer noch schützend um den Körper geschlungen, und drehte den Kopf der Stimme zu, ohne die Augen zu öffnen.

»Sieh mich an, wenn ich mit dir rede«, befahl Brunetti.

Zecchino drückte sich nach hinten an die Wand und sah durch halbgeschlossene Augen zu Brunetti auf, der im Schatten hoch über ihm aufragte. Mit einer einzigen fließenden Bewegung bückte Brunetti sich zu dem Jungen hinunter, packte ihn mit beiden Händen am Jackett und zog ihn hoch, was zu seiner Überraschung ganz leicht ging.

Als Zecchino dicht genug an Brunettis Gesicht war, um ihn zu erkennen, riß er entsetzt die Augen weit auf und begann zu winseln: »Ich hab nichts gesehen. Ich hab nichts gesehen. Ich hab nichts gesehen.«

Brunetti riß den Jungen grob zu sich heran und schrie ihm dabei ins Gesicht: »Was ist passiert? Los, was ist passiert?«

Jetzt sprudelte es aus Zecchino heraus, emporgepreßt von seiner Angst: »Ich hab Stimmen von unten gehört. Die haben gestritten. Sie waren im Haus. Dann waren sie mal kurz still, dann fingen sie wieder an, aber gesehen hab ich keinen. Ich war da oben«, sagte er, und dabei zeigte er auf die Treppe zum Dachboden.

»Was ist passiert?«

»Weiß ich nicht. Ich hab sie hier raufkommen und rumbrüllen gehört. Aber dann hat mir meine Freundin Stoff gegeben, und ich weiß nicht, was danach noch passiert ist.« Er sah zu Brunetti auf, um zu ergründen, wieviel ihm dieser davon abnahm.

»Ich will mehr hören, Zecchino«, sagte Brunetti. Sein Gesicht war so nah vor dem des jungen Mannes, daß er den fauligen Atem roch, der von schlechten Zähnen und jahrelanger schlechter Ernährung kam. »Ich will wissen, wer sie waren.«

Zecchino machte schon den Mund auf, doch dann besann er sich und blickte zu Boden. Als er endlich wieder zu Brunetti aufsah, stand die Angst nicht mehr in seinen Augen, die einen völlig anderen Ausdruck bekommen hatten. Etwas Verschlagenes war in seinen Blick getreten.

»Er war draußen, als ich wegging«, sagte er endlich. »Auf dem Boden.«

»Hat er sich bewegt?«

»Ja, er hat sich mit den Füßen weitergeschoben. Aber er hatte keine...«, begann Zecchino, doch die neue Verschlagenheit ließ ihn wieder innehalten.

Er hatte genug gesagt. »Was hatte er nicht?« wollte Brunetti wissen. Als Zecchino nicht antwortete, schüttelte er ihn erneut, worauf der Junge ein kurzes, abgehacktes Schluchzen von sich gab. Seine Nase begann zu laufen, und es tropfte auf Brunettis Jackenärmel. Schnell ließ er Zecchino los, der rückwärts gegen die Wand taumelte.

»Mit wem warst du hier?« fragte Brunetti.

»Mit meiner Freundin.«

»Was wolltet ihr hier?«

»Bumsen«, sagte Zecchino. »Dafür kommen wir immer hierher.«

Die Vorstellung war Brunetti widerwärtig.

»Wer waren die Leute?« fragte Brunetti und machte erneut einen halben Schritt auf ihn zu.

Der Überlebenstrieb hatte über Zecchinos Panik gesiegt, und Brunettis Vorteil war dahin, so schnell verflogen wie ein von Drogen erzeugtes Trugbild. Da stand er nun vor diesem menschlichen Wrack, das kaum älter war als sein Sohn, und wußte, daß jede Chance, aus Zecchino die Wahrheit herauszubekommen, zunichte war. Brunetti fand es langsam immer unerträglicher, mit Zecchino in einem Raum zu sein und dieselbe Luft atmen zu müssen wie er, aber er zwang sich, noch einmal ans Fenster zu gehen. Unten sah er das Straßenpflaster, auf das man Rossi geworfen und von wo er sich noch fortzuschleppen versucht hatte. Ein Bereich von mindestens zwei Metern um das Fenster herum war blankgefegt. Weder oben noch unten lagen Zementsäcke herum. Sie waren, wie die angeblichen Arbeiter, die man an diesem Fenster gesehen hatte, verschwunden und hatten keinerlei Spuren hinterlassen.

20

Brunetti verließ Zecchino vor dem Haus und machte sich auf den Heimweg, aber er fand keinen Trost in dem milden Frühlingsabend, auch nicht in dem langen Spaziergang am Wasser entlang, den er sich gönnte. Es war ein großer Umweg, den er da machte, aber er wollte die weiten Ausblicke, den Geruch des Wassers und das labende Gläschen Wein in einer kleinen Bar unweit der Accademia, um die Erinnerung an Zecchino loszuwerden, besonders an die verschlagene Art, die er gegen Ende ihres Gesprächs an den Tag gelegt hatte. Er dachte an Paola, die gesagt hatte, wie froh sie sei, daß sie an Drogen nie etwas gefunden hatte, weil sonst alles mögliche hätte passieren können; er selbst besaß nicht ihre Aufgeschlossenheit und hatte Drogen nie probiert, auch als Student nicht, als alle um ihn herum dieses oder jenes rauchten und ihm versicherten, nur so könne er seinen Geist von den beengenden Vorurteilen des Bürgertums befreien. Sie hatten sich nicht vorstellen können, wie sehr er damals nach bürgerlichen Vorurteilen strebte, nach allem Bürgerlichen überhaupt.

Zecchino drängte sich immer wieder in sein Bewußtsein und machte ihm jeden klaren Gedankengang unmöglich. Am Fuß der Accademia-Brücke zögerte er kurz, entschied sich dann aber für einen großen Bogen, der ihn über den Campo San Luca führen würde. Er ging die Brücke hinauf, den Blick zu Boden. Dabei fiel ihm auf, wie viele der weißen Blenden an den Vorderkanten der Stufen schon abgerissen waren. Wann hatten sie diese Brücke erneuert? Vor drei Jahren? Zwei? Und schon waren so viele Stufen wieder reparaturbedürftig. Wieder wandten sich seine Gedanken von der Frage ab, auf welche Weise dieser Bauauftrag wohl zustande gekommen war, und dem zu, was Zecchino gesagt hatte, bevor er zu lügen anfing. Ein Streit. Rossi versucht verletzt zu entkommen. Und ein Mädchen, das bereitwillig mit Zecchino auf diesen Dachboden stieg, um sich ihm und den Drogen hinzugeben.

Als er den Riesenschandfleck der Cassa di Risparmio vor sich sah, bog er nach links ab und kam an der Buchhandlung vorbei auf den Campo San Luca. Dort ging er in die Bar Torino, bestellte sich einen Gespritzten und trug das Glas ans Fenster, um von da aus die Leute zu beobachten.

Von Signora Volpato oder ihrem Mann war nichts zu sehen. Er leerte sein Glas, stellte es auf den Tresen und gab dem Barmann ein paar Scheine.

»Ich sehe Signora Volpato nicht«, meinte er beiläufig und deutete mit einer Kopfbewegung zum Campo hinaus.

Der Barmann gab ihm den Kassenzettel nebst Wechselgeld und antwortete: »Nein, die sind normalerweise vormittags hier. Ab zehn.«

»Ich habe nämlich etwas mit ihr zu besprechen«, sagte Brunetti in gewollt nervösem Ton und lächelte den Barmann unsicher an, als suchte er bei ihm Verständnis für eine menschliche Notlage.

»Tut mir leid«, sagte der Barmann und wandte sich einem anderen Gast zu.

Draußen bog Brunetti zweimal nach links ab und ging in die Apotheke, die um diese Zeit zumachte.

»*Ciao,* Guido«, sagte Danilo, der Apotheker, der sein Freund war, und schloß die Tür hinter ihnen ab. »Wenn du mich hier noch schnell fertig machen läßt, können wir zusammen einen trinken gehen.« Schnell und mit der Lässigkeit langer Übung leerte der bärtige Mann die Kasse, zählte das Geld und brachte es in ein Zimmer hinter der Apotheke, wo Brunetti ihn umhergehen hörte. Kurz darauf kam er, schon in seiner Lederjacke, wieder heraus.

Brunetti spürte die Neugier im Blick der sanften braunen Augen, sah den Beginn eines Lächelns. »Du siehst aus, als brauchtest du mal wieder Informationen«, sagte Danilo.

»Lasse ich mir das so anmerken?«

Danilo zuckte die Achseln. »Manchmal kommst du her und brauchst ein Medikament, dann machst du ein besorgtes Gesicht; manchmal kommst du, um ein Schlückchen zu trinken, dann wirkst du entspannt; aber wenn du Informationen brauchst, siehst du so aus«, sagte er, wobei er die Stirn in tiefe Falten legte und Brunetti anstierte wie einer, dem der Verstand abhanden gekommen ist.

»Va là«, sagte Brunetti und mußte trotzdem grinsen.

»Um was geht es denn«, fragte Danilo. »Oder besser, um wen?«

Brunetti begab sich nicht zur Tür, weil er fand, daß sie dieses Gespräch doch besser in der geschlossenen Apotheke führen sollten als in einer der drei Bars am Campo. »Angelina und Massimo Volpato«, sagte er.

»Madre di Dio«, rief Danilo laut. »Nimm das Geld lieber von mir. Komm mit«, sagte er, wobei er Brunetti am Arm packte und ihn in Richtung Hinterzimmer zog. »Ich öffne den Safe und erzähle hinterher, der Dieb hätte eine Ski-

maske über dem Kopf gehabt, das verspreche ich dir.« Brunetti hielt das für einen Scherz, bis Danilo fortfuhr: »Du denkst doch nicht ernsthaft daran, zu denen zu gehen, Guido, nein? Wirklich, ich habe Geld auf der Bank, das kannst du haben, und Mauro gibt dir bestimmt auch noch was«, bezog er seinen Chef gleich mit in die Hilfsaktion ein.

»Nein, nein, Danilo, so ist das nicht«, sagte Brunetti und legte seinem Freund beruhigend die Hand auf den Arm. »Ich muß nur etwas über diese Leute wissen.«

»Willst du damit sagen, sie haben endlich einen Fehler gemacht, und jemand hat sie angezeigt?« rief Danilo mit dem Ansatz eines Lächelns. »Oh, welche Freude!«

»So gut kennst du sie?« fragte Brunetti.

»Seit Jahren«, zischte Danilo voll Abscheu zwischen den Zähnen hervor. »Vor allem die Frau. Einmal die Woche kommt sie mit ihren Heiligenbildchen und einem Rosenkranz zwischen den Fingern hier herein.« Er machte einen Buckel und faltete die Hände unterm Kinn. Dann neigte er den Kopf zur Seite und sah zu Brunetti auf, wobei er eine Schnute machte und grinste. Schon wechselte er von seinem Trientiner Dialekt in reines *Veneziano* und begann mit hoher Quäkstimme: »Oh, Dottor Danilo, Sie wissen ja nicht, wieviel Gutes ich den Menschen in dieser Stadt schon getan habe. Sie wissen nicht, wie viele Leute mir dafür dankbar sind und wie sie für mich beten sollten. Nein, Sie haben keine Ahnung.«

Brunetti hatte Signora Volpato zwar noch nie sprechen hören, aber in Danilos Parodie steckten sämtliche Heuchler, die er je gekannt hatte, auf einmal. Plötzlich richtete

Danilo sich wieder auf, und die alte Frau, die er gewesen war, verschwand.

»Wie macht sie es?« fragte Brunetti.

»Die Leute kennen sie. Und ihn. Sie sind immer auf dem Campo, jedenfalls einer von ihnen, jeden Vormittag, und die Leute wissen, wo sie zu finden sind.«

»Woher wissen sie das?«

»Woher wissen Leute überhaupt etwas?« antwortete Danilo mit einer Gegenfrage. »Derlei Dinge sprechen sich herum. Das sind Leute, die nicht das Geld haben, um ihre Steuern zu bezahlen, oder die gespielt haben oder die bis zum Monatsende ihre laufenden Geschäftskosten nicht aufbringen können. Sie verpflichten sich mit ihrer Unterschrift, innerhalb eines Monats alles zurückzuzahlen, wobei die Zinsen immer schon draufgeschlagen sind. Aber es sind eben auch Leute, die sich weiteres Geld leihen müssen, um diesen Kredit zurückzuzahlen. Der Spieler gewinnt nicht; der Kaufmann lernt nicht, sein Geschäft besser zu führen.«

»Mir will nicht in den Kopf«, sagte Brunetti nach kurzem Überlegen, »daß so etwas alles legal ist.«

»Wenn der von einem Notar aufgesetzte Vertrag von beiden Parteien unterschrieben ist, gibt es nichts, was legaler wäre.«

»Was sind das für Notare?«

Danilo nannte ihm drei, lauter angesehene Männer, die in der Stadt große Kanzleien unterhielten. Einer von ihnen arbeitete für Brunettis Schwiegervater.

»Alle drei?« fragte Brunetti, ohne sein Erstaunen verhehlen zu können.

»Glaubst du, die Volpatos geben an, was sie den Notaren bezahlen? Glaubst du, die Notare versteuern, was sie von den Volpatos bekommen?«

Es überraschte Brunetti nicht im mindesten, daß Notare so tief sanken und sich für derart schmutzige Geschäfte hergaben; überraschend waren für ihn nur die Namen der drei Beteiligten, von denen einer Mitglied im Malteserorden war, ein anderer früher im Stadtrat gesessen hatte.

»Komm, Guido«, ermunterte ihn Danilo, »gehen wir einen trinken, dann kannst du mir erzählen, wozu du das alles wissen willst.« Als er Brunettis Gesicht sah, nahm er das zurück: »Oder du erzählst es mir eben nicht.«

Bei Rosa Salva gegenüber verriet Brunetti ihm lediglich, daß sein Interesse im Moment den Geldverleihern in der Stadt und ihrer zwielichtigen Existenz zwischen Erlaubt und Verboten gelte. Unter Danilos Kunden waren viele alte Frauen, und da die meisten eine Schwäche für ihn hatten, mußte er sich oft ihre endlosen Klatschgeschichten anhören. Liebenswürdig und geduldig, wie er war, hörte Danilo ihnen stets bereitwillig zu und hatte sich so im Lauf der Jahre eine Goldgrube an Klatsch und Gerüchten zugelegt, die sich für Brunetti schon oft als unschätzbarer Informationsquell erwiesen hatte. Jetzt nannte er ihm einige der bekanntesten Geldverleiher, beschrieb sie und zählte die Reichtümer auf, die sie hatten anhäufen können.

Da er spürte, in welcher Stimmung sich Brunetti befand, und seine berufliche Diskretion kannte, gab Danilo einfach den neuesten Klatsch zum besten, denn daß von Brunetti keine weiteren Fragen kommen würden, wußte er. Dann warf er plötzlich einen Blick auf die Uhr und sagte: »Jetzt muß ich aber gehen, Guido. Um acht Uhr wird bei uns zu Abend gegessen.«

Sie verließen die Bar und gingen, über dieses und jenes plaudernd, noch zusammen bis zur Rialtobrücke. Dort verabschiedeten sie sich und eilten in verschiedene Richtungen nach Hause zum Essen.

Seit Tagen gingen Brunetti lauter unzusammenhängende Informationsbröckchen im Kopf herum, und unablässig schob er sie dahin und dorthin, um zu sehen, ob sie sich vielleicht nicht doch zu einem erkennbaren Muster fügten. Klar war, daß man im Ufficio Catasto darüber Bescheid wußte, wer vorhatte, sein Haus zu restaurieren, oder wer für schon getane illegale Arbeiten eine Strafe bezahlen sollte. Man kannte dort auch die Höhe der Strafen. Darüber hatte man vielleicht sogar mitzuentscheiden gehabt. Man brauchte dann nur noch in Erfahrung zu bringen, wie die betreffenden Hausbesitzer finanziell dastanden – und so etwas herauszufinden war nie besonders schwer; Signorina Elettra war auf diesem Gebiet sicher nicht das einzige Genie in der Stadt –, und wenn dann einer jammerte, er habe nicht das Geld, um die Strafe zu bezahlen, brauchte man ihm nur noch ein Gespräch mit den Volpatos nahezulegen.

Es war höchste Zeit, dem Ufficio Catasto einen Besuch abzustatten.

Als Brunetti am nächsten Morgen kurz nach halb neun in die Questura kam, sagte ihm die Wache am Eingang, vorhin sei eine junge Frau dagewesen und habe ihn sprechen wollen. Nein, sie habe nicht gesagt, was sie wolle, und als man ihr erklärt habe, daß Brunetti noch nicht im Hause sei, habe sie gemeint, dann werde sie einen Kaffee trinken gehen und danach wiederkommen. Brunetti wies den jungen Polizisten an, sie dann in sein Dienstzimmer hinaufzubringen.

Oben angekommen, las er zuerst einmal *Il Gazzettino* und überlegte gerade, ob er nicht auch einen Kaffee trinken gehen solle, als es klopfte und der Wachposten meldete, die Frau sei zurückgekommen. Damit trat er zur Seite, und herein kam eine Frau, die eigentlich noch ein junges Mädchen war. Brunetti dankte dem Polizisten und schickte ihn auf seinen Posten zurück. Der Mann salutierte, ging hinaus und machte die Tür hinter sich zu. Die junge Frau blieb bei der Tür stehen, als fürchtete sie sich vor den Konsequenzen des Nähertretens.

»Bitte, Signorina, kommen Sie herein, machen Sie es sich bequem«, sagte Brunetti.

Er überließ es ihr, was sie damit anzufangen gedachte. Er selbst ging langsam um den Schreibtisch herum und nahm seinen gewohnten Platz ein.

Sie kam langsam ins Zimmer und setzte sich auf die Stuhlkante, die Hände im Schoß. Brunetti sah sie kurz an, dann senkte er den Kopf und schob ein Blatt Papier von der einen Seite des Schreibtischs auf die andere, um ihr Zeit zu geben, sich doch ein wenig bequemer hinzusetzen.

Als er wieder zu ihr hinsah, schenkte er ihr ein betont einladendes Lächeln. Sie hatte dunkelbraunes, knabenhaft kurz geschnittenes Haar und trug Jeans sowie einen hellblauen Pullover. Ihre Augen waren so dunkel wie ihre Haare, und die Wimpern, die sie umrandeten, waren so dicht, daß er sie auf den ersten Blick für falsch hielt, bis er sah, daß die Frau kein bißchen zurechtgemacht war, worauf er diesen Gedanken verwarf. Sie war hübsch, wie die meisten jungen Mädchen hübsch sind: zierlicher Körperbau, kurze, gerade Nase, glatte Haut und kleiner Mund. Hätte Brunetti sie in einer Bar beim Kaffee gesehen, er hätte kein zweites Mal hingeguckt, aber nun saß sie hier in seinem Zimmer, und er fand, daß er sich glücklich schätzen durfte, in einem Land zu leben, wo es hübsche Mädchen wie Sand am Meer gab und noch viel hübschere durchaus nichts Besonderes waren.

Sie räusperte sich einmal, zweimal und sagte dann: »Ich bin Marcos Freundin.« Sie hatte eine sehr schöne Stimme, tief und musikalisch und voller Sinnlichkeit, wie man sie viel eher bei einer Frau erwarten würde, die ein langes, freudenvolles Leben hinter sich hatte.

Brunetti wartete, ob sie dazu eine nähere Erklärung abgeben würde. Als aber nichts kam, fragte er: »Und warum sind Sie zu mir gekommen, Signorina?«

»Weil ich Ihnen helfen möchte, die zu finden, die ihn umgebracht haben.«

Brunetti verzog keine Miene. Sie mußte das Mädchen sein, von dem Signor Landi gesagt hatte, sie habe Marco aus Venedig angerufen. »Sind Sie demnach das zweite Häschen?« fragte er freundlich.

Seine Frage erschreckte sie. Sie nahm die zusammengelegten Hände vor die Brust und schürzte automatisch die Lippen zu einem engen Kreis, wodurch sie wirklich große Ähnlichkeit mit einem Hasen bekam.

»Wieso wissen Sie denn davon?« fragte sie.

»Ich habe mir seine Zeichnungen angesehen«, erklärte Brunetti. »Dabei ist mir erstens sein Talent und zweitens seine offensichtliche Vorliebe für kleine Hasen aufgefallen.«

Sie senkte den Kopf, und Brunetti dachte schon, sie hätte zu weinen angefangen. Aber sie weinte nicht; vielmehr hob sie den Kopf wieder und sah ihn an. »Als Kind hatte ich ein zahmes Häschen. Als ich das einmal Marco erzählte, hat er zu mir gesagt, wie er es immer verabscheut hat, wenn sein Vater sie auf seinen Feldern abschoß oder vergiftete.« Sie zögerte einen Moment, bevor sie weitersprach: »Wenn sie frei herumlaufen, sind sie eine Plage, meinte sein Vater.«

»Aha«, sagte Brunetti.

Schweigen trat ein, aber er wartete. Dann sagte sie, als wäre von Hasen nie die Rede gewesen: »Ich weiß, wer sie sind.« Sie knetete ihre Hände im Schoß, daß es weh tun mußte, aber ihre Stimme blieb ruhig, fast verführerisch. Brunetti hatte den Eindruck, daß sie von der Macht dieser Stimme und ihrer Schönheit nichts ahnte.

Er nickte, um sie zum Weiterreden zu ermuntern, und sie fuhr fort: »Das heißt, ich weiß von einem von ihnen den Namen, nämlich von dem, der es Marco verkauft hat. Die Namen der Leute, von denen der es hat, kenne ich nicht, aber ich glaube, er wird sie Ihnen sagen, wenn Sie ihm einen gehörigen Schrecken einjagen.«

»Ich fürchte, es ist nicht unsere Aufgabe, Leuten Schrekken einzujagen«, sagte Brunetti lächelnd und wünschte sich, es wäre wahr.

»Ich meine, ihm einen Schrecken einjagen, damit er kommt und Ihnen sagt, was er weiß. Das tut er bestimmt, wenn er annehmen muß, daß Sie wissen, wer er ist, und ihm schon auf der Spur sind.«

»Wenn Sie mir den Namen sagen, Signorina, können wir ihn herholen und befragen.«

»Aber ist es nicht besser, wenn er von sich aus kommt und Ihnen aus freien Stücken erzählt, was er weiß?«

»Doch, das schon...«

Sie unterbrach ihn: »Wissen Sie, ich habe nämlich keine Beweise. Es ist nicht so, daß ich beschwören kann, ich hätte gesehen, wie er Marco den Stoff verkauft hat, oder daß Marco es mir gesagt hat.« Sie rutschte unruhig auf dem Stuhl hin und her, bevor sie die Hände wieder im Schoß faltete. »Aber ich weiß, daß er herkommen wird, wenn er keinen anderen Ausweg mehr sieht, und dann wird es doch nicht mehr so schlimm für ihn, oder?«

Brunetti verstand sofort, daß solche Fürsorglichkeit nur einem Angehörigen gelten konnte. »Ich glaube, Sie haben mir noch gar nicht gesagt, wie Sie heißen, Signorina.«

»Das möchte ich Ihnen auch nicht sagen«, antwortete sie, und es war nicht mehr der ganze Wohllaut in ihrer Stimme.

Brunetti spreizte die Finger weit von sich, um zu zeigen, wie tolerant er war. »Das ist Ihr gutes Recht, Signorina. In diesem Fall kann ich Ihnen nur raten, dem Betreffenden zu sagen, er soll sich bei uns melden.«

»Er hört doch nicht auf mich. Das hat er noch nie getan«, erklärte sie in unnachsichtigem Ton.

Brunetti überlegte, welche Möglichkeiten er hatte. Er betrachtete seinen Ehering und sah, daß er dünner geworden war gegenüber dem letzten Mal, als er ihn betrachtet hatte, von den Jahren abgenutzt. Er blickte wieder auf. »Liest er Zeitung?«

»Ja«, antwortete sie überrascht.

»Il Gazzettino?«

»Ja.«

»Können Sie dafür sorgen, daß er ihn morgen liest?«

Sie nickte.

»Gut. Ich hoffe, es wird genügen, um ihn zum Reden zu bringen. Werden Sie ihm zuraten herzukommen?«

Sie senkte den Blick, und wieder glaubte er, sie werde gleich zu weinen anfangen. Statt dessen sagte sie: »Das versuche ich schon, seit Marco tot ist.« Die Stimme versagte ihr, und ihre Hände ballten sich erneut zu Fäusten. Sie schüttelte den Kopf. »Er hat Angst.« Wieder eine lange Pause. »Ich habe keine Möglichkeit, ihn zu zwingen. Meine El...« Sie brach ab, bevor sie das Wort ganz ausgesprochen hatte, das ihm bestätigte, was er schon wußte. Sie beugte den Oberkörper vor, und er sah, daß sie nun, nachdem die Botschaft überbracht war, nur noch die Flucht ergreifen wollte.

Brunetti erhob sich langsam und kam um seinen Schreibtisch herum. Sie stand auf und wandte sich zur Tür.

Brunetti öffnete ihr. Er bedankte sich, daß sie gekommen war, um mit ihm zu sprechen. Sobald sie die ersten Stufen hinunter war, schloß er die Tür, sprang zum Telefon und wählte die Nummer des Wachpostens am Empfang. Er erkannte die Stimme des jungen Polizisten, der sie zu ihm heraufgebracht hatte.

»Masi, sagen Sie nichts. Bitten Sie die Frau, die jetzt herunterkommt, zu sich herein, und sorgen Sie dafür, daß sie mindestens ein paar Minuten bei Ihnen bleibt. Sie können ihr ja erzählen, daß Sie in Ihrem Wachbuch notieren müssen, wann sie die Questura verlassen hat – irgend etwas, aber Sie müssen sie aufhalten. Danach kann sie gehen.«

Ohne dem anderen Gelegenheit zu einer Antwort zu

geben, legte Brunetti auf und lief zu dem großen Schrank an der Wand. Er riß die Tür auf, daß sie gegen die Wand knallte, sah die alte Tweedjacke, die er vor über einem Jahr da hineingehängt hatte, und riß sie hastig vom Bügel. Die Jacke in der einen Hand, sprang er zur Zimmertür, öffnete sie, warf einen Blick ins Treppenhaus und rannte ein Stockwerk tiefer zum Bereitschaftsraum.

Als er schnaufend dort ankam, sah er zu seiner großen Erleichterung Pucetti an seinem Schreibtisch sitzen. »Pucetti«, sagte er, »schnell, stehen Sie auf, und ziehen Sie Ihre Jacke aus.«

Augenblicklich war der junge Polizist auf den Beinen, seine Uniformjacke flog auf den Tisch. Brunetti gab ihm die Tweedjacke und sagte: »Unten am Eingang ist ein junges Mädchen. Masi hält sie ein paar Minuten auf. Wenn sie hinausgeht, möchte ich, daß Sie ihr folgen. Laufen Sie ihr den ganzen Tag nach, wenn es sein muß. Jedenfalls will ich wissen, wohin sie geht, und vor allem, wer sie ist.«

Pucetti war schon auf dem Weg zur Tür. Da die Jacke ihm zu groß war, krempelte er die Ärmel hoch; dann riß er sich die Krawatte herunter und warf sie ungefähr in Richtung Schreibtisch. Als er zur Tür hinausging, ohne Brunetti nach weiteren Erklärungen zu fragen, sah er aus wie ein leger gekleideter junger Mann, der sich heute eben für ein weißes Hemd zur dunkelblauen Hose entschieden hatte und den militärischen Schnitt der Hose damit ausglich, daß er dazu ein übergroßes Jackett aus Harristweed mit pfiffig hochgekrempelten Ärmeln trug.

Brunetti ging wieder in sein Zimmer hinauf, wählte die Nummer des *Gazzettino* und nannte seinen Namen. Dann berichtete er, daß die Polizei, die den Drogentod eines Studenten zu untersuchen habe, den jungen Mann habe identifizieren können, der ihm den Stoff, an dem er gestorben sei, vermutlich besorgt habe. Seine Festnahme stehe unmittelbar bevor, und man habe die Hoffnung, daß sie zur Festnahme weiterer Personen führen werde, die im Veneto mit Drogen handelten. Als er auflegte, hoffte er, es möge genügen, damit der Verwandte des Mädchens, wer er auch war, seinen Mut zusammennahm und in die Questura kam, so daß Marco Landis sinnloser Tod wenigstens ein Gutes bewirkte.

Er und Vianello betraten um elf das Ufficio Catasto. Brunetti nannte der Sekretärin im ersten Stock seinen Namen und Dienstgrad, worauf sie ihm sagte, Ingeniere dal Carlo habe sein Büro im dritten Stock und sie wolle gern oben anrufen und Bescheid sagen, daß Commissario Brunetti zu ihm unterwegs sei. Stumm begaben sich Brunetti und der uniformierte Vianello also in den dritten Stock hinauf. Unterwegs wunderte Brunetti sich über die vielen Leute, fast lauter Männer, die in gegenläufigen Strömen die Treppen hinauf- und hinuntergingen und sich auf allen Stockwerken vor den Türen der jeweils für sie zuständigen Büros drängten, alle mit Bauzeichnungen und dicken Aktenordnern beladen.

Ingeniere dal Carlos Zimmer war das letzte auf der linken Seite. Die Tür stand offen, also gingen sie hinein. Eine kleine Frau, dem Aussehen nach alt genug, um Vianellos Mutter zu sein, saß mit Blick zur Tür an einem Schreibtisch neben einem riesigen Computerbildschirm. Sie musterte die

Eintretenden über die dicken Gläser ihrer Lesebrille hinweg von oben bis unten. Ihr stark mit Grau durchzogenes Haar war zu einem strengen Knoten geschlungen, der Brunetti unwillkürlich an Signora Landi denken ließ, und ihre schmalen Schultern hingen nach vorn wie bei beginnender Osteoporose. Sie war nicht geschminkt, als hätte sie jeden Gedanken an eine eventuelle Nützlichkeit solcher Maßnahmen schon lange aufgegeben.

»Commissario Brunetti?« fragte sie, ohne aufzustehen.

»Ja. Ich möchte Ingeniere dal Carlo sprechen.«

»Darf ich mich nach Ihrem Begehr erkundigen?« fragte sie in präzisem Italienisch – allerdings hatte Brunetti diese Redewendung seit Jahrzehnten nicht mehr gehört.

»Ich möchte ihm ein paar Fragen zu einem ehemaligen Mitarbeiter stellen.«

»Ehemalig?«

»Ja. Franco Rossi«, sagte er.

»Ach so, ja«, sagte sie, wobei sie eine Hand zur Stirn hob und ihre Augen abschirmte. Sie ließ die Hand wieder sinken, nahm ihre Brille ab und sah dann zu Brunetti auf. »Der arme junge Mann. Hat Jahre hier gearbeitet. Es war schrecklich. So etwas ist bei uns noch nie passiert.« An der Wand über ihrem Schreibtisch hing ein Kruzifix, zu dem sie nun den Blick hob, während ihre Lippen sich in einem stummen Gebet für den toten jungen Mann bewegten.

»Kannten Sie Signor Rossi?« erkundigte sich Brunetti und endete, als hätte er ihren Namen nicht mitbekommen, mit einem fragenden: »Signora...?«

»Dolfin, Signorina«, antwortete sie knapp und legte eine Kunstpause ein, fast als wollte sie sehen, wie er auf den Namen reagierte. Dann fuhr sie fort: »Sein Zimmer war gleich hier gegenüber. Er war so ein höflicher junger Mann, immer sehr respektvoll gegenüber Dottor dal Carlo.« Es klang, als gäbe es in Signorina Dolfins Augen kein höheres Lob.

»Aha«, machte Brunetti, der es müde war, immer dieselben Lobhudeleien zu hören, die durch den Tod eines Menschen offenbar unumgänglich wurden. »Könnte ich jetzt den Ingeniere sprechen?«

»Natürlich«, sagte sie im Aufstehen. »Sie müssen entschuldigen, daß ich soviel rede. Angesichts eines so tragischen Todes weiß man einfach nicht, wie man sich verhalten soll.«

Brunetti nickte; es war nach seiner Erfahrung die beste Methode, einem Klischee zu begegnen.

Sie ging ihnen die paar Schritte von ihrem Schreibtisch zur Zimmertür ihres Chefs voraus. Dort hob sie die Hand, klopfte zweimal, wartete kurz und klopfte dann leise noch ein drittes Mal, als hätte sie im Lauf der Jahre einen Code entwickelt, der dem Mann hinter der Tür sagte, welche Art von Besuch er zu erwarten hatte. Als die Stimme des Mannes hinter der Tür *avanti* rief, sah Brunetti ein unverkennbares Glimmen in ihren Augen und konnte beobachten, wie ihre Mundwinkel sich aufwärts bogen.

Sie öffnete die Tür, ging hinein und machte sofort einen Schritt zur Seite, damit die beiden Männer eintreten konnten, dann sagte sie: »Commissario Brunetti, Dottore.« Brunetti hatte beim Eintreten schon mit einem Seitenblick den großen, dunkelhaarigen Mann hinter seinem Schreibtisch sitzen sehen, aber seine Aufmerksamkeit galt weiter Signorina Dolfin, deren Gebaren eine faszinierende Verwandlung durchmachte, bis hin zu ihrer Stimme, die einen viel herzlicheren, volleren Klang bekam als vorhin, während sie mit ihm sprach.

»Danke, Signorina«, sagte dal Carlo, ohne sie mehr als eines kurzen Blickes zu würdigen. »Das wäre es dann.«

»Danke, Dottore«, antwortete sie, dann drehte sie sich sehr langsam um, ging hinaus und zog leise die Tür hinter sich zu.

Dal Carlo erhob sich lächelnd. Er war Ende Fünfzig, hatte aber die straffe Haut und die aufrechte Haltung eines Jüngeren. Sein Lächeln legte ein Gebiß bloß, das nach italienischer Art überkront war: eine Nummer größer als nötig. »Wie ich mich freue, Sie kennenzulernen, Commissario«, sagte er, wobei er die Hand ausstreckte, und als Brunetti sie nahm, bedachte er ihn mit einem männlich-kräftigen Händedruck. Dann nickte er Vianello zu und geleitete beide zu einer Sitzgruppe in der einen Ecke des Zimmers. »Womit kann ich Ihnen dienen?«

Brunetti setzte sich erst einmal, dann sagte er: »Ich möchte etwas über Franco Rossi erfahren.«

»Ach ja«, seufzte dal Carlo und schüttelte ein paarmal den Kopf. »Schreckliche Geschichte, richtig tragisch. Er war ein wunderbarer junger Mann, ein hervorragender Mitarbeiter. Er hätte eine erfolgreiche Karriere vor sich gehabt.« Er seufzte noch einmal und wiederholte: »Tragisch, tragisch.«

»Wie lange hat er hier gearbeitet, Ingeniere?« fragte Brunetti.

Vianello zückte ein kleines Notizbuch, klappte es auf und begann, sich Notizen zu machen.

»Mal überlegen«, begann dal Carlo. »An die fünf Jahre, würde ich sagen.« Er lächelte. »Ich kann ja Signorina Dolfin fragen. Sie wird Ihnen das sicher ganz genau beantworten können.«

»Nein, danke, Dottore, das genügt schon«, sagte Brunetti mit einer lässigen Handbewegung. Dann fragte er weiter: »Welche Aufgaben hatte Signor Rossi hier im einzelnen?«

Dal Carlo faßte sich ans Kinn, eine Geste des Nachdenkens, und blickte zu Boden. Nach einer angemessenen Weile antwortete er: »Er hatte Pläne daraufhin zu prüfen, ob sie den tatsächlich durchgeführten Arbeiten entsprachen.«

»Und wie ist er dabei vorgegangen, Dottore?« fragte Brunetti.

»Er hat sich hier im Amt die Pläne angesehen und sich dann an Ort und Stelle davon überzeugt, daß die Arbeiten ordnungsgemäß ausgeführt worden waren.«

»Ordnungsgemäß?« wiederholte Brunetti mit der Verwirrung des Laien im Ton.

»Nun, daß sie mit den Plänen übereinstimmten.«

»Und wenn nicht?«

»Dann hat Signor Rossi die Abweichungen gemeldet, und unser Amt hat entsprechende Schritte eingeleitet.«

»Und die waren?«

Dal Carlo sah zu Brunetti hinüber und schien nicht nur die Frage zu wägen, sondern auch den Grund, warum Brunetti sie stellte.

»Meist eine Geldbuße und die Anordnung, die Arbeiten noch einmal zu machen, aber so, daß sie den Plänen entsprachen«, antwortete dal Carlo.

»Ich verstehe«, sagte Brunetti und nickte Vianello zu, daß er sich diese letzte Antwort besonders merken solle. »Dann konnte das also eine teure Inspektion werden.«

Dal Carlo blickte verwundert drein. »Ich fürchte, jetzt verstehe ich nicht ganz, was Sie damit meinen, Commissario.«

»Ich meine, daß es ein hübsches Sümmchen kosten kann, die Arbeiten einmal und dann noch einmal machen zu lassen. Ganz zu schweigen von der Geldbuße.«

»Natürlich«, sagte dal Carlo. »Die Gesetze sind da recht präzise.«

»Also doppelt teuer«, meinte Brunetti.

»Ja, das ist wohl richtig. Aber wenige Leute handeln so unüberlegt und versuchen etwas Derartiges.«

Hier gestattete sich Brunetti ein überraschtes Kopfheben, wobei er dal Carlo mit einem angedeuteten Verschwörerlächeln ansah. »Wenn Sie das sagen, Ingeniere«, meinte er. Dann wechselte er rasch das Thema sowie auch seinen Ton und fragte: »Hat Signor Rossi jemals Drohungen bekommen?«

Wieder gab sich dal Carlo begriffsstutzig. »Ich fürchte, das verstehe ich auch nicht, Commissario.«

»Dann lassen Sie mich ganz offen mit Ihnen reden, Dottore. Signor Rossi war in der Lage, Leuten sehr hohe Kosten zu verursachen. Wenn er meldete, daß an einem Gebäude ungenehmigte Baumaßnahmen durchgeführt worden waren, drohten dem Eigentümer eine Geldbuße sowie die Kosten für die Korrektur der durchgeführten Arbeiten.« An dieser Stelle lächelte er, dann fuhr er fort: »Wir wissen beide, was Bauen in dieser Stadt kostet, und darum glaube ich nicht, daß jemand sehr erfreut war, wenn bei Signor Rossis Inspektion Unstimmigkeiten entdeckt wurden.«

»Gewiß nicht«, pflichtete dal Carlo ihm bei. »Aber ich bezweifle sehr, daß jemand es wagen würde, einem städtischen Beamten zu drohen, der nur seine Pflicht tut.«

Unvermittelt fragte Brunetti: »Hätte Signor Rossi wohl Schmiergeld angenommen?« Dabei beobachtete er dal Carlos Gesicht sehr genau und sah, daß der Mann entsetzt war; man hätte sogar sagen können: schockiert.

Statt sofort zu antworten, ließ dal Carlo sich die Frage gründlich durch den Kopf gehen. »Darüber habe ich noch nie nachgedacht«, sagte er, und Brunetti bezweifelte nicht, daß er die Wahrheit sprach. Dal Carlo hätte fast sogar noch die Augen geschlossen und den Kopf zurückgelegt, nur um zu zeigen, wie angestrengt er dafür jetzt nachdachte. Schließlich log er: »Ich möchte nicht schlecht von ihm reden, schon gar nicht jetzt, aber möglich ist es. Das heißt...«, er zögerte verlegen, »es wäre möglich gewesen.«

»Warum sagen Sie das?« fragte Brunetti, der ziemlich sicher war, daß hier nur der reichlich durchsichtige Versuch unternommen wurde, Rossi zur Vertuschung eigener Schwindeleien zu mißbrauchen.

Zum erstenmal sah dal Carlo ihm fest in die Augen. Hätte Brunetti noch einen Beweis dafür gebraucht, daß er log, er hätte keinen eindeutigeren finden können. »Sie müssen wissen, daß es nichts Bestimmtes war, nichts, worauf ich mit dem Finger hätte zeigen können. Aber sein Verhalten hatte sich in den letzten Monaten verändert. Er wirkte heimlichtuerisch und nervös. Erst jetzt, wo Sie danach fragen, kommt mir diese Möglichkeit in den Sinn.«

»Wäre es denn leicht?« fragte Brunetti. Und als dal Carlo offenbar nicht verstand, erklärte er: »Ich meine, sich bestechen zu lassen?«

Fast rechnete er schon damit, daß dal Carlo antworten würde, er habe darüber noch nie nachgedacht, und er war sich nicht sicher, ob er sich dann noch würde beherrschen können, um nicht laut loszulachen. Immerhin befanden sie sich in einer städtischen Amtsstube. Aber der Ingenieur hielt sich zurück und sagte schließlich nur: »Ich muß es wohl für möglich halten.«

Brunetti schwieg lange, so lange, daß dal Carlo sich endlich genötigt sah zu fragen: »Wozu dienen alle diese Fragen, Commissario?«

»Wir sind nicht restlos davon überzeugt«, antwortete Brunetti, der es schon immer viel wirksamer gefunden hatte, im Plural zu sprechen, »daß Signor Rossis Tod ein Unfall war.«

Diesmal konnte dal Carlo seine Überraschung nicht verbergen, wobei man nicht hätte sagen können, ob die Möglichkeit ihn überraschte oder der Umstand, daß die Polizei dahintergekommen war. Während ihm allerlei Gedanken durch den Kopf gingen, sah er Brunetti mit einem verschlagenen Blick an, der an Zecchino erinnerte.

Die Erinnerung an den jungen Drogensüchtigen ließ Brunetti sagen: »Wir haben möglicherweise einen Zeugen dafür, daß es kein Unfall war.«

»Einen Zeugen?« wiederholte dal Carlo so laut und ungläubig, als hätte er dieses Wort noch nie gehört.

»Ja, jemanden, der in diesem Haus war.« Brunetti stand unvermittelt auf. »Haben Sie vielen Dank für Ihre Hilfe,

Dottore«, sagte er und streckte die Hand aus. Dal Carlo, sichtlich irritiert ob der merkwürdigen Wende, die das Gespräch genommen hatte, erhob sich ebenfalls. Sein Händedruck war spürbar weniger herzlich als bei der Begrüßung.

Erst als er die Tür öffnete, faßte er seine Überraschung endlich in Worte. »Ich kann das kaum glauben«, sagte er. »Es hätte ihn doch niemand umgebracht. Dafür gab es gar keinen Grund. Und dieses Gebäude steht leer. Wie kann dort jemand gesehen haben, was passiert ist?«

Als weder Brunetti noch Vianello darauf antwortete, ging dal Carlo ins Vorzimmer. Ohne Signorina Dolfin, die an ihrem Computer arbeitete, im mindesten zu beachten, führte er die beiden Polizisten auf den Flur hinaus. Abschiedsworte hielt keiner der drei für angebracht.

21

Brunetti schlief nicht gut in dieser Nacht; immer wieder weckten ihn die Erinnerungen des Tages. Er machte sich klar, daß Zecchino ihn wegen des Mordes an Rossi vermutlich angelogen und viel mehr gesehen oder gehört hatte, als er zugab; warum wäre er sonst so ausweichend geworden?

Die endlose Nacht brachte noch anderes angeschleppt: Pattas Weigerung, das Verhalten seines Sohnes als kriminell zu betrachten; das mangelnde Mitgefühl seines Freundes Luca für seine Frau; die allgemeine Inkompetenz, die ihn an jedem seiner Arbeitstage behinderte. Doch am meisten mußte er an die beiden jungen Mädchen denken: die eine derart vom Leben erniedrigt, daß sie sich an so einem heruntergekommenen Ort auf Sex mit Zecchino einließ, die andere zerrissen zwischen der Trauer um Marcos Tod und Gewissensbissen wegen ihrer Kenntnis der Umstände, die dazu geführt hatten.

Lange Berufserfahrung hatte Brunetti alle Kavaliersempfindungen ausgetrieben, aber von einem peinigenden Mitleid für diese beiden Mädchen konnte er sich nicht freimachen. War die eine vielleicht dort oben gewesen, als er Zecchino begegnete? Er hatte es so eilig gehabt, aus diesem Haus zu kommen, daß er nicht mehr auf den Dachboden gegangen war, um zu sehen, ob sich da noch jemand aufhielt. Daß Zecchino die Treppe heruntergekommen war, hieß ja nicht, daß er das Haus hatte verlassen wollen; ebensogut konnte es sein, daß er nur den Geräuschen nachgehen wollte, die Brunetti beim Hereinkommen verursachte, und dabei hatte er das Mädchen einfach oben gelassen.

Von dem anderen jungen Mädchen hatte Pucetti immerhin den Namen beigebracht: Anna Maria Ratti, die mit ihren Eltern und einem Bruder in Castello wohnte und Architektur studierte.

Brunetti hatte es vor einiger Zeit vier Uhr schlagen hören, als er sich vornahm, noch am selben Vormittag zu dem Haus zurückzugehen und zu versuchen, Zecchino zum Reden zu bringen; kurz danach sank er in einen friedlichen Schlaf und erwachte erst wieder, als Paola schon zur Universität und die Kinder zur Schule gegangen waren.

Nachdem er sich angezogen hatte, rief er in der Questura an, um zu sagen, daß er später kommen werde, dann ging er ins Schlafzimmer zurück, seine Pistole suchen. Er zog einen Stuhl an den Schrank, stieg hinauf und sah auf dem obersten Brett das Kästchen stehen, das sein Vater bei Kriegsende aus Rußland mitgebracht hatte. Das Vorhängeschloß befand sich ordnungsgemäß an der Haspe, aber ihm fiel beim besten Willen nicht ein, wo er den Schlüssel hingetan hatte. Er nahm den Kasten herunter und trug ihn zum Bett. Oben auf den Deckel war ein Zettel geklebt, und darauf stand in Chiaras sauberer Handschrift: »*Papà* – Raffi und ich wissen ja eigentlich nicht, daß der Schlüssel hinter dem Bild in Mamas Arbeitszimmer klebt. *Baci.*«

Er holte den Schlüssel und überlegte kurz, ob er noch einen Kommentar auf den Zettel schreiben sollte; aber nein, er wollte die Kinder lieber nicht noch ermutigen. Er schloß den Kasten auf, nahm die Pistole heraus, lud sie und steckte sie in das lederne Holster, das er schon vorher an seinen

Gürtel geschnallt hatte. Dann stellte er den Kasten wieder in den Schrank und machte sich auf den Weg.

Die *calle* war, wie schon die beiden anderen Male, die er hierhergekommen war, menschenleer, und auf dem Gerüst waren auch keine Arbeiten im Gange. Er löste die Halterung und betrat das Haus, doch diesmal ließ er die Tür hinter sich offen. Er unternahm auch keinen Versuch, leise aufzutreten oder sein Hiersein sonstwie zu verbergen. Am Fuß der Treppe blieb er stehen und rief: »Zecchino, hier ist die Polizei. Ich komme jetzt rauf.«

Er wartete eine kleine Weile, aber von oben kam keinerlei Antwort. Er bedauerte, daß er keine Taschenlampe mitgebracht hatte, und als er in den ersten Stock hinaufging, war er froh um das bißchen Licht, das von hinten durch die offene Tür hereinfiel. Von oben war noch immer kein Laut zu hören. Brunetti ging weiter in den zweiten, dann in den dritten Stock und hielt dort auf dem Treppenabsatz inne. Er öffnete die Läden zweier Fenster, so daß er immerhin Licht genug hatte, um zur Treppe zurück und zum Dachboden hinaufzugehen.

Oben blieb er stehen. Rechts und links des Treppenabsatzes befanden sich zwei Türen, eine dritte bildete das Ende eines kurzen Flurs. Durch einen kaputten Fensterladen links von ihm kam genügend Helligkeit herein. Er wartete, rief noch einmal Zecchinos Namen und ging dann, durch das Schweigen sonderbar beruhigt, zur ersten Tür auf der rechten Seite.

Der Raum dahinter war leer. Das heißt, es war niemand darin, nur ein paar Kästen mit Werkzeug standen herum, dazu ein Sägebock, über dem eine alte, gipsverschmierte

Malerhose hing. Hinter der Tür auf der gegenüberliegenden Seite gähnte die gleiche Leere. Blieb nur noch die dritte am Ende des Flurs.

Dahinter fand er, wie er gehofft hatte, Zecchino, und er fand auch das Mädchen. In dem trüben Lichtschein, der durch ein verdrecktes Oberlicht hereinsickerte, sah er sie zum erstenmal. Sie lag auf Zecchino. Ihn mußten sie zuerst umgebracht haben, oder er hatte als erster aufgegeben und war unter dem Hagel von Schlägen zusammengebrochen, während sie weitergekämpft hatte, vergebens, nur um am Ende auf ihn zu fallen.

»Gesù bambino«, sagte Brunetti leise, als er die beiden sah, und er mußte sich zusammennehmen, um kein Kreuzzeichen zu machen. Da lagen sie, zwei kraftlose Gestalten, geschrumpft im Tod, der die Menschen auf so eine bestimmte Weise kleiner aussehen läßt. Ein dunkler Heiligenschein aus getrocknetem Blut umgab ihre Köpfe, die dicht nebeneinanderlagen wie bei jungen Hündchen oder Liebenden.

Brunetti sah von Zecchino den Hinterkopf, von dem Mädchen das Gesicht, oder was von dem Gesicht noch übrig war. Offenbar hatte man beide totgeschlagen: Zecchinos Schädel hatte nichts Rundes mehr; bei dem Mädchen war die Nase fort, zertrümmert von einem so schweren Schlag, daß nur noch ein Stück Knorpel übrig war, das auf der linken Wange lag.

Brunetti wandte sich ab und sah sich in dem Zimmer um. An der einen Wand lagen ein paar fleckige Matratzen übereinander, daneben Kleidungsstücke – er sah erst jetzt, als er wieder auf die beiden Toten blickte, daß sie halb nackt waren. Sie hatten die Kleider einfach abgeworfen in ihrer Hast, zu tun, was immer sie auf diesen Matratzen taten. Er sah eine blutige Spritze auf dem Boden liegen, und sogleich fiel ihm ein Gedicht ein, das Paola ihm einmal vorgelesen hatte: Da versuchte der Dichter eine Frau dadurch herumzukriegen, daß er zu ihr sagte, ihrer beider Blut sei in dem Floh vermischt, der sie beide gebissen habe. Damals war es ihm krankhaft vorgekommen, die Vereinigung von Mann und Frau auf diese Weise zu betrachten, aber es war nicht krankhafter als die Nadel, die da auf dem Fußboden lag, daneben ein paar weggeworfene Plastiktütchen, wahrscheinlich von der Art, wie man sie in Roberto Pattas Jackentasche gefunden hatte.

Brunetti ging wieder nach unten. Dort nahm er das *telefonino* aus der Tasche, das er heute vorsorglich mitgenommen hatte, und rief in der Questura an, um zu sagen, was er gefunden hatte und wo er zu finden sei. Die Stimme des Polizisten in ihm wollte ihm befehlen, wieder in das Zimmer hinaufzugehen, in dem die beiden jungen Menschen lagen, um zu sehen, was es sonst noch zu entdecken gab. Er zog es aber vor, sich gegenüber dieser Stimme taub zu stellen, und ging statt dessen auf die andere Straßenseite, um dort in der Sonne auf die anderen zu warten.

Als sie endlich kamen, schickte er sie nach oben, ohne der Versuchung zu erliegen, ihnen zu sagen, daß sie ja nun, da keine Handwerker im Haus seien, mit der Spurensicherung am Tatort fortfahren könnten. Von billigem Spott hatte jetzt niemand etwas, und die Leute würden auch dann nichts dazulernen, wenn sie jetzt erfuhren, daß sie letztes Mal hereingelegt worden waren.

Er fragte, wen sie für die Leichenschau bestellt hätten, und war froh, zu hören, daß es Rizzardi war. Er rührte sich nicht vom Fleck, während die Männer ins Haus gingen, und als zwanzig Minuten später der Pathologe kam, stand er immer noch da. Zur Begrüßung nickten sie einander nur zu.

»Schon wieder einer?« fragte Rizzardi.

»Zwei«, sagte Brunetti. Dabei wandte er sich dem Haus zu und ging voraus.

Die beiden Männer fanden ohne weiteres nach oben, denn inzwischen waren alle Fensterläden offen, und es fiel genug Licht herein. Am Kopfende der Treppe angekommen, wurden sie wie die Motten von den grellen Lichtern der Kriminaltechniker angezogen, die das Zimmer und den Korridor erhellten und sie aufforderten, hinzugehen und sich erneut davon zu überzeugen, wie zerbrechlich der menschliche Körper und wie eitel alle Hoffnung war.

Im Zimmer angekommen, ging Rizzardi zu den beiden Leichen und betrachtete sie zunächst von oben. Dann zog er ein Paar Gummihandschuhe an und bückte sich, um zuerst den Hals des Mädchens, anschließend den des Jungen zu befühlen. Er stellte seine Ledertasche auf den Boden, ging neben dem Mädchen in die Hocke, griff über sie hinweg und rollte sie von der anderen Leiche herunter, so daß sie auf den Rücken zu liegen kam. Da lag sie nun und starrte an die Decke, und auf einmal glitt die eine zerschlagene Hand über ihren Körper hinweg und klatschte auf den Boden, was Brunetti erschreckte, denn er hatte es vorgezogen wegzusehen.

Jetzt ging er näher, stellte sich neben Rizzardi und blickte auf die Frau hinunter. Ihr kurzes, mit Henna dunkelrot gefärbtes Haar klebte fettig und verdreckt an ihrem Kopf. Er stellte fest, daß die Zähne, die sich durch den Schlitz ihres blutigen Mundes zeigten, ebenmäßig und weiß waren. Um ihren Mund herum klebte geronnenes Blut, obwohl der Blutstrom aus ihrer zerschlagenen Nase offenbar nach oben und in ihre Augen geflossen war. Ob sie hübsch gewesen war? Oder unansehnlich?

Rizzardi faßte Zecchinos Kinn und drehte den Kopf des Jungen ins Licht. »Beide wurden durch Schläge auf den Kopf getötet«, sagte er, wobei er auf eine Stelle links an Zecchinos Stirn zeigte. »Das ist nicht leicht, man braucht dazu sehr viel Kraft. Oder muß sehr oft zuschlagen. Und es ist kein schneller Tod. Aber wenigstens haben sie nach den ersten Schlägen nicht mehr viel gefühlt.« Er betrachtete wieder das Mädchen und drehte ihr Gesicht zur Seite, um sich eine dunkle Delle an ihrem Hinterkopf näher anzusehen. Dann zeigte er auf zwei Druckstellen an ihren Oberarmen. »Ich würde sagen, man hat sie festgehalten, während auf sie eingeschlagen wurde – mit einem Stück Holz vielleicht, oder mit einem Rohr.«

Keiner von beiden hielt dazu einen Kommentar für nötig oder glaubte hinzufügen zu müssen: »Wie bei Rossi.«

Rizzardi erhob sich, zog die Handschuhe aus und steckte sie in seine Jackentasche.

»Wann werden Sie dazu kommen?« war die einzige Frage, die Brunetti einfiel.

»Heute nachmittag, nehme ich an.« Rizzardi fragte Brunetti wohlweislich nicht, ob er dabeisein wolle. »Wenn Sie mich nach fünf anrufen, müßte ich Ihnen schon etwas sagen können.« Ehe Brunetti sich dazu äußern konnte, fügte

Rizzardi gleich hinzu: »Aber viel wird es nicht sein – nicht viel mehr, als was wir hier sehen.«

Nachdem Rizzardi fort war, begannen die Kriminaltechniker mit ihrer makabren Hausputzparodie: Sie fegten und wischten, hoben kleine Gegenstände auf, die zu Boden gefallen waren, und sorgten für deren sichere Aufbewahrung. Brunetti überwand sich, die Taschen der beiden jungen Leute zu durchsuchen, zuerst an den abgelegten Kleidungsstücken auf und neben den Matratzen, dann, nachdem er von Del Vecchio ein Paar Gummihandschuhe in Empfang genommen hatte, an den Sachen, die sie noch anhatten. In der Brusttasche von Zecchinos Hemd fand er drei weitere Plastiktütchen, alle mit einem weißen Pulver darin. Er gab sie an Del Vecchio weiter, der sie sorgsam beschriftete und zu den anderen Beweisstücken tat.

Zu Brunettis Erleichterung hatte Rizzardi den beiden Toten die Augen geschlossen. Zecchinos nackte Beine erinnerten ihn an die Fotos von jenen streichholzdürren Gestalten, die vor den Toren der Konzentrationslager gestanden hatten: nur Haut und Sehnen, fast keine Muskeln. Und wie knotig seine Knie waren. Ein vorstehender Hüftknochen war so dünn wie ein Messer. Rote Pusteln bedeckten die Oberschenkel, aber Brunetti hätte nicht sagen können, ob es eiternde Narben alter Einstiche waren oder die Symptome einer Hautkrankheit. Das Mädchen war zwar auch erschreckend mager und hatte so gut wie keine Brüste, aber sie war nicht ganz so ein Knochengestell wie Zecchino. Bei dieser Überlegung dachte Brunetti unwillkürlich daran, wie diese beiden Menschen nun bald nur noch Gerippe sein würden, und er wandte sich ab und ging die Treppe hinunter.

Da dieser Teil der Ermittlungen nun wirklich in seine Zuständigkeit fiel, war es das mindeste, was er für die Toten tun konnte, dazubleiben, bis die Leichen weggeschafft waren und die Leute von der Spurensicherung sich überzeugt hatten, daß alles gefunden, eingesammelt und untersucht war, was der Polizei bei der künftigen Suche nach den Mördern nützlich sein könnte. Er ging bis ans Ende der *calle* und blickte hinüber zu dem Garten auf der anderen Seite, froh, daß Forsythien es doch immer wieder schafften, fröhlich auszusehen, und wenn sie sich noch so hastig herausgeputzt hatten.

Sie würden jetzt natürlich herumfragen müssen, die Gegend abklappern nach irgendwem, der gesehen hatte, wie jemand in die *calle* oder gar ins Haus gegangen war. Als er sich umdrehte, sah er schon einen kleinen Menschenauflauf am anderen Ende der *calle*, dort, wo sie sich zu einer größeren Straße hin öffnete, und ging darauf zu, die ersten Fragen bereits im Kopf.

Wie erwartet, hatte niemand etwas gesehen, weder heute noch überhaupt in den letzten Wochen. Niemand hatte auch nur geahnt, daß man in dieses Haus hineinkam. Niemand war je Zecchino begegnet oder konnte sich an ein Mädchen erinnern. Da es keine Möglichkeit gab, sie zum Reden zu zwingen, hielt Brunetti sich erst gar nicht damit auf, ihnen nicht zu glauben; er wußte eben nur aus langer Erfahrung, daß die meisten Italiener sich im Umgang mit der Polizei an wenig mehr als ihre eigenen Namen erinnerten.

Weitere Fragen hatten Zeit bis nach dem Mittagessen oder bis zum Abend, wenn man damit rechnen konnte, die Leute, die in dieser Gegend wohnten, zu Hause anzutreffen.

Aber er wußte schon, daß niemand zugeben würde, etwas gesehen zu haben. Es würde sich schnell herumgesprochen haben, daß in dem Haus zwei Drogenabhängige gestorben waren, und nur sehr, sehr wenige Menschen würden ihren Tod als etwas Außergewöhnliches betrachten; den meisten wäre es zuviel der Umstände, sich deswegen von der Polizei verhören zu lassen. Warum sich stundenlang einer Behandlung aussetzen, als wäre man tatverdächtig? Warum es riskieren, daß man sich womöglich von der Arbeit abmelden mußte, um sich weitere Fragen stellen zu lassen oder sogar vor Gericht zu erscheinen?

Brunetti wußte, daß die Öffentlichkeit der Polizei alles andere als Sympathie entgegenbrachte; er wußte auch, wie schlecht die Polizei oft Leute behandelte, egal ob sie als Verdächtige oder als Zeugen in die Ermittlungen gerieten. Jahrelang hatte er seinen Untergebenen beizubringen versucht, daß man mit Zeugen umzugehen hatte wie mit Leuten, die der Polizei helfen wollten, gewissermaßen wie mit Kollegen, aber dann kam er an den Verhörzimmern vorbei und hörte, wie dort die Leute eingeschüchtert, bedroht und beleidigt wurden. Kein Wunder, daß alle Welt schon bei dem bloßen Gedanken, der Polizei Informationen geben zu sollen, das Weite suchte; er selbst täte das auch.

Der Gedanke an Mittagessen war ihm unerträglich, ebenso die Vorstellung, das vorhin Gesehene mit nach Hause und in seine Familie zu schleppen. Er rief Paola an, um ihr Bescheid zu sagen, ging in die Questura zurück und tat, was ihm so alles einfiel, um sich mit Routinearbeit zu betäuben, solange er auf Rizzardis Anruf wartete. Wahrscheinlich würde die Todesursache für ihn keine Neuigkeit sein, aber wenigstens wäre sie eine Information, die er abheften konnte, und vielleicht würde es ihn sogar ein ganz klein wenig trösten, daß er dieses bißchen Ordnung in das Chaos plötzlichen Todes gebracht hatte.

So verwandte er die nächsten vier Stunden darauf, die Papiere und Berichte, die sich in zwei Monaten auf seinem Schreibtisch angesammelt hatten, zu sichten und alles, was er, ohne es groß verstehen zu wollen, überflogen hatte, ordentlich abzuzeichnen. Er brauchte dafür den ganzen Nachmittag, aber dann war sein Schreibtisch leer, woraufhin er den ganzen Kram sogar noch zu Signorina Elettra hinunterbrachte und ihr, da sie nicht da war, ein Zettelchen mit der Bitte hinterließ, sie möge für die Weiterleitung an den sorgen, der es als nächster zu lesen habe.

Nachdem das erledigt war, ging er zu der Bar bei der Brücke, trank ein Glas Mineralwasser und aß ein getoastetes Käsesandwich. Er nahm sich *Il Gazzettino* vom Tresen und fand im zweiten Teil den von ihm lancierten Artikel. Erwartungsgemäß stand viel mehr darin, als er gesagt hatte – eine Verhaftung stehe unmittelbar bevor, eine Verurteilung sei unausweichlich und der Drogenhandel im Veneto wirksam zerschlagen. Er legte die Zeitung wieder weg, ging zur Questura zurück und sah auf dem Weg dorthin die Forsythien auf der anderen Seite des Kanals ihre spärlichen gelben Blüten über die Mauer recken.

Wieder an seinem Schreibtisch, sah er auf die Uhr und stellte fest, daß es schon spät genug war, Rizzardi anzurufen. Er griff gerade nach dem Telefon, als dieses klingelte.

»Guido«, begann der Pathologe ohne Einleitung, »als Sie

sich heute morgen diese jungen Leute angesehen haben, nachdem ich weg war – hatten Sie da Handschuhe an?«

Es dauerte einen Moment, bis Brunetti seine Überraschung verdaut hatte, und er mußte kurz nachdenken, bevor es ihm wieder einfiel. »Ja, Del Vecchio hatte mir welche gegeben.«

Rizzardi stellte eine zweite Frage: »Haben Sie die Zähne des Mädchens gesehen?«

Wieder mußte Brunetti sich in das Zimmer zurückversetzen. »Mir ist nur aufgefallen, daß sie offenbar noch alle Zähne hatte, anders als die meisten Drogenabhängigen. Warum fragen Sie?«

»Sie hatte Blut an den Zähnen und im Mund«, erklärte Rizzardi.

Die Worte führten Brunetti noch einmal in das verwahrloste Zimmer und zu den beiden Gestalten zurück, die da übereinander auf dem Boden gelegen hatten. »Ich weiß. Es war ihr übers ganze Gesicht gelaufen.«

»Das war ihr eigenes Blut«, sagte Rizzardi mit besonderer Betonung auf dem »eigenen«. Ehe Brunetti hier einhaken konnte, fuhr er schon fort: »Das Blut in ihrem Mund war von jemand anderem.«

»Zecchino?«

»Nein.«

»O Gott, dann hat sie ihren Mörder gebissen?« fragte Brunetti. »Haben Sie genug davon, um...?« Er verstummte, weil er nicht so genau wußte, was Rizzardi alles damit anfangen konnte. Er hatte schon ellenlange Berichte über DNS-Vergleiche und Blut- und Samenproben gelesen, die als Beweismittel dienen konnten, aber er besaß weder das

Fachwissen, um zu verstehen, wie das alles vor sich ging, noch die intellektuelle Neugier, um sich für mehr zu interessieren, als daß es eben funktionierte und man auf diese Weise Personen eindeutig identifizieren konnte.

»Ja«, antwortete Rizzardi. »Bringen Sie mir den Täter, und ich kann ihn dem Blut im Mund des Mädchens zuordnen.« Er verstummte, und Brunetti merkte an der gespannten Stille in der Leitung, daß Rizzardi noch viel mehr zu sagen hatte.

»Was gibt's denn?« fragte er.

»Sie waren positiv.«

Was meinte er? Seine Testergebnisse? Die Proben? »Ich verstehe nicht«, gestand Brunetti.

»Beide, der Junge und das Mädchen. Sie waren positiv.«

»Dio mio!« entfuhr es Brunetti, der endlich begriff.

»Das prüfen wir bei Abhängigen immer als erstes. Bei ihm war die Krankheit schon viel weiter als bei ihr; das Virus hatte ihn fest im Griff. Er hatte nicht mehr lange zu leben. Haben Sie das nicht gesehen?«

Doch, Brunetti hatte es gesehen, aber er hatte es nicht verstanden, oder nicht so genau hinsehen oder das Gesehene verstehen wollen. Er hatte nicht allzusehr darauf geachtet, wie abgemagert Zecchino gewesen war und was das wohl bedeuten mochte.

Statt auf Rizzardis Frage zu antworten, fragte er seinerseits: »Und das Mädchen?«

»Nicht ganz so schlimm; die Infektion war noch nicht so weit fortgeschritten. Deswegen war sie wohl auch noch stark genug, um sich zur Wehr zu setzen.«

»Aber was ist denn mit diesen neuen Medikamenten?

Haben sie die denn nicht genommen?« erkundigte sich Brunetti, als glaubte er, Rizzardi habe darauf eine Antwort.

»Das weiß ich auch nicht, Guido«, antwortete Rizzardi geduldig, denn ihm war eingefallen, daß er mit einem Mann sprach, dessen Kinder kaum jünger waren als die beiden Opfer. »Aber ich habe in ihrem Blut und auch sonst nirgendwo in ihren Körpern einen Hinweis darauf gefunden, daß sie Medikamente nahmen. Drogenabhängige tun das meist nicht.«

Sie zogen es beide vor, dieses Thema nicht zu vertiefen. Statt dessen fragte Brunetti: »Was ist denn nun mit dem Biß? Erzählen Sie.«

»Sie hatte ziemlich viel Fleisch zwischen den Zähnen hängen. Der, den sie gebissen hat, muß eine scheußliche Wunde haben.«

»Ist die Krankheit auf diese Weise übertragbar?« fragte Brunetti und wunderte sich selbst, daß er nach all den Jahren, in denen er überall davon gelesen und dauernd davon gehört hatte, noch immer nicht besser Bescheid wußte.

»Theoretisch ja«, antwortete Rizzardi. »In der medizinischen Literatur sind Fälle beschrieben, in denen das offenbar der Übertragungsweg war, aber aus erster Hand habe ich nie von so etwas gehört. Ich halte es für möglich. Aber die Krankheit ist nicht mehr, was sie noch vor Jahren war. Mit den neuen Medikamenten hat man sie ganz gut im Griff, besonders wenn man früh mit der Einnahme beginnt.«

Brunetti hörte zu und machte sich dabei Gedanken über die möglichen Folgen einer Unwissenheit wie der seinen. Wenn selbst er, ein Mensch, der viel las und einigermaßen über das Geschehen in der Welt Bescheid wußte, keine Ahnung hatte, wie ansteckend ein Biß sein konnte, aber dennoch ein tiefsitzendes Grauen davor hatte, daß die Krankheit auf diese Weise weitergegeben werden konnte, dann brauchte man sich nicht zu wundern, wenn diese Angst sehr weit verbreitet war.

Er wandte seine Aufmerksamkeit nun aber wieder Rizzardi zu. »Wie schwerwiegend ist der Biß?«

»Ich schätze, daß ihm am Arm ein ordentlicher Batzen Fleisch fehlt«, sagte Rizzardi, und ehe Brunetti nachfragen konnte, erklärte er schon: »Sie hatte auch Haare im Mund. Wahrscheinlich vom Unterarm.«

»Wie groß wird die Wunde sein?«

Rizzardi überlegte kurz, dann meinte er: »Wie bei einem Hundebiß, sagen wir von einem Cockerspaniel.« Sie gingen beide auf diesen bizarren Vergleich nicht weiter ein.

»So groß, daß man damit zum Arzt gehen würde?« fragte Brunetti.

»Vielleicht, vielleicht auch nicht. Bei einer Entzündung ja.«

»Oder wenn der Gebissene wußte, daß sie positiv war?« fragte Brunetti weiter. »Oder wenn er es hinterher erfährt?« Wenn einer wüßte, daß er von einem HIV-Positiven gebissen worden war, würde er doch in heller Panik zum erstbesten Arzt rennen, der ihm sagen konnte, ob er sich angesteckt hatte, da war Brunetti sich ganz sicher. Er überlegte, was das für die Polizei bedeutete: Sie würden Ärzte anrufen müssen, die Notfallambulanzen der Krankenhäuser verständigen und mit Apotheken Kontakt aufnehmen, in denen der Mörder sich vielleicht mit Verbandszeug und Antiseptika versorgen wollte.

»Gibt es noch etwas?« fragte Brunetti.

»Er hätte diesen Sommer nicht überlebt, das Mädchen vielleicht noch das nächste Jahr, aber viel länger auch nicht.« Rizzardi schwieg kurz, dann fragte er mit völlig anderer Stimme: »Meinen Sie, es hinterläßt bei uns Narben, Guido – was wir alles sagen und tun müssen?«

»Gütiger Himmel, das will ich nicht hoffen«, antwortete Brunetti leise. Dann sagte er noch zu Rizzardi, daß er sich wieder melden werde, sobald er wisse, wer das Mädchen sei, und legte auf.

22

Er rief unten im Bereitschaftsraum an und gab Anweisung, neu eingehende und in den letzten Wochen eingegangene Vermißtenmeldungen daraufhin zu prüfen, ob sich eine davon auf ein etwa siebzehnjähriges junges Mädchen bezog. Aber noch während er das durchgab, war er sich vollkommen über die Möglichkeit im klaren, daß niemand dieses Mädchen als vermißt melden würde: Viele Jugendliche waren ihren Eltern entbehrlich geworden, niemand machte sich Sorgen, wenn sie längere Zeit fortblieben. Er kannte ihr Alter nicht, schätzte sie aber auf siebzehn und hoffte nur, daß sie nicht noch jünger war. Wenn doch, würde Rizzardi es wahrscheinlich feststellen können; er selbst wollte es lieber gar nicht wissen.

Er ging zur Herrentoilette hinunter und wusch sich die Hände, trocknete sie ab und wusch sie noch einmal. An seinen Schreibtisch zurückgekehrt, nahm er ein Blatt Papier aus der Schublade und schrieb in fetten Lettern die Schlagzeile darauf, die er in der morgigen Zeitung zu lesen wünschte: »Mordopfer rächt sich mit Todesbiß«. Während er von oben auf das Blatt stierte, fragte er sich, genau wie Rizzardi, was für Narben solches Tun wohl bei ihm hinterlassen würde. Er malte ein Einfügungszeichen zwischen »sich« und »mit« und schrieb in die Zeile darüber: »von jenseits des Grabes«. Dann betrachtete er eine Weile sein Werk, fand aber schließlich, daß die Einfügung die Zeile für eine Spalte zu lang machte, und strich sie wieder durch. Zuletzt zückte er das eselsohrige Notizbuch, in dem er Namen und Telefonnummern stehen hatte, und wählte die dienstliche Nummer des Kriminalreporters vom *Gazzettino.* Dieser fühlte sich geschmeichelt, weil der andere Artikel Brunetti gefallen hatte, und versprach, dafür zu sorgen, daß die neue Meldung in die morgige Ausgabe komme. Er sagte auch, daß Brunettis Schlagzeile ihm gefalle und er sie wörtlich so übernehmen wolle.

»Ich möchte aber nicht, daß Sie Ärger bekommen«, versuchte Brunetti die Begeisterung des Mannes zu dämpfen. »Sie riskieren hoffentlich nichts, indem Sie das bringen?«

Der Reporter lachte schallend. »Ärger dafür, daß ich etwas ins Blatt setze, was nicht stimmt? Ich?« Noch immer lachend, wollte er sich schon verabschieden, aber Brunetti kam ihm rasch zuvor.

»Besteht die Möglichkeit, die Meldung auch in *La Nuova* unterzubringen?« fragte er. »Ich hätte sie gern in beiden Blättern.«

»Das müßte gehen. Die haben dort einen, der seit Jahren unseren Computer anzapft. So sparen sie sich die Kosten für einen eigenen Reporter. Ich tippe das also einfach ein, und die holen es sich dann schon, besonders wenn ich es schön gruslig formuliere. Bei Blut können sie nicht nein sagen. Aber Ihre Schlagzeile – ich fürchte, die werden sie nicht nehmen«, meinte er mit aufrichtigem Bedauern. »Darin ändern sie immer mindestens ein Wort.«

Brunetti, der mit dem, was er erreicht hatte, schon ganz zufrieden war, fand sich damit ab, bedankte sich und legte auf.

Um sich zu beschäftigen, vielleicht aber auch nur, um in

Bewegung und seinem Schreibtisch möglichst fern zu bleiben, ging er zu Signorina Elettra hinunter, die er in eine Zeitschrift vertieft vorfand.

Als sie seine Schritte hörte, sah sie auf. »Ah, Sie sind wieder da, Commissario«, sagte sie, schon mit einem Lächeln auf den Lippen. Als sie jedoch den Gesichtsausdruck sah, den er mit in ihr Büro brachte, schwand das Lächeln. Sie klappte die Zeitschrift zu, zog eine Schublade auf, nahm eine Mappe heraus und reichte sie ihm. »Ich habe von den beiden jungen Leuten gehört«, sagte sie. »Es tut mir leid.«

Er wußte nicht, ob er sich für dieses Beileid bedanken sollte oder nicht. Also nickte er nur, während er die Mappe nahm und sie aufschlug. »Die Volpatos?«

»Mhm«, antwortete sie. »An dem, was da drinsteht, können Sie sehen, wie gut die beiden geschützt sein müssen.«

»Geschützt von wem?« fragte er, den Blick auf dem ersten Blatt.

»Von jemandem bei der Guardia di Finanza, würde ich sagen.«

»Warum?«

Sie stand auf und lehnte sich über den Schreibtisch. »Auf der zweiten Seite«, sagte sie, und als er umblätterte, zeigte sie auf ein paar Zahlenreihen. »Die erste Zahl ist jeweils das Jahr. Dann kommt die Summe ihres angegebenen Vermögens: Bankkonten, Wohnungen, Aktien. Und in der dritten Spalte steht das in dem Jahr gemeldete Einkommen.«

»Das heißt«, kommentierte Brunetti das Offensichtliche, »sie müßten in jedem Folgejahr mehr verdient haben, weil sie jedenfalls mehr besaßen.« Das ging nämlich aus den immer höheren Zahlen in der Vermögensspalte hervor.

Er studierte die Listen weiter. Statt jedoch von Jahr zu Jahr zu steigen, wurden die Zahlen in der dritten Spalte immer kleiner, obwohl die Volpatos immer mehr Wohnungen, Firmen und Häuser kauften. Unentwegt erwarben sie immer mehr und bezahlten immer weniger.

»Sind sie jemals von der Finanza überprüft worden?« fragte er, und die fiskalische rote Flagge, mit der er da winkte, war so groß und grell, daß man sie bis in die Zentrale der Guardia di Finanza in Rom sehen mußte.

»Nein, noch nie«, sagte sie kopfschüttelnd, während sie sich wieder setzte. »Darum sage ich ja, daß jemand die Hand über sie halten muß.«

»Haben Sie auch ihre Steuererklärungen?«

»Na klar«, antwortete sie nur, ohne ihren Stolz verbergen zu wollen. »Diese Zahlen für ihre jährlichen Einnahmen tauchen darin auch alle auf, aber dann können sie jedesmal nachweisen, daß sie horrende Summen für werterhaltende Maßnahmen an ihren Liegenschaften ausgegeben haben, und wie es aussieht, ist es ihnen einfach nicht gegeben, auch nur eine einzige Immobilie je mit Gewinn zu verkaufen.«

»An wen verkaufen sie denn so?« fragte Brunetti, obwohl er aufgrund jahrelanger ähnlicher Erfahrungen das Drehbuch eigentlich schon kannte.

»Bisher unter anderem zwei Wohnungen an Stadträte und zwei an Beamte der Guardia di Finanza. Jedesmal mit Verlust, besonders die eine, die an den Colonello ging. Und«, fuhr sie fort, wobei sie zur nächsten Seite umblätterte und auf die oberste Zeile deutete, »wie es aussieht, haben sie außerdem zwei Wohnungen an Dottor Fabrizio dal Carlo verkauft.«

»Ah«, seufzte Brunetti. Er blickte auf und fragte: »Haben Sie etwa rein zufällig...?«

Ihr Lächeln war ein Gottesgeschenk. »Es ist alles da: seine Steuerbescheide, ein Verzeichnis der Häuser, die er besitzt, seine Bankkonten, die seiner Frau, alles.«

»Und?« fragte Brunetti, wobei er es sich mühsam verkniff, einen Blick auf das Blatt Papier zu werfen, weil er ihr doch die Freude lassen wollte, es ihm zu sagen.

»Nur ein Wunder könnte ihn vor einer Steuerprüfung schützen«, sagte sie, mit den Fingern ihrer linken Hand auf die Papiere tippend.

»Und keiner hat etwas gemerkt«, sagte Brunetti ruhig. »All die Jahre nicht. Weder bei dal Carlo noch bei den Volpatos.«

»Und das wird auch so schnell nicht passieren. So lange jedenfalls nicht«, meinte sie und blätterte zur ersten Seite zurück, »wie es solche Sonderpreise für Stadträte gibt.« Sie wartete kurz, dann fügte sie hinzu: »Und für hohe Beamte.«

»Ja«, pflichtete Brunetti ihr bei, während er mit einem müden Seufzer die Mappe schloß, »und für hohe Beamte.« Er klemmte sich die Mappe unter den Arm. »Was ist mit ihrem Telefon?«

Fast hätte Signorina Elettra gelächelt. »Sie haben keins.«

»Wie bitte?« fragte Brunetti.

»Ich konnte jedenfalls keines entdecken. Weder unter ihren Namen noch unter der Adresse, wo sie wohnen.« Ehe Brunetti nachfragen konnte, lieferte sie schon die möglichen Erklärungen. »Entweder sind sie zu geizig, um eine Telefonrechnung zu bezahlen, oder sie haben ein Mobiltelefon, das auf einen anderen Namen läuft.«

Brunetti vermochte sich nur schwer vorzustellen, daß heutzutage jemand ohne Telefon leben konnte, zumal wenn man mit Immobilien handelte, Geld verlieh und notwendigerweise Kontakt zu Anwälten, Ämtern und Notaren halten mußte. Außerdem konnte doch niemand so krankhaft genügsam sein und auf ein Telefon verzichten.

Damit schied jedenfalls eine der Spuren aus, der man sonst hätte nachgehen können, und Brunetti wandte seine Aufmerksamkeit wieder dem ermordeten Pärchen zu. »Wenn Sie können«, sagte er zu Signorina Elettra, »dann sehen Sie doch bitte einmal, was über Gino Zecchino herauszubekommen ist.«

Sie nickte. Den Namen kannte sie bereits.

»Wer das Mädchen ist, wissen wir noch nicht«, fing er an, und dabei dämmerte ihm, daß sie dies vielleicht auch nie erfahren würden. Er mochte den Gedanken jedoch nicht aussprechen, deshalb sagte er nur: »Geben Sie mir Bescheid, wenn Sie etwas finden.«

»Ja, Commissario«, sagte sie und schaute ihm nach, als er ihr Büro verließ.

Oben angekommen, beschloß er, die Fehlinformationen, die am nächsten Morgen in den Zeitungen erscheinen sollten, auf eine breitere Basis zu stellen, und verbrachte die nächsten anderthalb Stunden am Telefon, wobei er oft in seinem Notizbuch blättern oder gelegentlich einen Freund nach den Telefonnummern von Frauen und Männern beiderseits des Rechts fragen mußte. Durch Schmeicheleien, Winken mit künftigen Gefälligkeiten, manchmal auch durch offene Drohungen konnte er schließlich etliche Leute dafür gewinnen, bei jeder sich bietenden Gelegenheit die sonderbare Geschichte von dem Mörder zu erzählen, der durch den Biß seines Opfers zu einem langsamen, qualvollen Tod verdammt war. Im allgemeinen gebe es in so einem Fall keine Hoffnung, keine Heilmöglichkeit; nur in ganz, ganz seltenen Fällen, wenn der Biß rechtzeitig mit einem neuen Verfahren behandelt werde, das zur Zeit im Labor für Immunologie des Ospedale Civile erprobt werde und in der Notfallambulanz appliziert werden könne, gebe es noch eine Chance, der Infektion Einhalt zu gebieten. Ansonsten sei der Tod unausweichlich, die Schlagzeile werde sich schnell bewahrheiten und das Opfer sich tatsächlich mit einem Todesbiß gerächt haben.

Er wußte nicht, ob es klappen würde. Er wußte nur, daß Venedig die Stadt der Gerüchte war, wo eine unkritische Bevölkerung las und glaubte, hörte und glaubte.

Er rief in der Krankenhauszentrale an und wollte sich gerade zum Direktor durchstellen lassen, als ihm etwas Besseres einfiel und er statt dessen bat, mit Dottor Carraro in der Notfallambulanz verbunden zu werden.

Endlich hatte er ihn am Apparat, und Carraro blaffte seinen Namen – ein viel zu beschäftigter Mann, als daß man ihn hätte stören dürfen; seine Patienten gerieten in Lebensgefahr, wenn Leute ihn am Telefon mit dummen Fragen von der Arbeit abhielten.

»Ah, Dottore«, begann Brunetti, »wie schön, wieder einmal mit Ihnen zu sprechen.«

»Wer ist denn da?« fragte dieselbe barsche, unbeherrschte Stimme.

»Commissario Brunetti«, sagte er und wartete, daß der Name eine Erinnerung auslöste.

»Ach ja. Guten Tag, Commissario«, sagte der Arzt in deutlich verändertem Ton.

Als von dem Arzt nichts weiter kam, sagte Brunetti: »Ich rufe an, weil ich Ihnen möglicherweise behilflich sein kann, Dottore.« Er wartete, um Carraro Gelegenheit zu einer Frage zu geben. Es kam aber keine, und Brunetti fuhr fort: »Wir sind nämlich jetzt daran, zu entscheiden, ob wir die Ergebnisse unserer bisherigen Ermittlungen an den Untersuchungsrichter weitergeben. Das heißt«, korrigierte er sich mit einem beflissenen kleinen Lachen, »wir müssen eine Empfehlung geben, ob wegen einer Straftat ermittelt werden soll. Wegen unterlassener Hilfeleistung.«

Vom anderen Ende war nur Carraros Atmen zu hören. »Ich bin natürlich überzeugt, daß dazu keinerlei Notwendigkeit besteht«, sagte Brunetti. »Unfälle passieren eben. Der Mann wäre sowieso gestorben. Ich glaube nicht, daß es nötig ist, Ihnen deswegen Unannehmlichkeiten zu machen und polizeilicherseits Zeit mit Ermittlungen in einer Sache zu vertun, in der wir sowieso nichts finden werden.«

Immer noch Schweigen. »Sind Sie noch da, Dottore?« fragte Brunetti freundlich.

»Ja, ich bin noch da«, antwortete Carraro mit seiner neuen, sanfteren Stimme.

»Gut. Ich wußte doch, daß Sie sich über meine Mitteilung freuen würden, nicht wahr?«

»Ja, o ja.«

»Da ich Sie gerade am Apparat habe«, sagte Brunetti, wobei er aber deutlich zu machen verstand, daß ihm das nicht soeben erst eingefallen war, »dürfte ich Sie wohl um einen Gefallen bitten?«

»Aber selbstverständlich, Commissario.«

»Es könnte sein, daß an einem der nächsten Tage ein Mann mit einer Bißwunde am Arm oder an der Hand zu Ihnen in die Notfallambulanz kommt. Er wird wahrscheinlich behaupten, ein Hund habe ihn gebissen, oder möglicherweise sagt er auch, seine Freundin habe ihm das angetan.«

Carraro hüllte sich in Schweigen.

»Hören Sie mir zu, Dottore?« fragte Brunetti, plötzlich sehr viel lauter.

»Ja.«

»Gut. Sowie dieser Mann bei Ihnen aufkreuzt, möchte ich, daß Sie unverzüglich die Questura anrufen, Dottore. Unverzüglich«, wiederholte er noch einmal sehr deutlich, dann nannte er Carraro die Nummer. »Sollten Sie selbst nicht da sein, erwarte ich, daß Sie Ihrer Vertretung genau dieselbe Anweisung hinterlassen.«

»Und was sollen wir mit diesem Menschen machen, bis Sie hier sind?« fragte Carraro, schon wieder mehr in seinem alten Ton.

»Sie müssen ihn einfach dabehalten, Dottore. Lügen Sie ihm etwas vor, erfinden Sie eine Therapie, die so lange dauert, bis wir da sind. Auf keinen Fall dürfen Sie zulassen, daß er das Krankenhaus verläßt.«

»Aber wenn wir ihn nicht daran hindern können?« verlangte Carraro zu wissen.

Brunetti zweifelte eigentlich kaum daran, daß Carraro ihm gehorchen würde, dennoch hielt er es für besser, ihn anzulügen. »Es steht noch immer in unserer Macht, die Krankenhausakten zu prüfen, Dottore, und unsere Untersuchung der Begleitumstände um Signor Rossis Tod wird erst eingestellt, wenn ich es sage.« Beim letzten Satz dieser hohlen Lüge legte er etwas Stählernes in seinen Ton und wartete dann kurz, bevor er fortfuhr: »Gut, Dottore, dann freue ich mich also auf Ihre Kooperation.«

Danach konnten die beiden Männer sich nur noch mit ein paar Höflichkeiten voneinander verabschieden.

Brunetti hing bis zum Erscheinen der Zeitungen am nächsten Morgen ein wenig in der Luft. Das machte ihn etwas ungeduldig, ein Zustand, den er fürchtete, weil er ihn zu übereiltem Handeln verleiten konnte. Nur schwer widerstand er dem Drang, sozusagen die Katze zwischen die Tauben zu setzen, damit sie den Schlag aufmischte. Er ging hinunter zu Signorina Elettra.

Als er sie bei seinem Eintreten mit den Ellbogen auf dem Schreibtisch sah, das Kinn auf die Fäuste gestützt und die Nase über einem Buch, fragte er unwillkürlich: »Störe ich?«

Sie sah lächelnd auf und schüttelte langsam den Kopf: So eine absurde Idee.

»Gehört Ihre Wohnung Ihnen, Signorina?«

Sie war ja daran gewöhnt, daß Brunetti sich manchmal etwas wunderlich benahm, darum verriet sie auch jetzt kein Erstaunen und antwortete nur mit einem Ja. Mochte er, wenn er wollte, seine Frage näher erläutern.

Er hatte Zeit gehabt, darüber nachzudenken, also fügte er hinzu: »Ich denke aber, das spielt keine Rolle.«

»Für mich eigentlich schon, Commissario«, meinte sie.

»Ja, gewiß, das leuchtet mir ein«, sagte Brunetti, dem erst jetzt aufging, welche Verwirrung er mit seiner Fragerei auslösen mußte. »Signorina, wenn Sie im Moment nicht sehr beschäftigt sind, könnten Sie dann etwas für mich tun?«

Sie griff nach Notizblock und Bleistift, aber er wehrte ab.

»Nein, nein«, sagte er, »ich möchte, daß Sie in die Stadt gehen und mit jemandem reden.«

Er mußte über zwei Stunden auf ihre Rückkehr warten, doch dann kam sie geradewegs zu ihm herauf. Sie trat, ohne anzuklopfen, ein.

»Ah, Signorina«, sagte er und bot ihr einen Platz an. Dann setzte er sich zu ihr, gespannt, aber stumm.

»Sie haben nicht die Angewohnheit, mir Weihnachtsgeschenke zu machen, nicht wahr, Commissario?« fragte sie.

»Nein«, antwortete er. »Werde ich das demnächst ändern?«

»Jawohl«, antwortete sie mit Nachdruck. »Ich erwarte ein, oder sagen wir zwei Dutzend weiße Rosen von Biancat, dazu eine Kiste Prosecco, denke ich.«

»Und wann möchten Sie dieses Geschenk in Empfang nehmen, Signorina, wenn ich fragen darf?«

»Um dem Weihnachtstrubel zu entgehen, könnten Sie es mir vielleicht nächste Woche zustellen lassen, Commissario.«

»Selbstverständlich. Schon geschehen.«

»Zu gütig, Commissario.« Sie nickte huldvoll.

»Das Vergnügen ist ganz meinerseits«, antwortete er. Dann ließ er sechs Takte verstreichen, ehe er fragte: »Und?«

»Ich habe in der Buchhandlung auf dem Campo nachgefragt, und der Besitzer hat mir erklärt, wo sie wohnen. Da bin ich also hingegangen und habe mit ihnen gesprochen.«

»Und?« bohrte er.

»Es dürften die verabscheuungswürdigsten Menschen sein, denen ich je begegnet bin«, sagte sie in herablassendem Ton. »Mal nachrechnen. Ich arbeite jetzt seit gut vier Jahren hier und hatte es schon mit so manchem Kriminellen zu tun, obschon die Leute bei der Bank, in der ich vorher gearbeitet habe, wahrscheinlich schlimmer waren. Aber diese beiden sind eine Klasse für sich«, sagte sie mit einem Schauder, der echt zu sein schien.

»Wieso?«

»Ich glaube, es liegt an der Kombination von Raffgier und Frömmelei.«

»Wie äußert sich die?«

»Als ich sagte, ich brauchte Geld, um die Spielschulden meines Bruder zu bezahlen, wollten sie wissen, was ich als Sicherheit zu bieten hätte, und ich sagte, ich besäße eine Wohnung. Ich habe mich bemüht, das ein wenig nervös klingen zu lassen, wie Sie mir geraten hatten. Er ließ sich von mir die Adresse geben und ging damit ins Nebenzimmer, wo ich ihn telefonieren hörte.«

Sie hielt kurz inne, dann fügte sie hinzu: »Es muß ein *telefonino* gewesen sein. In den beiden Zimmern, die ich gesehen habe, gab es keine Telefonanschlüsse.«

»Wie ging es dann weiter?« drängte Brunetti.

Sie hob das Kinn und blickte zu dem *armadio* an der gegenüberliegenden Zimmerwand. »Als er wiederkam, hat er seiner Frau zugelächelt, und dann fingen sie an, von der Möglichkeit zu sprechen, daß sie mir vielleicht helfen könnten. Sie wollten wissen, wieviel ich brauchte. Ich habe gesagt, fünfzig Millionen.«

Das war der Betrag, auf den sie sich geeinigt hatten: nicht zuviel und nicht zuwenig, gerade die Summe, die in einer Spielnacht zusammenkommt und die der Spieler leicht zurückgewinnen zu können glaubt, wenn er nur jemanden findet, der seine Schulden bezahlt, damit er wieder an die Tische gelassen wird.

Sie sah Brunetti an. »Kennen Sie diese Leute?«

»Nein. Ich weiß über sie nur, was ich von einer Bekannten erfahren habe.«

»Sie sind gräßlich«, sagte sie leise.

»Was war weiter?«

Signorina Elettra zuckte die Achseln. »Ich nehme an, sie haben getan, was sie immer tun. Sie haben mir gesagt, daß sie die Besitzurkunde für die Wohnung sehen müssen, obwohl ich sicher bin, daß er jemanden angerufen hatte, um sich zu vergewissern, daß die Wohnung wirklich mir gehört oder daß sie auf meinen Namen läuft.«

»Wer könnte das sein?« fragte er.

Sie warf einen Blick auf die Uhr, bevor sie antwortete: »Es ist wenig wahrscheinlich, daß noch jemand im Ufficio Catasto anzutreffen war, also mußte es jemand sein, der sofortigen Zugriff auf dessen Datenbanken hat.«

»Den haben Sie doch auch, oder?«

»Nein, ich brauche eine Weile, um das System zu knack…, ich meine, um in das System hineinzukommen. Der, von dem sie so prompt diese Auskunft bekommen haben, muß direkten Zugriff haben.«

»Und wie sind Sie nun verblieben?« fragte Brunetti.

»Ich soll morgen mit den Papieren wieder hin. Sie haben für fünf Uhr den Notar zu sich bestellt.« Sie lächelte zu ihm hinüber. »Man muß sich das vorstellen: Es kann einer sterben, bevor ein Arzt einen Hausbesuch bei ihm macht, und diese Leute haben vierundzwanzig Stunden am Tag einen Notar bei der Hand.« Der bloße Gedanke ließ sie die Stirn runzeln. »Also werde ich wohl morgen um fünf wieder hingehen. Wir werden alles unterschreiben, und die Volpatos werden mir das Geld geben.«

Noch bevor sie zu Ende gesprochen hatte, hob Brunetti einen Finger und bewegte ihn verneinend hin und her. Auf keinen Fall würde er Signorina Elettra erlauben, sich je wieder in solche Nähe zu diesen Menschen zu begeben. Sie gab zwar nur mit einem stummen Lächeln zu verstehen, daß sie das Verbot vernommen hatte, aber er glaubte auch ein wenig Erleichterung darin zu sehen.

»Und die Zinsen? Haben sie gesagt, wie hoch die sein werden?«

»Sie haben gesagt, darüber würden wir morgen sprechen, es würde in den Verträgen stehen.« Sie schlug die Beine übereinander und faltete die Hände im Schoß. »Das heißt dann wohl, daß wir gar nicht erst dazu kommen, darüber zu reden«, sagte sie, und das Thema schien für sie damit abgeschlossen.

Brunetti wartete ein paar Sekunden, bevor er fragte: »Und die Frömmelei?«

Signorina Elettra griff in ihre Jackentasche und zog ein rechteckiges Stück Papier heraus, etwas kleiner als eine Spielkarte, und reichte es Brunetti. Der sah es sich an. Es war steif, eine Art imitiertes Pergament, und zeigte eine Frau in Nonnentracht, die Hände vor der Brust gekreuzt und die Augen fromm verdreht. Brunetti las die ersten paar

Zeilen darunter – ein Gebet, das mit einem illuminierten »O« begann.

»Santa Rita«, sagte Signorina Elettra, nachdem er das Bildchen eine Weile betrachtet hatte. »Offenbar eine weitere Schutzpatronin für hoffnungslose Fälle, und Signora Volpato fühlt sich ihr so nah, weil sie glaubt, auch sie hilft Menschen, denen jede andere Hilfe versagt ist. Deswegen verehrt sie die heilige Rita ganz besonders.« Erst nach einigem Nachdenken über dieses Wunder sah sich Signorina Elettra zu der Ergänzung imstande: »Mehr noch als die Madonna, hat sie mir gestanden.«

»Da hat die Madonna aber Glück gehabt«, fand Brunetti. Damit reichte er ihr das Bildchen zurück.

»Aber nein, Commissario, das dürfen Sie behalten«, erklärte sie großherzig.

»Hat man Sie eigentlich gefragt, warum Sie nicht zu einer Bank gegangen sind, wenn Ihnen doch die Wohnung gehört?«

»Ja. Und ich habe erzählt, ursprünglich habe mein Vater mir die Wohnung übereignet und ich wolle nicht riskieren, daß er erfährt, was ich da tue. Wenn ich zu unserer Bank gegangen wäre, wo man uns alle kennt, würde er über die Sache mit meinem Bruder sehr bald Bescheid wissen. Bei dieser Erklärung habe ich mich sogar zu weinen bemüht.« Signorina Elettra mußte lächeln, dann fuhr sie fort: »Signora Volpato hat mir gesagt, daß ihr die Sache mit meinem Bruder sehr leid tut, denn die Spielsucht sei ein schreckliches Laster.«

»Zinswucher wohl nicht?« fragte Brunetti, aber eigentlich war es keine Frage.

»Offenbar nein. Sie wollte noch wissen, wie alt er ist.«

»Und was haben Sie ihr gesagt?« erkundigte sich Brunetti, der wußte, daß sie gar keinen Bruder hatte.

»Siebenunddreißig, und daß er schon seit Jahren spielt.« Signorina Elettra ließ sich die Ereignisse des Nachmittags noch einmal kurz durch den Kopf gehen und meinte schließlich: »Signora Volpato war sehr freundlich.«

»Ach, wirklich? Was hat sie getan?«

»Sie hat mir noch ein Bildchen der heiligen Rita geschenkt und gesagt, daß sie für meinen Bruder beten will.«

23

Das einzige, was Brunetti an diesem Nachmittag noch erledigte, bevor er nach Hause ging, war seine Unterschrift unter das Formular, das Marco Landis Leiche freigab, so daß sie in sein Heimatdorf überführt werden konnte. Danach rief er unten an und fragte Vianello, ob er bereit sei, den Leichnam nach Trient zu begleiten. Vianello willigte sofort ein und meinte nur, da morgen sein freier Tag sei, wisse er nicht, ob er seine Uniform tragen dürfe.

Brunetti sagte, ohne sich lange zu fragen, ob er dazu befugt war: »Ich ändere den Dienstplan«, und damit zog er schon eine Schublade auf, um nach dem Plan zu suchen, der unter den vielen Papieren begraben lag, die allwöchentlich auf seinen Schreibtisch kamen, um dort zunächst unbeachtet zu bleiben und schließlich ungelesen weggeworfen zu werden. »So, jetzt sind Sie im Dienst und können Ihre Uniform tragen.«

»Und wenn die Eltern von mir wissen wollen, was sich hier tut, ob wir schon weitergekommen sind?« fragte Vianello.

»Das werden sie nicht fragen, noch nicht«, antwortete Brunetti, ohne sicher zu sein, woher er das wußte, nur, *daß* er es wußte.

Zu Hause fand er Paola auf der Terrasse, die Füße auf einem der Rattanstühle, die wieder einmal einen Winter lang den Elementen standgehalten hatten. Sie lächelte zu ihm auf und nahm die Füße von dem Stuhl; er nahm die Einladung an und setzte sich ihr gegenüber.

»Soll ich mich erkundigen, wie es dir heute ergangen ist?« fragte sie.

Er setzte sich bequemer hin und schüttelte den Kopf, rang sich aber doch noch ein Lächeln ab. »Nein, ein Tag wie jeder andere.«

»Ausgefüllt mit...?«

»Zinswucher, Korruption und Habgier.«

»Also tatsächlich ein Tag wie jeder andere.« Sie nahm einen Umschlag aus dem Buch, das sie auf dem Schoß liegen hatte, und beugte sich weit vor, um ihn Brunetti zu reichen. »Vielleicht hilft dir das«, meinte sie.

Er nahm den Umschlag und betrachtete ihn. Absender war das Ufficio Catasto, und Brunetti wußte nicht so recht, wie ihm das in irgendeiner Weise würde helfen können.

Er zog den Brief aus dem Umschlag und las. »Ist das ein Wunder?« fragte er. Wieder betrachtete er den Brief, dann las er den letzten Satz laut vor: »Nachdem nunmehr ausreichendes Urkundenmaterial vorgelegt wurde, gelten alle bisherigen Schreiben unsererseits durch diese Verfügung einer nachträglichen Baugenehmigung als erledigt.«

Brunetti ließ die Hand mit dem Brief auf seinen Schoß fallen. »Heißt das, was ich darunter verstehe?« fragte er.

Paola nickte, ohne zu lächeln oder den Blick zu wenden.

Er suchte nach den richtigen Worten und dem richtigen Ton, und nachdem er beides gefunden hatte, fragte er: »Könntest du dich vielleicht etwas genauer äußern?«

Ihre Antwort kam prompt. »Ich verstehe das so, daß die

Sache erledigt ist. Die notwendigen Unterlagen haben sich gefunden, und wir müssen nicht verrückt darüber werden.«

»Gefunden?« wiederholte er.

»Gefunden.«

Er sah das Blatt an, den Text, in dem das Wort »vorgelegt« stand, faltete den Brief zusammen, steckte ihn wieder in den Umschlag und überlegte, wie er es fragen sollte – und *ob* er es fragen sollte.

Er gab ihr den Umschlag zurück. Als er dann endlich fragte, hatte er seinen Ton noch im Griff, aber schon nicht mehr seine Worte: »Hatte dein Vater die Finger im Spiel?«

Brunetti beobachtete sie. Er kannte sie gut genug, um zu merken, daß sie überlegte, ob sie ihn anlügen sollte. Er merkte auch, daß sie diesen Gedanken schließlich verwarf. »Wahrscheinlich.«

»Inwiefern?«

»Wir haben über dich gesprochen«, begann sie, und Brunetti versuchte sich sein Erstaunen darüber, daß Paola mit ihrem Vater über ihn sprach, nicht anmerken zu lassen. »Er hat mich gefragt, wie es dir geht, was deine Arbeit macht, und ich habe ihm gesagt, daß du im Augenblick mehr als die üblichen Probleme hast.« Bevor er ihr vorwerfen konnte, sie verrate seine Dienstgeheimnisse, fügte sie schon hinzu: »Du weißt, daß ich weder ihm noch irgend jemand anderem jemals Einzelheiten erzähle, aber ich habe ihm gesagt, daß du unter größerer Belastung stehst als sonst.«

»Belastung?«

»Ja, Belastung.« Und um das zu erklären, fuhr sie fort: »Durch die Sache mit Pattas Sohn, der ungeschoren davonkommen wird«, sagte sie. »Und diese armen jungen Leute, die tot sind.« Als sie sein Gesicht sah, sagte sie rasch: »Nein, ich habe von dem allen nichts zu ihm gesagt, ich habe ihm nur klarzumachen versucht, wie schwer du es in letzter Zeit hast. Schließlich lebe und schlafe ich mit dir, du brauchst mir also gar nicht jeden Tag zu berichten, wie dir diese Dinge zusetzen.«

Er sah, wie sie sich gerader aufsetzte, als ob das Gespräch für sie beendet und sie selbst damit frei wäre, aufzustehen und ihnen etwas zu trinken zu holen.

»Was hast du ihm denn noch erzählt, Paola?« fragte er, bevor sie wirklich aufstehen konnte.

Sie ließ sich mit der Antwort eine Weile Zeit, aber dann sagte sie die Wahrheit: »Ich habe ihm von diesem Quatsch aus dem Katasteramt erzählt und daß diese Sache, obwohl wir seitdem nichts mehr gehört haben, über uns hängt wie eine bürokratische Ausgabe des Damoklesschwerts.« Brunetti kannte diese Taktik: Ablenkungsversuch mit einem Witzchen. Er ließ sich nicht beeindrucken.

»Und wie hat er darauf reagiert?«

»Er hat gefragt, ob er etwas tun kann.«

Wäre Brunetti nicht so müde gewesen, nicht so niedergedrückt nach einem Tag, an dem er sich so sehr mit menschlicher Verderbtheit hatte befassen müssen, er hätte es wahrscheinlich dabei bewenden lassen und es hingenommen, daß die Dinge über seinen Kopf hinweg und hinter seinem Rücken ihren Lauf nahmen. Aber irgend etwas, entweder Paolas selbstgefällige Doppelzüngigkeit oder seine eigene Scham darüber, ließ ihn sagen: »Ich hatte dir doch verboten, das zu tun.« Schnell korrigierte er diesen Satz: »Ich hatte dich gebeten.«

»Ich weiß. Also habe ich ihn nicht um Hilfe gebeten.«

»Das brauchtest du ja wohl auch nicht, wie?« Seine Stimme wurde lauter.

Auch die ihre. »Ich weiß nicht, was er getan hat. Ich weiß nicht einmal, ob er überhaupt etwas getan hat.«

Brunetti zeigte auf den Umschlag in ihrer Hand. »Die Antwort muß man wohl nicht weit suchen, oder? Paola, ich hatte dich gebeten, uns nicht von ihm helfen zu lassen. Er sollte seine Freundeskreise und Beziehungen nicht für uns einspannen.«

»Aber die unseren einzuspannen, darin hättest du nichts Anrüchiges gesehen?« schoß sie zurück.

»Das ist etwas anderes«, beharrte er.

»Wieso?«

»Weil wir kleine Leute sind. Wir haben nicht seine Macht. Wir können uns nicht darauf verlassen, immer alles zu bekommen, immer die Gesetze umgehen zu können.«

»Ist das für dich wirklich ein Unterschied?« fragte sie verwundert.

Er nickte.

»Wohin gehört dann Patta?« fragte sie. »Zu uns oder zu den Mächtigen?«

»Patta?«

»Ja, Patta. Wenn du es den kleinen Leuten zugestehst, daß sie dem System ein Schnippchen schlagen wollen, dasselbe aber bei den Großen als Unrecht ansiehst, wohin gehört dann Patta?« Als Brunetti zögerte, sagte sie: »Ich frage dich das, weil du ja nun gewiß nicht versuchst, mit deiner Meinung über das, was er getan hat, um seinen Sohn herauszuhauen, hinterm Berg zu halten.«

Brunetti fühlte sich plötzlich von heißem Zorn gepackt. »Sein Sohn ist ein Krimineller!«

»Trotzdem ist er sein Sohn.«

»Und deswegen ist es völlig in Ordnung, wenn dein Vater das System korrumpiert, nur weil er es für seine Tochter tut?« Kaum waren die Worte heraus, bereute er sie schon, und die Reue besiegte seinen Zorn und erstickte ihn restlos. Paola sah ihn an, den Mund zu einem kleinen »O« geformt, als hätte er sie geohrfeigt.

Er versuchte es sofort gutzumachen. »Entschuldige. Entschuldige bitte«, rief er, »das hätte ich nicht sagen sollen.« Er ließ den Kopf an die Rückenlehne des Stuhls sinken. Am liebsten hätte er die Augen geschlossen und das alles davongejagt. Statt dessen hob er die Hand und ließ sie mit der Innenseite nach oben auf seinen Schoß fallen. »Es tut mir wirklich leid. Das hätte ich nicht sagen sollen.«

»Nein, das hättest du nicht.«

»Weil es ja gar nicht stimmt«, meinte er abbittend.

»Aber nicht doch«, sagte sie mit ganz ruhiger Stimme. »Nach meiner Meinung hättest du das nicht sagen sollen, gerade *weil* es stimmt. Er hat es ja getan, weil ich seine Tochter bin.«

Brunetti wollte erwidern, daß es der andere Teil sei, der nicht stimme: Conte Falier könne kein System korrumpieren, das schon korrupt sei, vielleicht von Geburt an. Er sagte dann aber nur: »Ich möchte das nicht, Paola.«

»Was?«

»Daß wir uns wegen so etwas streiten.«

»Ist doch egal.« Ihre Stimme klang fern, gleichgültig, leicht gebieterisch.

»Ach, nun komm«, sagte er, schon wieder verärgert.

Lange sprachen sie beide nicht. Endlich fragte Paola: »Was soll ich also tun?«

»Ich glaube nicht, daß es da noch etwas zu tun gibt.« Er zeigte auf den Brief. »Seit wir den haben.«

»Vermutlich nicht«, pflichtete sie ihm bei. Sie hob den Brief hoch. »Aber abgesehen davon?«

»Ich weiß es nicht.« Dann sagte er in sanfterem Ton: »Es wäre dir wohl nicht zuzumuten, zu den Idealen deiner Jugend zurückzukehren?«

»Würdest du das denn von mir wollen?« fragte sie, um aber sofort hinzuzufügen: »Es wäre unmöglich, das sage ich dir gleich. Meine Frage ist also rein rhetorisch. Würdest du das von mir wollen?«

Doch als er aufstand, wurde ihm klar, daß eine Rückkehr zu ihrer beider Jugendidealen keine Garantie für Seelenfrieden wäre.

Er ging in die Wohnung und kam ein paar Minuten später mit zwei Gläsern Chardonnay zurück. Eine halbe Stunde saßen sie zusammen und redeten kaum miteinander, bis Paola auf die Uhr sah, aufstand und meinte, sie wolle jetzt gehen und das Abendessen machen. Als sie sein leeres Glas nahm, bückte sie sich und küßte ihn aufs rechte Ohr, knapp an der Wange vorbei.

Nach dem Essen legte er sich aufs Sofa und gab sich der Hoffnung hin, daß es ihm irgendwie gelingen möge, seiner Familie den Frieden zu erhalten und sein Heim davor zu bewahren, daß es von den schrecklichen Dingen belagert würde, die seinen Alltag bestimmten. Er versuchte weiter im Xenophon zu lesen, doch obwohl die noch übrigen Griechen sich inzwischen der Sicherheit heimischer Gestade näherten, fiel es ihm schwer, sich auf ihre Geschichte zu konzentrieren, und völlig unmöglich war es ihm, an ihren Nöten von vor zweitausend Jahren Anteil zu nehmen. Chiara, die gegen zehn hereinkam und ihm einen Gutenachtkuß gab, sagte diesmal nichts von Booten, weil sie ja nicht wissen konnte, daß Brunetti ihr heute ohne Umstände die *Queen Elizabeth II.* versprochen hätte.

Wie gehofft, fand er am nächsten Morgen, als er sich auf dem Weg zur Arbeit den *Gazzettino* kaufte, seine Schlagzeile auf der ersten Seite des Lokalteils. In der Questura angekommen, setzte er sich an seinen Schreibtisch und las den Artikel. Es klang darin alles noch viel grausiger und dramatischer, als er es dargestellt hatte, und wie so viele jener wilden Geschichten, die speziell in diesem Blatt veröffentlicht wurden, erschien es alles vollkommen glaubhaft. Obwohl es im Text ausdrücklich hieß, die Therapie helfe nur gegen eine eventuelle Übertragung durch Bisse – was für Unsinn konnte man den Leuten noch auftischen? –, fürchtete Brunetti nun, daß Drogenabhängige und Infizierte in Massen das Krankenhaus heimsuchen würden, um an die Wunderarznei zu kommen, die ihnen angeblich in der Notfallambulanz des Ospedale Civile verabreicht werden konnte.

Unterwegs hatte Brunetti noch etwas getan, was er selten tat: Er hatte sich *La Nuova* gekauft, wobei ihn hoffentlich niemand gesehen hatte, der ihn kannte. Darin fand er den Artikel auf Seite siebenundzwanzig: drei Spalten, sogar mit einem Foto von Zecchino, das offensichtlich aus einer Gruppenaufnahme ausgeschnitten war. Die Gefährlichkeit des

Bisses wurde hier, soweit das überhaupt möglich war, noch viel übertriebener dargestellt, ebenso aber auch die Hoffnung, die man in das neue Medikament setzen könne, das es nur in der Notfallambulanz des Ospedale Civile gebe.

Er war noch keine zehn Minuten in seinem Zimmer, als die Tür aufflog. Brunetti blickte auf und sah – zuerst erschrocken, dann überrascht – Vice-Questore Patta auf der Schwelle stehen. Er blieb dort allerdings nicht lange stehen, sondern war mit ein paar schnellen Schritten im Zimmer und baute sich vor Brunettis Schreibtisch auf. Brunetti erhob sich halb, doch Patta machte eine Handbewegung, als wollte er ihn auf seinen Stuhl zurückstoßen, dann ballte er die Hand zur Faust und ließ sie auf Brunettis Schreibtisch niedersausen.

»Warum tun Sie das?« schrie er. »Was habe ich Ihnen je zuleide getan, daß Sie uns das jetzt antun? Die bringen ihn um. Das wissen Sie genausogut wie ich. Es muß Ihnen von Anfang an klar gewesen sein.«

Im ersten Moment fürchtete Brunetti, sein Vorgesetzter sei verrückt geworden oder die Anforderungen seiner Stellung – vielleicht auch die seines privaten Lebens – hätten ihn über den Punkt hinausgetrieben, bis zu dem er seine Gefühle noch im Griff hatte, und nun wäre er über eine unsichtbare Grenze hinweg in einen Zustand besinnungsloser Wut geraten. Brunetti legte die Hände auf die Schreibtischplatte und hütete sich tunlichst, sich zu bewegen oder noch einmal Anstalten zum Aufstehen zu machen.

»Also? Also?« schrie Patta ihn an. Auch er legte die Hände auf Brunettis Schreibtisch und beugte sich über die

Platte, bis sein Gesicht ganz dicht vor Brunettis war. »Ich will wissen, warum Sie ihm das antun! Wenn Roberto etwas zustößt, werde ich Sie vernichten!« Patta richtete sich wieder auf, die Hände jetzt beiderseits des Körpers zu Fäusten geballt. Brunetti sah den Vice-Questore schlucken, dann hörte er ihn mit drohender Stimme sagen: »Ich habe Sie etwas gefragt, Brunetti.«

Brunetti schob sich auf seinem Stuhl zurück und umfaßte die Armlehnen. »Ich finde, Sie sollten sich lieber setzen, Vice-Questore«, sagte er, »und mir erst einmal sagen, worum es geht.«

Falls Patta angefangen hatte, sich zu beruhigen, so war es damit jetzt wieder aus. Schon brüllte er: »Lügen Sie mich nicht an, Brunetti! Ich will wissen, warum Sie das getan haben.«

»Ich weiß nicht, wovon Sie reden«, versetzte Brunetti, dem jetzt auch etwas von seinem eigenen Zorn in die Stimme geriet.

Patta zog die Zeitung vom Vortag aus der Jackentasche und klatschte sie Brunetti auf den Tisch. »Hiervon rede ich!« schrie er und stach mit wütendem Finger auf das Papier ein. »Von dieser Meldung, daß Robertos Festnahme unmittelbar bevorsteht und er mit Sicherheit gegen die Leute aussagen wird, die den Drogenhandel im Veneto kontrollieren.« Bevor Brunetti etwas entgegnen konnte, fuhr Patta fort: »Ich weiß doch, wie ihr arbeitet, ihr Nordlichter: wie ein Geheimbund. Ihr braucht doch nur einen eurer Freunde bei der Zeitung anzurufen, und die drucken jeden Mist, den ihr ihnen erzählt.«

Plötzlich erschöpft, ließ Patta sich auf einen Stuhl sinken, der vor Brunettis Schreibtisch stand. Sein immer noch hochrotes Gesicht war schweißbedeckt, und als er es abwischte, sah Brunetti, daß seine Hand zitterte. »Die bringen ihn um«, sagte er fast unhörbar.

Endlich begriff Brunetti, und seine Empörung über Pattas Benehmen schwand. Er wartete ein paar Augenblicke, bis Patta wieder einigermaßen normal atmete, dann sagte er: »Es geht nicht um Roberto.« Er versuchte ganz ruhig zu sprechen. »Es geht um diesen Jungen, der letzte Woche an einer Überdosis gestorben ist. Seine Freundin war bei mir und hat mir gesagt, sie weiß, wer ihm die Drogen verkauft hat, aber sie traute sich nicht, mir den Namen zu nennen. Ich dachte, die Zeitungsmeldung könnte ihn dazu bewegen, freiwillig zu kommen und mit uns zu reden.«

Er sah, daß Patta zuhörte; ob er ihm aber auch glaubte, war eine völlig andere Frage. Oder, falls er ihm glaubte, ob es etwas änderte.

»Es hat nichts mit Roberto zu tun«, wiederholte er so ruhig, wie es ihm nur möglich war. Er verkniff sich den Hinweis, daß Patta doch selbst behauptet hatte, Roberto habe nichts mit dem Verkauf von Drogen zu tun, so daß der Artikel ihn unmöglich in Gefahr bringen könne. Nicht einmal Patta war einen so billigen Sieg wert. Brunetti verstummte und wartete auf Pattas Antwort.

Nach langem Schweigen sagte der Vice-Questore: »Es ist mir egal, um wen es geht«, woraus zu schließen war, daß er glaubte, was Brunetti gesagt hatte. Er sah Brunetti mit einem direkten, ehrlichen Blick an. »Sie haben ihn gestern abend angerufen. Auf seinem *telefonino*.«

»Und was haben sie gesagt?« erkundigte sich Brunetti,

dem sehr wohl bewußt war, was Patta ihm soeben gestanden hatte: daß sein Sohn, der Sohn des Vice-Questore von Venedig, mit Drogen handelte.

»Sie haben ihm gesagt, daß sie davon lieber nichts mehr hören wollen, weder daß er mit irgendwem gesprochen habe, noch daß er zur Questura gegangen sei.« Patta schloß die Augen und verstummte; offenbar mochte er nicht weitersprechen.

»Sonst?« fragte Brunetti ruhig.

Nach wieder einem langen Warten kam die Antwort. »Das haben sie nicht gesagt. Brauchten sie auch nicht.« Brunetti zweifelte nicht an der Wahrheit dieses Satzes.

Plötzlich hatte er nur noch den Wunsch, überall sonst, nur nicht hier zu sein. Lieber noch wäre er in diesem Raum mit Zecchino und dem toten Mädchen gewesen, denn da war seine Empfindung wenigstens tiefes, reines Mitleid gewesen und nichts von diesem schäbigen Triumph darüber, diesen Mann, für den er schon so oft nur tiefste Verachtung übrig hatte, jetzt so klein vor sich zu sehen. Er wollte über Pattas Angst und Wut keine Befriedigung empfinden, aber es gelang ihm einfach nicht, diese Gefühle ganz zu unterdrücken.

»Nimmt er selbst etwas, oder handelt er nur damit?« fragte er.

Patta seufzte. »Ich weiß es nicht. Ich habe keine Ahnung.« Brunetti ließ ihm einen Moment Zeit, damit er sich diese Lügerei noch anders überlegen konnte, und nach einer kleinen Weile sagte Patta: »Doch. Kokain, glaube ich.«

Vor etlichen Jahren, als Brunetti in der Verhörkunst noch weniger erfahren war, hätte er sich an dieser Stelle noch einmal bestätigen lassen, daß der Junge auch dealte, jetzt aber nahm er das als gegeben an und stellte die nächste Frage: »Haben Sie mit ihm gesprochen?«

Patta nickte. Nach einer Weile sagte er: »Er lebt in Heidenängsten. Er möchte zu seinen Großeltern, aber dort wäre er nicht sicher.« Er sah zu Brunetti auf. »Diese Leute müssen glauben, daß er nicht reden wird. Nur dann ist er sicher.«

Zu diesem Schluß war Brunetti auch schon gekommen, und er rechnete sich aus, was ihn das kosten würde. Es gab nur die eine Möglichkeit: eine weitere Meldung des Inhalts zu lancieren, daß die Polizei inzwischen mehr und mehr den Verdacht habe, ihr seien falsche Informationen zugespielt worden, denn man habe noch keinerlei Zusammenhang zwischen den jüngsten Drogentoten und der Person nachweisen können, die hinter dem Verkauf dieser Drogen stehe. Dies würde Roberto Patta höchstwahrscheinlich aus der unmittelbaren Gefahr herausbringen, aber ebenso Anna Maria Rattis Bruder oder Vetter, wer es auch immer war, davon abhalten, zur Polizei zu kommen und die Namen derer zu nennen, die ihm den für Marco Landi tödlichen Stoff verkauft hatten.

Wenn er nichts unternahm, war Robertos Leben in Gefahr, aber wenn die neue Meldung erschien, würde Anna Maria mit dem heimlichen Kummer leben müssen, daß sie, wie indirekt auch immer, an Marcos Tod mitschuldig war.

»Ich erledige das«, sagte er.

Pattas Kopf flog hoch, seine Augen starrten Brunetti über den Schreibtisch hinweg an. »Was?« entfuhr es ihm, und dann: »Wie?«

»Ich sagte, ich erledige das«, wiederholte Brunetti in entschiedenem Ton, damit Patta ihm nur ja glaubte und jede Dankbarkeitsbezeugung, zu der er sich hätte veranlaßt sehen können, so schnell wie möglich mit sich aus dem Zimmer nahm. »Versuchen Sie ihn in so einer Klinik unterzubringen«, sagte er noch.

Er sah Patta die Augen aufreißen im Zorn darüber, daß sein Untergebener es wagte, ihm Ratschläge zu erteilen.

Brunetti wollte es nur schnell hinter sich bringen. »Ich rufe jetzt an«, sagte er und ließ seinen Blick dabei zur Tür wandern.

Patta, den das noch mehr ärgerte, stand auf, machte kehrt und stolzierte aus dem Zimmer.

Ohne sich dabei im mindesten komisch vorzukommen, rief Brunetti erneut seinen Bekannten bei der Zeitung an, allerdings in dem Bewußtsein, daß er da einen riesigen Schuldenberg anhäufte. Wenn es einmal ans Zurückzahlen ginge – und das würde es, daran zweifelte er nicht eine Sekunde –, müßte er so einiges an Prinzipien opfern oder sogar Gesetze verbiegen, das war ihm klar. Doch auch dieser Gedanke ließ ihn keinen Augenblick zögern.

Er wollte gerade zum Mittagessen gehen, als sein Telefon klingelte. Es war Carraro, der berichtete, daß vor einigen Minuten ein Mann angerufen habe: Er habe am Morgen den Artikel in der Zeitung gelesen und wolle wissen, ob das wirklich wahr sei. Carraro habe ihm versichert: Ja, die Therapie sei eine umwälzende Neuerung und für den, der da gebissen worden sei, die einzige Hoffnung.

»Glauben Sie, daß er unser Mann ist?« fragte Brunetti.

»Ich habe keine Ahnung«, antwortete Carraro. »Aber er schien sehr interessiert zu sein und sagte, er wolle im Lauf des Tages vorbeikommen. Was gedenken Sie zu tun?«

»Ich komme sofort zu Ihnen.«

»Was mache ich, wenn er kommt?«

»Halten Sie ihn fest. Reden Sie auf ihn ein. Erfinden Sie irgendeine Voruntersuchung, und halten Sie ihn hin«, sagte Brunetti. Auf dem Weg nach draußen steckte er noch schnell den Kopf durch die Tür des Bereitschaftsraums und befahl zwei Mann mit einem Boot unverzüglich zum Eingang des *Pronto Soccorso.*

Er brauchte zu Fuß nur zehn Minuten bis zum Ospedale Civile, und als er ankam, sagte er dem Pförtner, man müsse ihn durch den Ärzteeingang in die Notfallambulanz lassen, damit ihn keine wartenden Patienten sähen. Seine Eile mußte ansteckend wirken, denn der Mann verließ sofort seinen Glaskasten und führte ihn durch den Hauptkorridor, am Patienteneingang zur Notfallambulanz vorbei, durch eine unbeschriftete Tür und dann einen schmalen Gang hinunter. So landete er endlich im Schwesternzimmer.

Die diensthabende Schwester sah überrascht zu ihm auf, als er da so ohne Vorwarnung neben ihr auftauchte, aber Carraro mußte ihr gesagt haben, daß sie mit jemandem zu rechnen habe, denn sie stand auf und sagte: »Er ist bei Dottor Carraro.« Sie zeigte auf die Tür zum Behandlungszimmer. »Da drin.«

Brunetti öffnete die Tür, ohne anzuklopfen, und ging hinein. Ein weißbekittelter Carraro stand über einen großen Mann gebeugt, der rücklings auf dem Behandlungstisch lag. Sein Hemd und Pullover hingen über einer Stuhllehne, und Carraro horchte dem Patienten gerade mit seinem Stethoskop das Herz ab. Da er die Stöpsel in den Ohren hatte, bemerkte er Brunettis Kommen nicht. Nur der Mann auf dem Tisch bemerkte es, und als sich bei Brunettis Anblick sein Herzschlag beschleunigte, blickte Carraro auf, um zu sehen, was diese Reaktion bei seinem Patienten bewirkt hatte.

Er sah Brunetti, sagte aber nichts.

Der Mann auf dem Tisch lag ganz still, aber Brunetti bemerkte, wie er sich plötzlich anspannte und ein kurzes Erschrecken über sein Gesicht huschte. Er sah auch die entzündete Stelle an der Außenseite des rechten Unterarms; sie war oval und hatte Ränder, die aussahen wie ein Reißverschluß.

Brunetti sagte erst einmal lieber nichts. Der Mann auf dem Tisch schloß die Augen und ließ sich zurücksinken, die Arme schlaff an seinen Seiten. Brunetti sah, daß Carraro durchsichtige Gummihandschuhe anhatte. Wenn er erst jetzt hereingekommen wäre und den Mann so hätte daliegen sehen, hätte er geglaubt, er schlafe. Sein eigener Herzschlag beruhigte sich. Carraro trat vom Untersuchungstisch fort, ging an seinen Schreibtisch, legte das Stethoskop darauf und verließ wortlos das Zimmer.

Brunetti ging auf den Untersuchungstisch zu, achtete aber darauf, daß er mindestens eine Armlänge Abstand hielt. Er sah jetzt auch, wie stark dieser Mann sein mußte: Seine Brust- und Schultermuskeln waren gewölbt und straff, das Ergebnis jahrzehntelanger Schwerarbeit, die Hände riesig; die eine war geöffnet, und Brunetti fielen die abgeflachten Kuppen seiner breiten, spatenförmigen Finger auf.

In Ruhe wirkte das Gesicht des Mannes irgendwie abwesend. Sogar als er Brunetti zum erstenmal gesehen und vielleicht begriffen hatte, wer er war, hatte sich seine Miene kaum verzogen. Die Ohren waren sehr klein; überhaupt wirkte der seltsam zylindrische Kopf ein bis zwei Nummern zu klein für diesen schweren, muskulösen Körper.

»Signore«, sagte Brunetti schließlich.

Der Mann öffnete die Augen und sah zu Brunetti auf. Die Augen waren von einem satten Braun, das Brunetti an Bären denken ließ, aber vielleicht lag das auch nur an der kompakten Figur. »Sie hat gesagt, ich soll nicht herkommen«, meinte er. »Sie hat gesagt, es ist eine Falle.« Er blinzelte, hielt die Augen dann lange geschlossen, öffnete sie wieder und sagte: »Aber ich hatte Angst. Ich habe die Leute darüber reden hören und hatte Angst.« Wieder dieses lange, scheinbar zeitlose Augenschließen, so lange, daß man meinte, der Mann habe sich inzwischen woandershin begeben, wie ein Taucher unter den Wassern des Meeres, der lieber inmitten der größeren Schönheit da unten blieb und nur ungern wieder heraufkam. Die Augen gingen auf. »Aber sie hatte recht. Sie hat immer recht.« Mit diesen Worten richtete er sich auf. »Keine Angst«, sagte er zu Brunetti, »ich tue Ihnen nichts. Der Doktor muß mir nur zuerst die Medizin geben, dann komme ich mit. Aber vorher brauche ich die Medizin.«

Brunetti nickte; er hatte Verständnis für diesen Wunsch. »Ich hole mal schnell den Doktor«, sagte er und ging ins Schwesternzimmer hinaus, wo Carraro stand und telefonierte. Von der Schwester war nichts zu sehen.

Carraro legte auf, als er Brunetti sah, und drehte sich zu

ihm um. »Nun?« Alle Wut war wieder in seiner Stimme, aber Brunetti vermutete, daß sie nichts mit einer Verletzung des hippokratischen Eides zu tun hatte.

»Ich möchte, daß Sie den Mann jetzt gegen Tetanus impfen, dann nehme ich ihn mit in die Questura.«

»Zuerst lassen Sie mich mit einem Mörder allein in einem Zimmer«, ereiferte sich Carraro, »und jetzt erwarten Sie auch noch von mir, daß ich ihm eine Tetanusimpfung gebe? Sie müssen den Verstand verloren haben.« Er kreuzte die Arme vor der Brust, um deutlich zu machen, daß er sich weigerte.

»Ich glaube nicht, daß eine Gefahr für Sie besteht, Dottore. Die Spritze braucht er vielleicht sowieso, bei diesem Biß. Auf mich wirkt die Wunde entzündet.«

»Sind Sie jetzt auch noch Arzt, ja?«

»Dottore«, begann Brunetti. Dabei blickte er auf seine Schuhe und holte tief Luft. »Ich bitte Sie, Ihre Handschuhe wieder anzuziehen und mit mir nach nebenan zu kommen, um Ihrem Patienten eine Tetanusspritze zu geben.«

»Und wenn ich mich weigere?« fragte Carraro mit hohler Bockigkeit, und der Atemhauch, der dabei in Brunettis Richtung wehte, roch nach Pfefferminz und Alkohol – eine Mischung, aus der das Frühstück des wahren Alkoholikers besteht.

»Wenn Sie sich weigern, Dottore«, sagte Brunetti mit tödlich ruhiger Stimme und drohend ausgestreckter Hand, »dann zerre ich Sie eigenhändig in dieses Zimmer und sage dem Mann, daß Sie ihm die Spritze nicht geben wollen, die ihn heilt. Und dann lasse ich Sie mit ihm allein.«

Er beobachtete Carraro, während er das sagte, und sah,

daß der Arzt ihm glaubte. Das genügte ihm für seinen Zweck. Carraro ließ die Arme sinken und brummelte noch etwas vor sich hin, was Brunetti nicht zu hören vorgab.

Er hielt Carraro die Tür auf und kehrte mit ihm ins Behandlungszimmer zurück. Dort saß der Mann jetzt auf der Kante des Untersuchungstischs und ließ die Beine herunterbaumeln. Er knöpfte sich gerade das Hemd über der tonnenförmigen Brust zu.

Carraro ging stumm zu einem Glasschrank auf der anderen Seite des Zimmers, öffnete ihn und nahm eine Injektionsspritze heraus. Dann bückte er sich und kramte geräuschvoll in den Medikamentenschachteln auf dem Schrankboden herum, bis er gefunden hatte, was er suchte. Er entnahm einer Schachtel eine kleine gläserne Ampulle mit Gummistöpsel und ging damit an seinen Schreibtisch. Sorgsam streifte er sich ein neues Paar Gummihandschuhe über, riß die Plastikverpackung von der Spritze und stach die Nadel durch den Gummistöpsel der Ampulle. Er zog den gesamten Inhalt der Ampulle auf und wandte sich dem Mann auf dem Untersuchungstisch zu, der sich das Hemd inzwischen in die Hose gesteckt und einen Ärmel bis kurz unter dem Ellbogen hochgekrempelt hatte.

Brunetti sah, wie er dem Arzt seinen Arm hinstreckte, das Gesicht abwandte und die Augen zukniff, wie Kinder es machen, wenn sie geimpft werden. Carraro legte die volle Spritze neben dem Mann auf den Tisch, packte den Arm, schob den Ärmel bis über den Bizeps hoch und stach ihm mit unnötiger Kraft die Nadel in den Muskel, um die Flüssigkeit hineinzuspritzen. Dann zog er die Nadel wieder heraus, riß den Arm des Mannes grob in die Höhe, damit aus dem Stich weniger Blut kam, und ging zurück an den Schreibtisch.

»Danke, Dottore«, sagte der Mann. »War das die Arznei?«

Da Carraro beharrlich schwieg, antwortete schließlich Brunetti: »Ja, das war sie. Nun brauchen Sie keine Angst mehr zu haben.«

»Und es hat nicht einmal weh getan. Nicht sehr«, sagte der Mann. Er sah Brunetti an. »Müssen wir jetzt gehen?«

Brunetti nickte. Der Mann ließ den Arm sinken und besah sich die Stelle, an der Carraro ihm die Nadel hineingestochen hatte. Es trat Blut aus.

»Ich glaube, Ihr Patient braucht einen Verband, Dottore«, sagte Brunetti, obwohl er wußte, daß Carraro nichts unternehmen würde. Der Arzt zog sich die Handschuhe aus und wollte sie auf einen Tisch werfen, den er weit verfehlte, doch es kümmerte ihn überhaupt nicht, daß sie zu Boden fielen. Brunetti ging an den Arzneischrank und warf einen Blick in die Schachteln auf dem obersten Brett. In der einen befanden sich gewöhnliche Heftpflaster. Er nahm eines heraus und ging zu dem Mann zurück. Als er die sterile Verpackung aufriß und das Pflaster auf die blutende Stelle kleben wollte, hob der Mann abwehrend die Hand.

»Vielleicht bin ich ja doch noch nicht ganz geheilt, Signore, lassen Sie mich das lieber selbst machen.« Er nahm das Pflaster, drückte es mit ungeschickter linker Hand auf die Wunde und strich die klebenden Enden auf seiner Haut glatt. Dann rollte er seinen Ärmel herunter, stand auf und bückte sich, um seinen Pullover aufzuheben.

Als sie an die Tür des Behandlungszimmers kamen, blieb der Mann stehen und blickte von oben auf Brunetti herab.

»So was zu kriegen wäre nämlich schrecklich«, sagte er. »Schrecklich für die Familie.« Er nickte eifrig, um die Wahrheit dieser Worte zu bekräftigen, trat dann zur Seite und ließ Brunetti vorgehen. Hinter ihnen knallte Carraro die Tür des Arzneischranks zu, aber staatseigenes Mobiliar ist stabil, und das Glas brach nicht.

Draußen auf dem Flur standen die beiden Uniformierten, die Brunetti ins Krankenhaus bestellt hatte, und am Anleger wartete das Polizeiboot mit dem stets wortkargen Bonsuan am Ruder. Sie verließen das Krankenhaus durch den Seitenausgang und gingen die paar Meter zu dem festgemachten Boot, wobei der Mann den Kopf gesenkt und die Schultern hochgezogen hielt, eine Haltung, die er im selben Moment angenommen hatte, als er die Uniformen sah.

Sein Gang war schwerfällig und ungelenk, ihm fehlte das Fließende normaler Bewegungen, als wären die Leitungen von seinem Gehirn zu den Füßen gestört. Als sie aufs Boot stiegen, wandte der Mann, der zwischen den beiden Uniformierten ging, sich an Brunetti und bat: »Darf ich bitte unten sitzen, Signore?«

Brunetti zeigte zu den vier Stufen, die in die Kabine führten, und der Mann ging hinunter und setzte sich auf eine der langen, gepolsterten Bänke an den Seitenwänden. Er steckte die gefalteten Hände zwischen die Knie, beugte den Kopf darüber und starrte zu Boden.

Als sie vor der Questura anlegten, sprangen die Beamten an Land und machten das Boot fest. Brunetti ging zur Treppe und rief hinunter: »Wir sind jetzt da.«

Der Mann blickte auf und erhob sich.

Auf der Fahrt hatte Brunetti überlegt, ob er ihn zum Verhör mit in sein Dienstzimmer nehmen sollte, aber er hatte anders entschieden, weil er fand, daß die häßlichen, fensterlosen Verhörzimmer mit ihren fleckigen Wänden und der grellen Beleuchtung sich für das, was er tun mußte, besser eigneten.

Sie gingen, die Uniformierten voraus, in den ersten Stock hinauf und dort den Korridor entlang bis zur dritten Tür rechts. Brunetti öffnete sie und hielt sie für den Mann auf. Dieser ging schweigend hinein, blieb stehen und drehte sich zu Brunetti um, der auf einen der Stühle an einem verkratzten Tisch deutete.

Der Mann setzte sich hin. Brunetti schloß die Tür, kam ins Zimmer und setzte sich ihm gegenüber.

»Mein Name ist Guido Brunetti. Ich bin Commissario der Polizei«, begann er, »und in diesem Zimmer befindet sich ein Mikrofon, über das alles aufgezeichnet wird, was wir hier sagen.« Er nannte Datum und Uhrzeit und wandte sich dann dem Mann zu.

»Ich habe Sie hierhergebracht, um Ihnen Fragen im Zusammenhang mit drei Todesfällen zu stellen: dem Tod eines jungen Mannes namens Franco Rossi, dem Tod eines weiteren jungen Mannes namens Gino Zecchino und dem Tod einer jungen Frau, deren Namen wir noch nicht kennen. Zwei von diesen Personen sind in einem Haus bei Angelo Raffaele gestorben, die dritte nach einem Sturz vom Gerüst an ebendiesem Haus.« Hier hielt er einmal kurz inne, dann fuhr er fort: »Bevor wir weitermachen, muß ich Sie bitten, mir Ihren Namen zu nennen und sich auszuweisen.« Als der Mann nicht reagierte, wiederholte Brunetti: »Würden Sie mir bitte Ihren Namen nennen, Signore?«

Der andere blickte auf und fragte mit unendlich trauriger Stimme: »Muß ich das?«

»Ich kann es Ihnen nicht ersparen«, antwortete Brunetti resigniert.

Der Mann senkte den Kopf und blickte auf den Tisch. »Oh, sie wird so böse auf mich sein«, sagte er leise. Dann sah er zu Brunetti auf und sagte mit derselben leisen Stimme: »Giovanni Dolfin.«

24

Brunetti suchte nach einer Familienähnlichkeit zwischen diesem ungelenken Riesen und der dürren, gebeugten Frau, die er in dal Carlos Vorzimmer gesehen hatte. Er sah keine, fragte aber lieber nicht, in welcher Weise sie verwandt seien, weil er es besser fand, den Mann reden zu lassen, während er selbst die Rolle dessen spielte, der schon alles wußte und nur dazu da war, Fragen zu Nebensächlichkeiten und nach dem zeitlichen Ablauf zu stellen.

Schweigen machte sich breit. Brunetti ließ es zu, bis das ganze Zimmer davon erfüllt war und man nur noch Dolfins schweren Atem hörte.

Endlich sah er Brunetti mit einem leidvollen Blick an. »Ich bin nämlich ein Conte, verstehen Sie? Wir sind die letzten; nach uns kommt keiner mehr, weil Loredana... Na ja, sie hat eben nie geheiratet, und...« Wieder blickte er auf den Tisch, aber der weigerte sich nach wie vor, ihm zu sagen, wie er das alles erklären sollte. Er seufzte und setzte noch einmal an: »Ich werde nicht heiraten. Ich habe kein Interesse an... alldem«, sagte er mit einer fahrigen Handbewegung, als wollte er »all das« damit wegwischen. »Also sind wir die letzten, und darum ist es so wichtig, daß nichts auf den Namen der Familie oder auf unsere Ehre kommt.« Den Blick fest auf Brunetti gerichtet, fragte er: »Verstehen Sie das?«

»Natürlich«, antwortete Brunetti. Er hatte keine Ahnung, was »Ehre« hier bedeutete, vor allem für das Mitglied einer Familie, deren Name schon über achthundert Jahre alt war. »Wir müssen in Ehren leben«, war alles, was ihm zu sagen einfiel.

Dolfin nickte mehrmals. »Das sagt Loredana auch. Sie hat es immer zu mir gesagt. Sie sagt, es bedeutet nichts, daß wir nicht reich sind, es bedeutet überhaupt nichts. Wir haben immer noch den Namen.« Er sagte das mit dem Nachdruck, mit dem Leute oft etwas von sich geben, was sie nicht wirklich verstanden haben, weshalb die Überzeugung das Denken ersetzen muß. Irgendein Mechanismus schien jetzt in Dolfins Hirnkasten in Gang gesetzt worden zu sein, denn er senkte wieder den Kopf und begann die Geschichte seines berühmten Vorfahren, des Dogen Giovanni Dolfin, herunterzuleiern. Brunetti fühlte sich beim Zuhören sonderbar beruhigt, denn die Laute versetzten ihn zurück in seine Kindheit, als die Nachbarsfrauen zu ihnen ins Haus gekommen waren, um gemeinsam den Rosenkranz zu beten, und die gemurmelten Wiederholungen immer derselben Gebete ihn in ihren Bann schlugen. Er ließ sich einfangen von diesen raunenden Stimmen aus einer anderen Zeit, bis er Dolfin sagen hörte: »...an der Pest im Jahre 1361.«

An diesem Punkt sah Dolfin auf, und Brunetti nickte zustimmend. »Ja, so ein Name ist wichtig«, sagte er in der Hoffnung, den Mann am Reden zu halten. »Da muß man schon gut aufpassen, um ihn zu schützen.«

»O ja, das hat Loredana auch zu mir gesagt, genau das.« Dolfin sah Brunetti mit einem Blick an, in dem so etwas wie Respekt dämmerte: Da war noch einer, der verstand, unter welcher Verpflichtung sie beide lebten. »Sie hat mir gesagt, daß wir besonders diesmal alles tun müssen, um ihn zu bewahren und zu schützen.« Beim letzten Halbsatz geriet seine Zunge ins Stolpern.

»Natürlich«, ermunterte ihn Brunetti, »besonders diesmal.«

Dolfin fuhr fort: »Sie hat mir gesagt, daß dieser Mann bei ihr im Amt schon immer neidisch auf sie war, wegen ihrer Stellung.« Als er Brunettis ratloses Gesicht sah, erklärte er: »In der Gesellschaft.«

Brunetti nickte.

»Sie konnte nie begreifen, warum er sie so haßte. Aber dann hat er irgendwas mit Papieren angestellt. Sie hat ja versucht, es mir zu erklären, aber ich hab's überhaupt nicht verstanden. Jedenfalls hat er falsche Urkunden erstellt, die es so aussehen lassen sollten, als ob Loredana im Amt schlimme Dinge machte und für irgend etwas Geld genommen hätte.« Er legte die Hände flach auf den Tisch und erhob sich halb. In beängstigender Lautstärke rief er: »Die Dolfins tun nie etwas für Geld! Geld bedeutet den Dolfins nichts.«

Brunetti hob beschwichtigend die Hand, und Dolfin ließ sich wieder auf den Stuhl sinken. »Wir tun nichts für Geld«, sagte er mit Nachdruck. »Das weiß die ganze Stadt. Nicht für Geld. Aber«, fuhr er fort, »sie hat gesagt, daß alle Leute glauben werden, was in den falschen Urkunden steht, und dann wird es einen Skandal geben. Unser Name wird ruiniert sein, hat sie gesagt, und ich soll doch...« Er korrigierte sich: »Nein, das wußte ich selbst, das brauchte mir keiner zu sagen. Keiner darf ungestraft Lügen über die Dolfins verbreiten.«

»Verstehe«, pflichtete Brunetti ihm bei. »Das heißt, Sie wollten ihn anzeigen?«

Dolfin machte eine wegwerfende Handbewegung, die zeigen sollte, was er von der Justiz hielt. »Nein. Es ging um unsere Ehre, da durften wir das Recht selbst in die Hand nehmen.«

»Aha.«

»Ich wußte ja, wer er war. Ich war ein paarmal dort gewesen, um Loredana zu helfen, wenn sie vormittags die Einkäufe machte und dann lauter schwere Sachen nach Hause zu tragen hatte. Da bin ich immer hin und hab ihr geholfen.« Letzteres sagte er mit unbewußtem Stolz: der Mann in der Familie, der selbstverständlich seine Pflicht tat. »Sie wußte, wohin er an dem Tag gehen wollte, und hat mir gesagt, ich soll ihm folgen und versuchen, mit ihm zu reden. Das hab ich auch getan, aber angeblich konnte er überhaupt nicht verstehen, wovon ich sprach. Es hätte mit Loredana gar nichts zu tun, hat er gesagt. Nein, es ginge um diesen anderen Mann. Aber davor hatte sie mich ja schon gewarnt, daß er lügen und mir weismachen würde, es ginge um irgend jemand anderen im Katasteramt, ich war also gewappnet. Ich wußte, daß er es in Wirklichkeit auf Loredana abgesehen hatte, weil er neidisch auf sie war.« Er setzte bei diesen Worten eine Miene auf, wie er sie bei Leuten gesehen haben mußte, die etwas von sich gaben, wovon man ihm hinterher sagte, es sei sehr klug gewesen, und wieder hatte Brunetti den Eindruck, daß ihm jemand diesen Text eingetrichtert hatte.

»Und?«

»Er hat mich einen Lügner genannt und wollte mich

wegschubsen, um an mir vorbeizugehen. ›Aus dem Weg‹, hat er gesagt. Wir waren in diesem Haus.« Jetzt riß er ganz weit die Augen auf – in Erinnerung an die Geschehnisse danach, dachte Brunetti, aber wie sich zeigte, betraf es den Skandal, über den zu berichten er sich soeben anschickte: »Und er hat mich geduzt. Er wußte, daß ich ein Conte bin, und trotzdem hat er mich geduzt.« Dolfin sah Brunetti an, als wollte er ihn fragen, ob ihm so etwas je zu Ohren gekommen sei.

Brunetti, dem so etwas noch nie zu Ohren gekommen war, schüttelte nur stumm den Kopf, als könnte er es nicht fassen.

Da Dolfin nicht geneigt schien weiterzuerzählen, fragte Brunetti mit echter Neugier in der Stimme: »Was haben Sie dann getan?«

»Ich habe ihm gesagt, daß er lügt und nur Loredana schaden will, weil er neidisch auf sie ist. Da hat er mich wieder geschubst. Das hat bei mir noch keiner gewagt.«

Brunetti entnahm dem Ton, in dem Dolfin das sagte, daß er offenbar glaubte, die Leute machten wegen seines Titels einen respektvollen Bogen um ihn, nicht wegen seiner Körpergröße.

»Und wie er mich da schubste, habe ich einen Schritt rückwärts gemacht und bin dabei mit dem Fuß an ein Rohr gestoßen, das auf dem Boden lag. Es ist weggerollt, und ich bin hingefallen. Und als ich wieder aufstand, hatte ich das Rohr auf einmal in der Hand. Schlagen wollte ich ihn ja, aber ein Dolfin schlägt nie von hinten zu, darum habe ich ihm nachgerufen, damit er sich umdreht. Da hat er die Hand gehoben, um mich zu schlagen.« An dieser Stelle verstummte Dolfin, aber die Fäuste auf seinem Schoß öffneten und schlossen sich unentwegt, als hätten sie plötzlich ein Eigenleben bekommen.

Als er Brunetti wieder ansah, war es in seiner Erinnerung eindeutig schon eine ganze Weile später, denn er sagte: »Da wollte er wieder aufstehen. Wir waren am Fenster gewesen, und die Läden standen offen. Die hatte er aufgemacht, als er ins Haus ging. Er ist hingekrochen und hat sich daran hochgezogen. Ich war nicht mehr wütend«, sagte er ganz ruhig und leidenschaftslos. »Unsere Ehre war ja gerettet. Also bin ich hingegangen, um zu sehen, ob ich ihm helfen kann. Aber er hatte Angst vor mir, und als ich auf ihn zuging, wollte er mir ausweichen, und dabei ist er mit den Kniekehlen an die Fensterbank gestoßen und gestürzt. Ich hab noch versucht, ihn zu packen und festzuhalten, wirklich«, sagte er und machte vor, wie seine langen, flachen Finger mehrere Male ins Leere gegriffen hatten. »Aber er fiel und fiel, und ich konnte ihn nicht festhalten.« Er zog die Hand zurück und hielt sich mit der anderen die Augen zu. »Und dann ist er unten aufgeschlagen. Es hörte sich sehr laut an. Aber plötzlich war jemand an der Zimmertür, und ich kriegte große Angst. Ich wußte ja nicht, wer das war. Da bin ich die Treppe hinuntergerannt.« Er brach ab.

»Wohin sind Sie gegangen?«

»Nach Hause. Es war schon Mittag vorbei, und Loredana macht sich immer Sorgen, wenn ich zu spät komme.«

»Haben Sie es ihr erzählt?« fragte Brunetti.

»Ob ich ihr was erzählt habe?«

»Was vorgefallen war.«

»Ich wollte es ihr nicht sagen. Aber sie hat es gemerkt.

Sie hat es daran gemerkt, daß ich nichts essen konnte. Da mußte ich ihr erzählen, was passiert war.«

»Und was hat sie gesagt?«

»Sie hat gesagt, daß sie sehr stolz auf mich ist«, antwortete er strahlend. »Sie hat gesagt, ich habe unsere Ehre verteidigt, und was dann passiert ist, war ein Unfall. Er hat mich geschubst. Ich schwöre bei Gott, das ist die Wahrheit. Er hat mich umgestoßen.«

Giovanni warf einen nervösen Blick zur Tür und fragte: »Weiß sie, daß ich hier bin?«

Als er Brunetti den Kopf schütteln sah, fuhr er sich mit der einen Riesenhand an den Mund und klopfte sich ein paarmal an die Unterlippe. »Oje, sie wird so böse auf mich sein! Sie hat mir gesagt, ich soll nicht ins Krankenhaus gehen. Das ist eine Falle, hat sie gesagt. Und sie hatte recht. Ich hätte auf sie hören sollen. Sie hat immer recht. Sie hat schon immer in allem recht gehabt.« Er legte die Hand behutsam auf die Stelle am Arm, wo er die Spritze bekommen hatte, sagte aber nichts weiter. Ganz sanft strich er mit den Fingern über die Stelle.

Es wurde still, und Brunetti fragte sich, wieviel von dem, was Loredana Dolfin ihrem Bruder erzählt hatte, wohl der Wahrheit entsprach. Er hatte keinen Zweifel mehr, daß Rossi hinter die Korruption im Ufficio Catasto gekommen war, aber daß die Familienehre der Dolfins davon betroffen gewesen sein sollte, bezweifelte er sehr.

»Und als Sie dann wieder hingegangen sind?« fragte er. Die zunehmende Fahrigkeit in Dolfins Bewegungen machte ihm Sorgen.

»Der andere, der die Drogen nahm, der war dagewesen,

als es passierte. Er war mir bis nach Hause gefolgt und hatte sich bei Leuten erkundigt, wer ich war. Sie kannten mich ja wegen meines Namens.« Brunetti hörte den Stolz, mit dem er das sagte, dann fuhr der Mann fort: »Er ist zu unserer Wohnung gekommen, und als ich rauskam und zur Arbeit gehen wollte, hat er zu mir gesagt, er hätte alles gesehen. Aber er ist mein Freund, hat er gesagt, und will mir helfen, damit ich keinen Ärger bekomme. Ich hab ihm das geglaubt, und wir sind zusammen ins Haus zurückgegangen und haben angefangen, das Zimmer da oben zu säubern. Er hat gesagt, daß er mir dabei helfen will, und ich hab's ihm geglaubt. Als wir dann da waren, ist die Polizei gekommen, aber der hat er irgendwas erzählt, und sie ist wieder abgezogen. Und als sie fort war, hat er zu mir gesagt, daß ich ihm Geld geben muß, sonst holt er die Polizei zurück und zeigt ihr das Zimmer, und dann kriege ich großen Ärger, hat er gesagt, und alle werden wissen, was ich getan habe.« Dolfin unterbrach sich an dieser Stelle und schien zu überlegen, welche Konsequenzen das wohl gehabt hätte.

»Und?«

»Ich habe ihm gesagt, daß ich kein Geld habe, denn das gebe ich immer Loredana, weil sie weiß, was man damit macht.«

Dolfin erhob sich halb und drehte den Kopf hin und her, als horchte er auf ein Geräusch in seinem Nacken.

»Und?« fragte Brunetti noch einmal im selben höflichen Ton.

»Ich hab's natürlich Loredana erzählt. Und wir sind wieder hingegangen.«

»Wir?« wiederholte Brunetti und bereute sogleich, daß ihm diese Frage herausgerutscht war.

Bis dahin hatte Dolfin immerzu den Kopf hin und her gedreht, aber bei Brunettis Frage – oder seinem Ton – hielt er damit inne. Brunetti konnte förmlich zusehen, wie Dolfins Vertrauen zu ihm sich in Luft auflöste und er allmählich zu begreifen schien, daß er sich im Lager des Feindes befand.

Nachdem mindestens eine Minute verstrichen war, fragte Brunetti: »Signor Conte?«

Dolfin schüttelte energisch den Kopf.

»Signor Conte, Sie sagten, daß Sie zusammen mit jemand anderem zu dem Haus zurückgegangen sind. Wollen Sie mir nicht sagen, mit wem?«

Dolfin stützte die Ellbogen auf den Tisch, senkte den Kopf und hielt sich die Ohren zu. Als Brunetti wieder zu sprechen anfing, schüttelte Dolfin nur heftig den Kopf. Wütend über sich selbst, weil er den Mann in eine Ecke gedrängt hatte, aus der er nicht mehr herauszulocken war, stand Brunetti auf und ging hinaus, um Dolfins Schwester anzurufen, denn etwas anderes blieb ihm nun nicht mehr übrig.

25

Sie meldete sich mit »Ca' Dolfin«, nichts weiter, und Brunetti war so überrascht von dem Ton, einem Fanfarenstoß aus lauter absichtlich falschen Tönen, daß er eine kleine Weile brauchte, sich ihr vorzustellen und den Grund seines Anrufs zu erklären. Falls seine Mitteilung sie beunruhigte, verbarg sie dies sehr gut und sagte nur, sie werde ihren Anwalt verständigen und dann auf dem schnellsten Weg in die Questura kommen. Sie stellte keine Fragen und verriet auch keine Neugier angesichts der Eröffnung, daß ihr Bruder im Zusammenhang mit einem Mord verhört werde. Ihre Reaktion hätte nicht gelassener sein können, wenn es in dem Gespräch um etwas ganz Alltägliches gegangen wäre, etwa um einen falschen Strich in einem Bauplan. Doch da Brunetti nicht von einem Dogen abstammte, seines Wissens jedenfalls nicht, hatte er eben keine Ahnung, wie man in solchen Kreisen mit Mord in der Familie umging.

Brunetti hielt sich nicht eine Sekunde an der Möglichkeit auf, daß Signorina Dolfin etwas mit diesem vulgären Bestechungssystem zu tun haben könnte, das Rossi offenbar im Ufficio Catasto entdeckt hatte. »Die Dolfins tun nie etwas für Geld.« Das glaubte Brunetti unbesehen. Dal Carlo mit seiner einstudierten Unsicherheit angesichts der Frage, ob einem Mitarbeiter des Ufficio Catasto Bestechlichkeit zuzutrauen wäre, nur er konnte das von Rossi bloßgelegte System aufgebaut haben.

Was hatte der arme, dumme, tödlich ehrliche Rossi getan – dal Carlo mit seinen Beweisen konfrontiert, ihm mit Anzeige gedroht? Und hatte er es bei offener Tür getan, so daß dieser Vorzimmerdrache im Twinset, diese Frau mit zwanzig Jahre alter Frisur und ebenso alter unerfüllter Sehnsucht, mithören konnte? Und Cappelli? Hatten seine Telefongespräche mit Rossi auch ihm den vorzeitigen Tod gebracht?

Brunetti zweifelte nicht, daß Loredana Dolfin ihrem Bruder längst eingetrichtert hatte, was er im Falle einer Vernehmung sagen sollte; sie hatte ihn ja auch davor gewarnt, ins Krankenhaus zu gehen. Da hätte sie wohl kaum von einer »Falle« gesprochen, wenn sie nicht gewußt hätte, wie er an diesen verräterischen Biß in den Unterarm gekommen war. Und er, der arme Tropf – ihn hatte seine Angst vor einer Infektion so umgetrieben, daß er ihre Warnung in den Wind geschlagen hatte und in Brunettis Falle gegangen war.

Dolfin war genau in dem Augenblick verstummt, als er im Plural zu sprechen anfing. Brunetti glaubte mit Bestimmtheit zu wissen, wer der andere Teil in diesem verhängnisvollen »wir« war, aber er wußte auch, daß es keine Hoffnung mehr gab, diesen weißen Fleck zu füllen, wenn Loredanas Anwalt erst mit Giovanni gesprochen hätte.

Eine knappe Stunde später klingelte sein Telefon, und man teilte ihm die Ankunft Signorina Dolfins und Avvocato Contarinis mit. Er bat darum, sie zu ihm heraufzubringen.

Die Signorina, geführt von einem der uniformierten Polizisten, die am Eingang der Questura Wache standen, war zuerst oben. Ihr auf den Fersen folgte Contarini, übergewichtig und stets lächelnd, ein Mann, der jederzeit den richtigen Dreh fand, damit sein jeweiliger Mandant von jedem Schlupfloch im Gesetz profitierte.

Brunetti empfing die beiden an der Tür zu seinem Zimmer, machte aber keine Anstalten, sie mit Handschlag zu begrüßen, sondern verzog sich sogleich wieder hinter seinen Schreibtisch.

Dann blickte er zu Signorina Dolfin hinüber, die sich hinsetzte, die Füße fest zusammen, den Rücken kerzengerade, aber ohne dabei die Stuhllehne zu berühren, die Hände auf ihrer Handtasche gefaltet. Sie erwiderte seinen Blick, sagte aber nichts. Sie kam ihm nicht anders vor als neulich in ihrem Büro: tüchtig, angejahrt, interessiert an den Dingen, die um sie herum vorgingen, aber nirgendwo so recht mit dem Herzen dabei.

»Und was glauben Sie nun in bezug auf meinen Mandanten entdeckt zu haben, Commissario?« fragte Contarini mit liebenswürdigem Lächeln.

»Bei einer auf Tonband aufgenommenen Vernehmung heute nachmittag hier in der Questura«, antwortete Brunetti, »hat er zugegeben, Franco Rossi getötet zu haben, einen Mitarbeiter des Ufficio Catasto, in dem...« – hier nickte Brunetti zu Loredana hinüber – »...Signorina Dolfin als Sekretärin arbeitet.«

Contarini schien das nicht zu interessieren. »Sonst noch etwas?« fragte er.

»Er hat ferner zugegeben, später in Begleitung eines gewissen Gino Zecchino an den Tatort zurückgekehrt zu sein und mit ihm gemeinsam die Spuren des Verbrechens beseitigt zu haben. Des weiteren hat er ausgesagt, daß dieser Zecchino ihn danach zu erpressen versuchte.« Nichts von dem, was Brunetti bisher gesagt hatte, schien seine beiden Gegenüber sonderlich zu interessieren. »Zecchino wurde später im selben Haus ermordet aufgefunden, desgleichen eine junge Frau, die wir noch nicht identifizieren konnten.«

Als Contarini den Eindruck hatte, daß Brunetti fertig war, nahm er seine Aktentasche auf den Schoß, öffnete sie und begann in den Papieren zu kramen. Es erinnerte Brunetti so sehr an Franco Rossis pedantische Art bei seinem Besuch, daß er eine regelrechte Gänsehaut bekam. Endlich fand Contarini das Schriftstück, das er suchte, und zog es mit einem erfreuten kleinen Schnauben heraus. Dann reichte er es Brunetti über den Schreibtisch. »Wie Sie sehen, Commissario«, begann er, wobei er auf das Siegel zeigte, ohne das Blatt aber loszulassen, »ist dies eine Bescheinigung des Gesundheitsministeriums von vor über zehn Jahren...« Er rückte seinen Stuhl etwas näher an den Schreibtisch. Als er sicher war, daß Brunettis volle Aufmerksamkeit dem Papier galt, fuhr er fort: »... in der bestätigt wird, daß Giovanni Dolfin...« Er hielt wieder inne und beglückte Brunetti erneut mit einem Lächeln: ein Hai, der gleich zur Sache kommen würde. Obwohl die Schrift für ihn auf dem Kopf stand, begann er den Text nun langsam vorzulesen: »... ›der besonderen Fürsorge bedarf, bei der Vergabe von Arbeitsstellen bevorzugt zu berücksichtigen ist und wegen seines Unvermögens, Arbeiten jenseits seiner Fähigkeiten durchzuführen, nie benachteiligt werden darf‹.«

Er fuhr mit dem Finger über das Blatt nach unten, bis er auf den letzten Absatz zeigte, den er dann ebenfalls vorlas: »Es wird bescheinigt, daß obengenannter Giovanni Dolfin nicht im Vollbesitz seiner geistigen Kräfte ist und aus diesem Grunde nicht der vollen Strenge des Gesetzes unterworfen werden darf.«

Contarini ließ das Blatt los und sah zu, wie es langsam auf Brunettis Schreibtisch flatterte. Immer noch lächelnd, sagte er: »Eine Kopie. Für Ihre Unterlagen. Ich nehme an, Sie kennen solche Schriftstücke, Commissario?«

In Brunettis Familie wurde begeistert Monopoly gespielt, und hier hatte er sie vor sich, die lebenslang gültige Karte: »Du kommst aus dem Gefängnis frei.«

Contarini schloß seine Aktentasche und stand auf. »Ich möchte jetzt gern zu meinem Mandanten, wenn es geht.«

»Natürlich«, sagte Brunetti und griff zum Telefon.

Dann saßen alle drei schweigend da, bis Pucetti anklopfte.

»Pucetti«, sagte Brunetti, den es rührte, daß der junge Mann auf seinen Ruf hin offenbar die Treppe heraufgerannt gekommen war, so sehr war er außer Atem. »Bringen Sie Avvocato Contarini bitte in Zimmer sieben, damit er seinen Mandanten sprechen kann.«

Pucetti salutierte zackig. Contarini warf einen fragenden Blick zu Signorina Dolfin, die aber den Kopf schüttelte und sitzen blieb. Contarini murmelte ein paar Höflichkeiten und ging, lächelnd wie immer.

Brunetti, der bei Contarinis Weggehen aufgestanden war, setzte sich wieder und sah zu Signorina Dolfin hinüber. Er sagte nichts.

Minuten vergingen, bis sie endlich in völlig normalem Ton sagte: »Sie können ihm nichts anhaben. Er steht unter dem Schutz des Staates.«

Brunetti hatte sich vorgenommen, stumm zu bleiben, und

war neugierig zu sehen, bis wohin er sie damit treiben würde. Er sagte also kein Wort, schob auch keine Gegenstände auf seinem Schreibtisch hin und her und legte nicht einmal die Hände aufeinander; er saß nur da und blickte sie mit unbeteiligter Miene an.

So vergingen wieder etliche Minuten. Dann fragte sie: »Was wollen Sie tun?«

»Das haben Sie mir doch eben gesagt, Signorina«, ließ er sich zu antworten herab.

Dann saßen sie wieder wie zwei Grabsteinfiguren, bis endlich sie sagte: »Das meinte ich nicht.« Sie wandte den Blick und sah zum Fenster hinaus, dann wieder zu Brunetti. »Nicht mit meinem Bruder. Ich möchte wissen, was Sie mit ihm tun wollen.« Zum erstenmal sah er eine Regung in ihrem Gesicht.

Brunetti hatte keine Lust, mit ihr zu spielen, und versuchte erst gar nicht, ein Mißverständnis vorzutäuschen. »Sie meinen dal Carlo?« fragte er, ohne sich mit Titeln aufzuhalten.

Sie nickte.

Brunetti dachte nach, und ein nicht geringer Teil dieses Nachdenkens galt der Frage, wie die Sache mit seiner Wohnung wohl noch ausgehen könnte, wenn es im Ufficio Catasto plötzlich ehrlich zugehen müßte. »Ich werde ihn den Wölfen zum Fraß vorwerfen«, sagte er endlich, und er sagte es mit Genuß.

Sie riß erstaunt die Augen auf. »Wie meinen Sie das?«

»Ich werde ihn der Guardia di Finanza ausliefern. Die wird begeistert sein, wenn sie eine Aufstellung aller seiner Bankkonten bekommt, der Wohnungen, die er besitzt, der

Anlagekonten, in die seine Frau...« – er sprach dieses Wort besonders genüßlich aus – »... Geld investiert hat. Und wenn die Guardia di Finanza dann erst anfängt, herumzufragen und jedem Straffreiheit zu versprechen, der zugibt, ihn bestochen zu haben, wird das zu einer Lawine anwachsen, die ihn unter sich begräbt.«

»Er verliert seine Stellung«, sagte sie.

»Er verliert alles«, korrigierte Brunetti sie und rang sich ein kurzes, freudloses Lächeln ab.

Sie war über seine Gehässigkeit so bestürzt, daß sie mit offenem Mund dasaß.

»Wollen Sie mehr hören?« fragte er, außer sich vor Wut bei dem Gedanken, daß er unabhängig von allem, was mit dal Carlo passierte, nie an diese Frau oder ihren Bruder herankommen würde. Die Volpatos würden weiter wie die Geier am Campo San Luca herumstehen, und jede Chance, Marcos Mörder zu finden, war durch die gedruckten Lügen vertan, mit denen er Pattas Sohn aus der Gefahrenzone geholt hatte.

Obwohl er wußte, daß Signorina Dolfin an letzterem keine Schuld hatte, war sein Verlangen, sie büßen zu lassen, so stark, daß er fortfuhr: »Die Zeitungen werden sich alles zusammenreimen: Rossis Tod, und ein Verdächtiger mit einer Bißwunde, die das ermordete Mädchen ihm beigebracht hat, kann nicht belangt werden, weil er von Gerichts wegen für unzurechnungsfähig erklärt wurde; und die mögliche Verwicklung von dal Carlos Sekretärin, einer älteren Frau, *una zitella*«, sagte er, selbst erstaunt über die tiefe Verachtung, die er in die Bezeichnung »alte Jungfer« legte. *»Una zitella nobile«* – er spie das letzte Wort fast über den

Tisch –, »die sich hoffnungslos in ihren Chef verguckt hat, einen jüngeren und zudem verheirateten Mann«, ließ er die beschämenden Beiwörter auf sie hinabdonnern, »und die zufällig einen Bruder hat, der zufällig von Gerichts wegen für unzurechnungsfähig erklärt wurde und folglich derjenige sein könnte, der des Mordes an Rossi verdächtigt wird.« Er hielt inne und sah sie an, wie sie in ungespieltem Entsetzen vor ihm zurückwich. »Und dann werden sie annehmen, daß dal Carlo bis zum Kragen in diese Morde verwickelt ist, und er wird von diesem Verdacht nie mehr frei sein. Und Sie«, sagte Brunetti, wobei er über seinen Schreibtisch hinweg den Finger auf sie richtete, »Sie werden ihm das angetan haben. Es wird Ihr letztes Geschenk an Ingeniere dal Carlo sein.«

»Das können Sie nicht tun«, sagte sie mit einer Stimme, die sie kaum noch in der Gewalt hatte.

»Ich werde gar nichts tun, Signorina«, antwortete er, abgestoßen von dem Vergnügen, das es ihm bereitete, dies alles zu sagen. »Die Zeitungen werden es behaupten oder andeuten, aber egal woher diese Mutmaßungen alle kommen werden, Sie dürfen sicher sein, daß die Leute, die das lesen, sich alles zusammenreimen und es glauben werden. Und den größten Spaß werden sie dabei am Schauspiel einer alternden *zitella nobile* mit ihrer mitleiderregenden Verliebtheit in einen jüngeren Mann haben.« Er lehnte sich über den Tisch und rief, daß es schon fast ein Brüllen war: »Und sie werden nicht genug davon bekommen.«

Sie schüttelte den Kopf, ihr Mund stand weit offen; wenn er sie geschlagen hätte, sie hätte es würdevoller getragen. »Aber das können Sie nicht tun. Ich bin eine Dolfin.«

Brunetti war so verdutzt, daß er nur noch lachen konnte. Er legte den Kopf an die Rückenlehne seines Stuhls und gönnte sich die Befreiung eines irren Lachens. »Ich weiß, ich weiß«, sagte er und brachte kaum die Worte heraus, weil immer neues Lachen ihn schüttelte. »Sie sind eine Dolfin, und die Dolfins tun nie etwas für Geld.«

Als sie aufstand, war ihr Gesicht so rot und ihr Ausdruck so gequält, daß es ihn schlagartig ernüchterte. Sie krallte ihre Finger so fest um die Handtasche, daß sie knackten, und sagte: »Ich habe es aus Liebe getan.«

»Dann stehe Gott Ihnen bei«, sagte Brunetti und griff zum Telefon.

Donna Leon im Diogenes Verlag

»Es gibt einen neuen liebenswerten Polizisten in der Welt der literarischen Detektive zu entdecken. Sein Name lautet Guido Brunetti. Er lebt und arbeitet in einer der schönsten Städte Italiens, in Venedig. Ein Mann, der in glücklicher Ehe lebt, gerne ißt und guten Wein schätzt, sich gelegentlich über seine heranwachsenden Kinder ärgert und auch manches Mal cholerisch reagiert. Eine Eigenschaft aber bleibt dem Commissario auch in den schwierigsten Situationen: Sein Anstand, gepaart mit einem wunderbaren Sinn für Humor und Menschlichkeit.«
Margarete v. Schwarzkopf/NDR, Hannover

Venezianisches Finale
Roman. Aus dem Amerikanischen von Monika Elwenspoek

Endstation Venedig
Roman. Deutsch von Monika Elwenspoek

Venezianische Scharade
Roman. Deutsch von Monika Elwenspoek

Vendetta
Roman. Deutsch von Monika Elwenspoek

Acqua alta
Roman. Deutsch von Monika Elwenspoek

Sanft entschlafen
Roman. Deutsch von Monika Elwenspoek

Nobiltà
Roman. Deutsch von Monika Elwenspoek

In Sachen Signora Brunetti
Roman. Deutsch von Monika Elwenspoek

Feine Freunde
Roman. Deutsch von Monika Elwenspoek

Das Gesetz der Lagune
Roman. Deutsch von Monika Elwenspoek

Latin Lover
Von Männern und Frauen. Deutsch von Monika Elwenspoek

Eine Amerikanerin in Venedig
Geschichten aus dem Alltag. Deutsch von Monika Elwenspoek

Magdalen Nabb im Diogenes Verlag

»Wie man Italophilie, Krimi und psychologisches Einfühlungsvermögen zwischen zwei Buchdeckel bekommt, ist bei der Engländerin Magdalen Nabb nachzulesen. Die Reihe um einen einfachen, klugen sizilianischen Wachtmeister, der seinen Dienst in Florenz versieht, ist ein Kleinod der Krimikultur.«
Alex Coutts / Ultimo, Bielefeld

Tod im Frühling
Roman. Aus dem Englischen von Matthias Müller. Mit einem Vorwort von Georges Simenon

Tod im Herbst
Roman. Deutsch von Matthias Fienbork

Tod eines Engländers
Roman. Deutsch von Matthias Fienbork

Tod eines Holländers
Roman. Deutsch von Matthias Fienbork

Tod in Florenz
Roman. Deutsch von Monika Elwenspoek

Tod einer Queen
Roman. Deutsch von Matthias Fienbork

Tod im Palazzo
Roman. Deutsch von Matthias Fienbork

Tod einer Verrückten
Roman. Deutsch von Irene Rumler

Das Ungeheuer von Florenz
Roman. Deutsch von Silvia Morawetz

Geburtstag in Florenz
Roman. Deutsch von Christa E. Seibicke

Alta moda
Roman. Deutsch von Christa E. Seibicke

Nachtblüten
Roman. Deutsch von Christa E. Seibicke

Magdalen Nabb & Paolo Vagheggi:

Terror
Roman. Deutsch von Bernd Samland

Jugendbücher:

Ein neuer Anfang
Roman. Deutsch von Ursula Kösters-Roth

Kinderbücher:

Finchen im Winter

Finchen im Sommer

Finchen im Herbst

Finchen im Frühling
Mit Bildern von Karen Donnelly. Deutsch von Ursula Kösters-Roth